# Lars Brandt
# Gold und Silber

Roman

Carl Hanser Verlag

1 2 3 4 5 12 11 10 09 08

ISBN 978-3-446-23032-3

Satz: Fotosatz Amann, Aichstetten
Druck und Bindung: Ebner & Spiegel, Ulm

Printed in Germany

*Und so wurde der Zauber auf*
*Sir Lancelot gelegt.*
Thomas Malory, König Artus

# 1

Ginger aber wollte in den Wald. Mitternacht, draußen goß es in Strömen. Der Wein des Portugiesen kam uns langsam zu den Ohren heraus. Und Hans sagte, in dem Fall müsse er natürlich erst noch sein Saxophon holen. Der harte Hans mit seiner langen Nase und den finsteren Knopfaugen – eine zierliche Marionette aus Pappmaché, so stakste er wackelnd im Sturzregen vor uns her. Er überraschte einen damit, sich nicht aufzulösen wie ein Zuckerstück.

Zwischen schwarzen Bäumen unser schwarzer Reigen durch die Nacht, eine Silhouette schwarz auf schwarz. Auch das Weiß meiner Jacke war nun schwarz. Sandkörner prickelten unter den krummen Ledersohlen der Stiefel, die Hans nie spitz genug sein konnten. Links hielt er das Köfferchen mit dem Saxophon, rechts die obligate filterlose Zigarette, deren Glut Mal um Mal eisig unter seiner Nase aufleuchtete.

Als wir zu dem Punkt gelangt waren, von dem wir tief unter uns den Strom nicht sahen, dudelte Hans durch die nasse Nacht. Raucharabesken schlängelten sich aus dem krächzenden Instrument hin zu der Salami, von der wir regentriefende Scheiben säbelten und dann mit Grappa wegspülten.

»Skål!« rief Paavo mit ausgebreiteten Armen, als wolle

er die Welt umfangen, und ließ einen gellenden Pfiff los.

»Skål«, flüsterte Jarl.

Ich bin weniger schwärmerisch angelegt. Trotzdem – plötzlich begann alles zu schweben, und ich mittendrin. Eine Leichtigkeit und Beweglichkeit, an der man ebensowenig teilnimmt, wenn zuviel, wie wenn gar nichts geschieht.

Einen leisen Trinkspruch ist es allemal wert, wenn weder das eine noch das andere einen behindert, wenn sich der Traum Bahn bricht, falls es das war, was Jarl gemeint hatte.

Am nächsten Abend, der Regen hatte aufgehört, und wir waren wieder drinnen beim Portugiesen, der sich als Spanier ausgab, saß ich neben Jarl. Er redete gerade auf Sebastian ein: »Wörter taugen nicht viel. Dann schreibe ich erst recht. Bilder sind auch nichts wert. Also mache ich Filme.«

Es war eine Art Selbstgespräch, er kaute auf Gedanken herum, die für ihn brisant zu sein schienen. Sebastian hörte nur halb zu und schaute ihn aus kleinen Augen müde an. Aber Jarl ließ sich nicht bremsen: »Ich habe keine Lust, es mir im Kino bequem zu machen oder pompös Bücher aus meinem Regal zu ziehen und bei alledem immer neu zu finden, wie großartig die Welt ist. Eine Welt, in der Filme und Bücher alle ihren rechten Platz haben. An die falschen Plätze gehören sie, wo sie stören. Heraus aus den vorgesehenen Kästchen, in denen sie nichts mehr durcheinanderbringen können.«

Jarl war noch nicht am Ende: »Einer plappert dem anderen nach«, sagte er, ohne sich von Sebastians Desinteresse ablenken zu lassen: »Filme zeigen Bewegungen, heißt es, und keiner denkt nach, ob es überhaupt stimmt. Nein. Um Veränderungen geht es. Das Bild verändert sich. Nicht einmal das muß sein. Vielleicht vergeht nur Zeit. Bilder mit Zeit versehen, das ist ein Film, und ob sich auf ihnen auch etwas ändert oder gar bewegt, soll man erst einmal abwarten.«

Ich mußte zugeben, daß es auch mir bislang so vorgekommen war, als handele es sich um bewegte Bilder beim Film. Das spielte aber keine Rolle, beunruhigend fand ich etwas anderes: Wie viele solcher ungeprüft übernommenen Vorstellungen ich wohl noch in meinem Kopf mit mir herumtragen mochte, ohne mir dessen bewußt zu sein?

»Warten. Pause«, sagte Jarl. »Warten, was geschieht. Ob überhaupt etwas. Wie die Zeit verstreichen wird, die dem Bild gehört. Alles, worauf es ankommt, das sind die Pausen. Dunkle, geheimnisvolle Höhlen, in denen sich versteckt hält, was anders zu bleiben vorhat. Was sich nicht einfach untermischen läßt. Da beginnt es interessant zu werden. Filme, die es sich zu machen lohnt, organisieren Pausen. Sie tun, als ob sie Aktionen feierten, und packen damit doch nur die kostbaren Pausen ein.

Für sich gibt es sie allerdings nicht – auch das ist eigentlich aufschlußreich. Erst das, was sie nicht sind, ihr Gegenteil, macht sie möglich. Das ganze Getöse und Getümmel drum herum, das sie nährt und umspült. Sonst sind sie nicht vorhanden. Man kann ja nicht einfach alles sein lassen, so entsteht keine Pause, sondern gar nichts.«

»Das wäre wiederum schlecht, oder?« fragte Sebastian verständnislos.

»Im Schlamm auf dem Grund des Grunewaldsees lebt seit Menschengedenken ein gewaltiger Wels«, meinte Jarl jetzt unvermittelt.

»So etwas kommt vor.« Sebastian blickte etwas hilflos über den Tisch.

»Hast du schon einmal einen Wels gefangen? Am besten geht es mit einem dicken Bündel Tauwürmer. Aber der Wels im Grunewaldsee läßt sich nicht fangen, er fängt selber«, sprach Jarl weiter, der sich nicht darum kümmerte, ob Sebastian sich für Fische interessierte oder nicht. »Es gibt viele Schwäne auf dem Grunewaldsee. Die Naturisten geben acht, ihnen nicht zu nahe zu kommen, ein aufgebrachter Schwan kann einem nämlich gefährlich werden. Wenn man noch nicht einmal Hosen anhat, erst recht. Dabei regen die Schwäne sich über die Falschen auf. Sie haben vor den Falschen Angst. Immer wieder nämlich ist plötzlich einer der Vögel weg. Aber weil ihn der Wels zu sich hinabgeholt hat.«

Sebastian fiel auch hierzu nichts ein, er betrachtete sein Glas, das er nachdenklich in Augenhöhe schaukelte, und es hatte nicht den Anschein, als dringe Jarls Rede überhaupt zu ihm vor. Fürs erste war sie auch abgeschlossen. Jarl konnte zufrieden sein, in Sebastians Kopf hatte er unverkennbar eine Pause gepflanzt. Er räusperte sich, und sein Finger wies auf dessen Weinglas.

»Halbvoll«, konstatierte er.

Sebastians Züge belebten sich wieder. Seine roten Wangen hätten ihm etwas von einem Putto gegeben, aber für ein weichbackiges Engelchen war er zu männlich. Und anstelle blonder Locken wuchsen auf seinem Kopf die flaumigen Reste farblich unbestimmbarer Stoppeln.

»Oder sind wir vielleicht Zyniker?« insistierte Jarl. Und als der Kellner mit dem glänzenden Großportemonnaie im Hosenbund das nächste Mal vorbeihetzte, rief er ihm hinterher: »Zwei Glas Portwein!«

»Deine Ausstellung ist wieder einmal sehr schlecht – übrigens keineswegs meine Privatmeinung, darin stimmen wir alle überein«, jubelte mir Parkland vom anderen Ende des Tischs und quer durch das Stimmengewirr zu, das in die Kaschemme gestopft war wie Abfall in den Müllsack.

Alle?, wer sollte das denn sein? So etwas gibt es doch gar nicht.

Parkland ließ den Auslöser seiner Kamera schnalzen: Mayo und Hans, Hans und Mayo, und nebenher auch der Rest von uns. Für sein Archiv. Zufrieden ölte er seine kurzen, straffgespannten Stimmbänder mit einem weiteren Pastis, dann wurde zusammengepackt, und der Fotograf ging ab. Seine Bilder, schien mir, konnten aber nicht viel wert sein ohne Ginger darauf.

Ginger war an diesem Abend nämlich zu Hause geblieben. Eigentlich hieß sie Ginevra. Meiner Meinung nach jedenfalls, oder meinem Gefühl zufolge.

Was es mit unseren Namen letztlich auf sich hat, bekam ich nie heraus. Sind sie einfach Wörter, die an uns kleben und die wir dann zwangsläufig mit uns herumtragen? Aber was bewirkt das: Rudi – ?

Jarl nannte sie Ginger. Für uns alle war sie das eigentlich – Ginger.

Nur im stillen sagte ich manchmal zu ihr Ginevra. Auch schon einmal halblaut, wenn ich bei ihr im Konsortium vorbeiging und zusah, ob ich ihr einen Kaffee, meinethalben auch einen Tee, dazu eine kleine Unterhaltung, abluchsen konnte. Ginevra klang in meinen Ohren viel passender, wenn ich an sie dachte. Und ich dachte viel an Ginger.

Nicht weit von Gingers Arbeitsräumen hatte sich im grauen Zwielicht eines Hinterhofs eine altertümliche Kartonagewerkstatt in die Gegenwart geschmuggelt. Mit der Zeit nämlich ist es auch so eine Sache: Was ist früh, was spät? Wo ist der Fixpunkt, den man anpeilen kann, um zu sehen, was die Uhr geschlagen hat? Woher will man wissen, auf welchem Kurs man durchs Raumzeitkontinuum schlingert?

Wer das Tor durchschritt und an den grauen Kartonbahnen vorbeiging, die gestapelt in der Einfahrt zum Hof lagerten, tauchte in eine andere Zeit ein. Nicht nur anders berechnet als die Zeit zweihundert Meter entfernt im Supermarkt, es war nicht dieselbe wie die hier in der Halle, wo wie eh und je Rohpappe mit überkommenen Maschinen geschnitten, gefalzt und geklammert wurde.

Rohpappe – vermutlich heißt es ja ganz anders. Bestimmt gibt es einen fachmännischen Begriff dafür. Vielleicht sagt der Fachmann *Planage*, oder *Kartonmutter*. Meines Erachtens jedoch spricht einiges dafür, solche Wörter nur zu verwenden, wenn sie einem gehören. Nicht alles ist für alle da.

Die Luft schmeckte nach Regen. Das Kopfsteinpflaster roch wie schlecht gespültes Geschirr. Ich gab acht, nicht auf die Ritzen zu treten, in denen der Dreck sich sammelt. Hinüber zu Ginger, wo ihre Gegenwart die Zeit auflöste, waren es nur wenige Ecken. Heißer Nebel packte meinen Blick in Watte. Alles auf der Straße schien so dicht an mir, daß ich mich beengt gefühlt hätte ohne die wohlige Empfindung von Intimität, die alles umfaßte, jeden Baum, jedes Auto und jeden Gedankensprung. Keine andere Feierlichkeit, fühlte ich, wurde im Leben gebraucht, als daß alles genau war, was es war. Die Straße war eine Straße, und ich war ich. Ginger vor allem war Ginger. Hoffentlich war sie auch da.

Eigentlich hätte lange schon der Herbst an der Reihe sein müssen. Aber statt dessen war der Sommer umgekehrt und zurückgekommen. Er schnappte sich das Leben noch einmal und beherrschte es mehr denn je. Die Oktobertage glühten, bis tief in die Nacht kühlte die Luft nicht ab. In der Sonne aber leuchteten Mauern und Wälder wie am ersten Tag. Alles schien aus einer Fülle zu schöpfen, die sich sonst nicht zeigte, wenn die Natur bereits damit beschäftigt war, den Winter zu erwarten.

Jeder Tag erschien mir verwirrend, berauschend. Als gelangte die Reife nie zum Abschluß, verströmte sie ihre intensiven Aromen. Und ich hielt, was da geschah, nicht von mir fern. Ohne Vorankündigung hatte etwas begonnen, dem man sich nicht entziehen konnte, sowenig wie der Schwüle, die nach Wein und Pilzen duftete.

Einige, Mayo und Luis zum Beispiel, kannten sich von früher, aber auch für sie änderte sich nun vieles. Irgend etwas beflügelte uns, auf leichten Füßen kamen wir zueinander und zogen durch die Stadt, Ginger in der Mitte. Und Jarl wußte offenbar genau, was er vorhatte. Auch wenn wir kaum verstanden, womit er sich beschäftigte und es uns eigentlich nicht betraf, strahlte es ab. Es konzentrierte uns. All die Jahre hatten wir aneinander vorbeigesehen, und jetzt kamen wir zusammen, sooft es ging. Was uns eigentlich zueinander zog, hätte ich nicht sagen können. Ich fühlte bloß, daß es so stimmte.

Ginger wohnte sogar in meiner direkten Nachbarschaft. Mit Jarl zusammen. Natürlich hatte ich sie wahrgenommen, aber nie wurde zwischen uns ein Wort gewechselt, nicht einmal gegrüßt hatten wir uns. Es fiel schwer, sich daran zu erinnern, aber so war es bis vor kurzem tatsächlich gewesen.

Jarl, Mayo, Hans und die anderen, sie waren für mich gerade noch Unbekannte gewesen. In diesem späten Nachsommer zog uns die Hitze zueinander. Äußerlich ereignete sich ja gar nicht viel, aber alles veränderte sich. Unsere Stadt ließ das zu, und schon deshalb fühlte ich mich dort wohl, wohler denn je. Und das, obwohl an mir wie an uns allen auch die Sehnsucht nagte, endlich hier fortzukommen. Sie feilte am Verdacht, das wahre Leben warte auf uns an einem anderen Flecken. Auf Hans, dessen Haar sich lichtete, schon länger.

Nur Jarl sah die Sache anders und ließ immer wieder durchblicken, er sei sich ganz sicher, zur rechten Zeit genau dort zu sein, wo er hingehöre. So erfüllt schien er von den Möglichkeiten in den Pausen des Geschehens, daß ihm die Begrenztheit unseres Gesichtskreises gar nicht als Nachteil erscheinen mochte, falls sie ihm denn überhaupt auffiel.

Und ich, ich war mir auch nicht mehr so sicher. Von Tag zu Tag weniger. An ein Fortgehen war, derzeit jedenfalls, auch für mich nicht mehr zu denken. Dafür war hier alles auf einmal zu wirklich geworden, zu nah. So, wie es allenfalls Träume sonst sind.

Nicht wo, sondern mit wem, darauf kam es an. Die Stadt, in der wir lebten, konnte außerdem nichts dafür, daß sie zu klein war. Unsere Schuld, wenn wir dort klebenblieben. Mein Glück, dachte ich nun gelegentlich. Jetzt zeigte sich der Sinn. Wir vermochten uns nicht zu lösen, und das zu wissen hatte jeden gezeichnet. Aber nun, auf einmal, zog es uns zueinander. Weil wir uns miteinander so leicht fühlten, wollten wir schon deshalb nicht fort. Ich bestimmt nicht. Nicht gerade jetzt.

Auch Ginger hatte es hier ausgehalten. Der Ort war ja nicht schlecht, auch wenn man nach einigen Jahren alle Gesichter und jeden Stein kannte. Die Muster, zu denen sie sich fügten, zeichneten sich überscharf ab. Während sonst nichts geschah, erfaßte man, wie die Einzelheiten zueinander standen. Es war immer dasselbe, und eine eigene Art von dosierter Überraschung, von Bemessennicht-zu-Erwartendem kann sich ausschließlich in solch einem Rahmen einstellen.

Auch die Momente, die sich zum Leben fügen, liegen in der Gegend herum wie die Steine unten am Fluß. Das Wasser schwappt weiter, aber die Zeit zieht nicht mit. Doch Windstille herrscht gerade im Auge des Wirbelsturms.

Das Geschehen hatte unversehens den Kokon abgestreift namens Und-dann-und-dann, und dann. Das schien auch Jarl zu faszinieren – ein vermeintliches Nichts, das in Wahrheit voll ist von Möglichkeiten, unausgeschlüpften Fakten, die nicht weniger real sind als das, was wir als Geschehen anzusehen gewohnt sind, weil es bereits erfolgt ist, erledigt, sich breitgemacht und dabei unzählige andere Möglichkeiten im Keim erstickt hat. Insofern handelt es sich bei der Wirklichkeit, genauer betrachtet, um eine Wirklichkeitsverhinderung.

Diese Stadt ist kein unfreundlicher Ort, aber ein verschlagener Fleck. Nichts ist dort, was es scheint. Sogar der mächtige Strom, der sie mit sauberem Schnitt der Länge nach öffnet, wechselt in der Stadtmitte, auf Nabelhöhe sozusagen, mit unheimlicher Konsequenz den Charakter. Da ist dann gründlich Schluß mit der Lieblichkeit, gerade wo man sich an sie gewöhnt hat, vorbei ists mit den sagenhaften Hügeln, den geschmeidigen Kurven. Hart, flach und streng heißt es nun, statt süß und eng. Eben hier vermählen sich die Ödnis des Flachlands und die Stickigkeit des Flußtals. Exakt auf diesem festgeklopften Pflaster aus lauter kleinen Steinen, inmitten all der reglosen Zeit, um die herum der Tornado aus Ereignissen sich austobt. Gemütlich ist es hier eigentlich nicht, auch wenn es oft behauptet wird. Wir hatten andere Probleme.

Ich wollte unbedingt weg – eigentlich. Dabei ging es mir nicht schlecht. Nicht mehr. Nicht in diesem merkwürdig glühenden Herbst. Janka war im Juli weggezogen, nachdem wir es vier Monate vergeblich miteinander versucht hatten.

»Was habe ich in diesem Dorf nur gesucht«, brüllte sie durchs Treppenhaus, als sie mich verließ, und das Klakken der harten Absätze ihrer Sandalen auf den Stufen machte daraus einen Bolero. Traurig war auch ich nicht mehr, als ich die Haustür ins Schloß fallen hörte, nur noch schamvoll erleichtert.

Janka war fort, und ich blieb hier. Auch wenn ich nicht über eine Theorie verfügte, im Unterschied zu Jarl, wieso es sich so lohnen sollte, eben an diesem Punkt zu sein. Auf einmal erwies sich, wir selber waren der Grund. Denn wir lösten uns aus unseren Verankerungen, kletterten aus den Schubladen und nahmen uns die Straßen und Lokale.

Wie die anderen über diese Sache dachten, war mir allerdings nicht klar. Denn was wußte ich damals schon von Mayo, Sebastian oder Hans? Wer von uns, außer Ginger, wußte überhaupt etwas vom anderen? Hans schon gar nicht. Hans schaute einem mit seinen schwarzen Knöpfen ins Gesicht, legte die Stirn in Kellerfalten und schwieg, bis er sich noch ein Bier bestellte – falls er nicht gerade im Wald stand und durch die nasse Nacht sein Saxophon kreischen ließ.

Ich entdeckte in diesem Herbst, daß es die anderen gab. Sie bedeuteten mir viel, ob ich nun gerade mit ihnen zusammen war oder alleine bei mir saß, oben zwischen den

Dächern. Ohne groß darüber zu sprechen, hatten wir begonnen, alles mit anderen Augen zu betrachten. Revolution. Die ätzende Lahmheit einer Ironie, die alles entzaubert, war über Nacht entthront. Wie weit entrückt lag sie in ihrer ganzen Uninteressantheit hinter uns aufgedeckt da. Und wir drehten uns nicht nach ihr um. Standen nicht neben uns. Wir lebten wie im Traum. Ginger hingegen legte auf den Unterschied besonderen Wert, daß es kein Traum war, sondern Wirklichkeit.

Der Herbst spielte wie gesagt Brutofen. Als es später unversehens maßlos fror, so daß uns der Atem als Wolke zum Mund hinauswuchs, wenn wir bei Mayo saßen und Pilsener Bier aus Flaschen tranken, die sich eisig in unsere Lippen verbissen, verlor sich in unserem Zittern die halluzinatorische Gegenwärtigkeit nicht, die uns verband. Wir waren damals oft zusammen: Sebastian, Mayo, Ginger, Jarl, ich und die anderen. Und alle wollten wir fort, irgendwohin. Irgendwann, nur nicht im Augenblick.

# 2

Vor nicht langer Zeit hatte Ginger Arbeitsräume in einer früheren Magnetfabrik bezogen, die vom Konsortium als Ruine erworben und für die neuen Zwecke umgebaut worden war. Auf allem lag eine frische, dicke Schicht weißer Farbe, jede einzelne Eisensprosse jedes der zahllosen Fenster glänzte satt.

Die Herbstsonne knallte gelb auf bläulichweiße Mauern, als ich Ginger dort zum erstenmal besuchte. Eine Flasche Crémant gluckerte in meiner Armbeuge. Die Wände ihres Raums bestanden fast nur aus Fenstern, allerdings hatte sie dahinter einen weiteren, den man nicht einsehen konnte. Sonst wäre sie auch nicht eingezogen, sagte Ginger.

Der Sekt war zu warm. Ginger legte ihn hinten im Dunkeln ins Waschbecken, und ich hörte das Wasser sprudeln, das sie zur Abkühlung darüberlaufen ließ. Unsere Leitungen werden mit Flußwasser versorgt, wußte ich aus der Zeitung, und neben dem Artikel hatte ein Foto gestanden, das Parkland von den Klärbecken aufgenommen hatte. Der Schicksalsstrom umspülte die Flasche nach einiger Zeit weniger lau.

Die weiteren Arbeitsräume reihten sich in zwei Etagen um den glasüberdachten Innenhof. Direkt gegenüber, auf seiner anderen Seite, klaffte im gleißenden Weiß wie eine Wunde rohes Mauerwerk. Davor stand ein langer Bursche auf einer Leiter und kratzte verzweifelt mit einer Maurerkelle herum. Das war Mayo.

Aber auch er verfügte über Fähigkeiten, wie zum Vorschein kam, wenn er aus irgendwelchem Schrott oder Trödel ohne besonderes Geschick ein paar simple Töne holte. Mayo hatte etliche Ausstellungen hinter sich und in den Galerien, die sie zeigten, mit wechselnden Bands zur Eröffnung gespielt.

Die Bands legten sich Namen zu und reisten herum, aber auch an verschiedenen Orten in unserer Stadt waren sie gelegentlich aufgetreten. All das war an mir vorbeigegangen. Aber Paavo hatte es mir inzwischen erzählt.

Wenn er die Fundstücke nicht gerade zur Lauterzeugung benötigte, überführte Mayo sie in stille Sinnlosigkeit, die an der Wand lehnte oder von der Decke hing.

Ginger ging jeden Tag zwischen ihrer Wohnung und ihrem Arbeitsplatz hin und her. In diesem Herbst, der einfach nicht abkühlen wollte, zog es auch mich täglich über den Fluß, ins Konsortium, aber erst, wenn ich fertiggearbeitet hatte. Dabei ging es weniger ums Geld, das sich damit kaum verdienen ließ. Nicht mit unserer Arbeit, sondern allenfalls mit zusätzlichen Beschäftigungen. Vielleicht verfügten einige ja auch über ein paar Rücklagen. Irgendwie kamen wir jedenfalls zurecht. Mehr als das – sich die Anerkennung von Kellnern und Farbenhändlern nicht mit großen Banknoten erkaufen zu wollen, war eine Frage der Ehre.

Vor einigen Monaten hatte ich mir ein anderes Apartment gesucht, weil ich nicht bleiben wollte, wo eigentlich Janka zu Hause gewesen war, bevor sie mich dort sitzen ließ.

Die neue Gegend war angenehm. Ginger war unübersehbar. Sie fiel mir schon von weitem auf, wenn sie etwas besorgen ging oder am Fluß spazierte. Ihre Füße berührten beim Gehen den Boden wie etwas Vertrautes, und die Vorstellung, daß sie nicht auf die Ritzen zwischen den Pflastersteinen achtete, irritierte mich. Ginger war ganz da, wach für alles, was sie umgab. Vielleicht hatte sie auch mich wahrgenommen, fragte ich mich schon damals. Doch gesprochen hatten wir nie ein Wort miteinander.

Und dann war ich ihr begegnet, als Sebastian Mitte Oktober in einem leerstehenden Laden zeigte, was er in letzter Zeit gemacht hatte. Sie alle waren gekommen, Hans, Mayo, Luis, auch Jarl. Und Ginger. Wir feierten bis in den Morgen, zogen als schwarze Girlande durch die Stadt. Und das von nun an so oft wie möglich.

Ginger war schön, nicht hübsch. Alles an ihr war ausgeprägt. Ihre Züge spiegelten, was in ihr vorging. Die Augen, die Nase, die Schläfen: alles artikuliert. Um nicht zuviel zu zeigen, trug sie oft eine Sonnenbrille.

Ich hatte zwei Zimmer ganz oben in einem alten Haus für sechs Mietparteien, das eigentlich voll war, und bildete die siebente. Angetan hatte es mir der Altan. Wenn ich nicht gerade mit den anderen unterwegs war, saß ich oft in meinem Dachgarten. Im weißen Mondlicht sah ich den Sukkulenten beim Wachsen zu und freute mich auf die Zukunft, auf das nächste Jahr, all die kommenden Sommernächte, in denen ich dort draußen sitzen und Sternschnuppen zählen würde. Das war ein neues Lebensgefühl. Hier, wo es sie zu sehen gab, wollte ich sie zählen.

Besondere Sorgen machte ich mir nicht. Ich hatte schon immer Angst davor, eines Tages kein Fleisch mehr auf dem Teller haben zu wollen, weil das der Anfang sein würde. Daran würde ich merken, daß ich in die Abstraktion abzudriften begann. Davon war mein Leben Gott sei Dank weiter entfernt denn je. Den Tontöpfen, von der Vormieterin zurückgelassen, hatten die Zeiten weißschorfige Ausschwemmungen aufgemalt, Moos und Schmutz auf ihr fahles Rot, aber im silbernen Licht sah das alles eher nach einer Kohlezeichnung aus.

Ich arbeitete immer am Zeichentisch, malte dort auch die Leinwandbilder, weil mich gerade nur kleine Formate beschäftigten und es dort am bequemsten ging. Der Tisch nahm die Hälfte des Zimmers ein.

Größere Bilder interessierten mich zu der Zeit nicht sehr, aber wenn ich das wollte, konnte ich sie auf dem Fußboden malen, nur zu groß durften sie nicht sein, sonst stand der Sessel im Weg.

An heißen Nachmittagen stach mir die offene Tür zum Dachgarten ins Kreuz. Trotzdem hatte ich das Gefühl von Weite. Eine Illusion, vielleicht auch nur der Ausdruck davon, daß mir in der Enge dort oben auf einmal die Welt gehörte. Das Platz-Paradoxon besagt, daß uns an einem Punkt, wohin man wirklich gehört, sämtliche Dimensionen offenstehen, das hat nichts mit seiner Größe zu tun.

Goethe wurde unter uns sonst wenig zitiert. Aber Ginger sagte beim Portugiesen: »Das Leben ist kurz, der Tag lang«, was auf etwas Ähnliches hinauslief. Und wenn es Glaubenstatsachen gibt, wofür sich die Kirche verbürgt, zeigte sich nun, daß es auch Tatsachen gibt, die man nicht zu glauben braucht: Eigentlich war das Zimmer zu klein für mich und das, was ich zu tun hatte. Aber es ging sehr gut. Ginger konnte die Herrschaft über das Reich realer Paradoxien mit einem teilen – das Realmärchen kam da zum Vorschein, das die eigentliche Wahrheit hinter der schäbigen Kulisse bildet, durch die wir uns bewegen.

Mir gefiel es jedenfalls, dort zu arbeiten, wo sie wohnte. Ginevra dagegen kam es darauf an, morgens aus dem Haus zu gehen, wie sie sagte. Sie schien deshalb zufrieden, im Konsortium zu sein, selbst wenn ihre beiden Räume dort auch nicht viel größer waren als meine Dachstuben. Und ohne solche schicksalhaften Fügungen hätte sich nichts von dem ergeben, was alles von nun an so besonders machte. Darum war gerade ich zufrieden, daß das Konsortium die Fabrik erworben hatte, wo Gingers Zauber mit Händen zu greifen war, auch wenn ich selber weiter für mich alleine in der Wohnung arbeitete.

Jarl war Gingers Mann, und er war oft unterwegs. Er hatte sich etwas Neues ausgedacht, reiste wegen eines Films, von dem keiner wußte, worum es dabei eigentlich gehen sollte, durch die Gegend. Wenn aber nicht, saß er ein paar Ecken von mir entfernt, bei ihnen zu Hause. Bis es dann abends wieder losging, wir uns zu unabgesprochener Stunde wie von Geisterhand gelenkt aus allen Richtungen kommend zusammenfanden und durch Stadt und Land pilgerten wie ein lebendiger Scherenschnitt.

Ab und zu sah ich schon vorher in der Wohnung von Ginger und Jarl vorbei, um einen Espresso mit ihm zu trinken und einfach die andere Atmosphäre zu inhalieren. Bis Jarl mir eines Tages das Gefühl gab, eigentlich nur zu stören. Dabei hatte ich mir die Mühe doch gemacht, weil ich annahm, er könne zwischendurch etwas Aufmunterung gebrauchen. Aber so etwas wird im Leben niemals belohnt. Vielmehr hat man doppelt und dreifach dafür zu zahlen, wenn man sich nicht um sich selber kümmert, sondern um jemanden, der nicht darum gebeten hat.

Ginger war in dieser Wohnung tagsüber ohnehin so gut wie nie anzutreffen. Wollte ich sie besuchen, fand ich sie ganz einfach (und ohne Jarl zu stören) im Konsortium, das weiß vor sich hinstrahlte wie Schlagsahne und nur allererste Spuren des Lebens aufzuweisen begann, das sich dort eingenistet hatte.

Vielleicht gab es noch einen Grund, aus dem Ginger es vorzog, soviel wie möglich im Konsortium zu sein: Im Parterre ihres Hauses war eine Wohnung frei geworden, und Jarl hatte dafür gesorgt, daß dort Tycho Thron mit Freundin und Vogel einzog.

Es war ja kein Geheimnis, wie beengt ich lebte, und Ginger hätte sicherlich nichts dagegen gehabt, wenn er die Sache vorher mit ihr besprochen hätte. Zu mir sagte sie, es sei nichts mehr zu ändern gewesen, weil Jarl den beiden bereits eine feste Zusage gegeben hätte und es auch mit der Vermieterin so ausgemacht worden sei.

Zu begreifen, was in Jarl vorging, war überhaupt nicht ganz einfach. Er war ziemlich blasiert, tat so, als brauche er nur zu flüstern, dann sei alles seins. Er meinte wohl, sich keine Mühe geben zu müssen. Kam sich vor wie einer, der noch nicht einmal einen Hebel benötigt, um die Welt aus den Angeln zu heben. Ginger hatte ihn ausgewählt. Das gab ihm eine stille Selbstgewißheit, die ihn heraushob. Er strengte sich nicht besonders an, seine Stärken zu zeigen.

Jarl schien die ganze Zeit nachzudenken, war abgetaucht in sein geheimnisvolles Filmvorhaben. Er war ganz unruhig vor Ausdruckswillen. Doch erblickte er in uns nicht das Publikum, auf das er aus war. Er wollte einen Film drehen, den Tausende sehen würden, und zwar im Kino, nicht in einer Galerie. Wenn wir beim falschen Spanier waren, hielt es Jarl nur schwer ruhig auf seinem Stuhl, und seine Finger flatterten nervös. Unentwegt schien er auf der Suche nach dem nächsten Schritt seines Weges – oder was immer es sein mochte, das ihm die Ruhe nahm.

Jedenfalls nicht die Sehnsucht nach einem anderen Ort. Er fühlte sich rundum zufrieden in unserer Stadt. Vielleicht, weil er mehr als eine hatte. Er war aus Berlin zugezogen. Jarl schwärmte nämlich für unsere Stadt hier, wo er angeblich so gerne wohnte, was dazu führte, daß er meistens fort war. Ließ er sich hier doch einmal sehen, wirkte er nie ganz anwesend, eher wie ein Getriebener.

Rastlos, manisch, zog er Notizbuch und Stift aus der Tasche, schrieb ein paar Wörter oder skizzierte etwas mit wenigen Strichen. Keiner von uns anderen ahnte, was er da eigentlich fortwährend festhielt, schon gar nicht, wofür. Ginger wußte es vermutlich, aber sie war keine von uns anderen. Sie war sie. Erkundigte man sich bei Jarl, was es mit seinen Notizen auf sich hätte, sagte er nur: nichts.

»Auf der Jagd nach dem Nichts«, säuselte er, während sein Knie wie eine Nähmaschine auf- und niederstieß, und dann war man so gescheit wie zuvor. »Nicht die Tatsachen wiegen wirklich schwer, sondern was zwischen ihnen an Möglichkeiten nistet.«

Ginger hielt nicht viel von seiner Theorie und sorgte, sobald er so anfing, für einen Themenwechsel. Und ich fragte mich, mit welchen Gespenstern Jarl kämpfte. Er wischte die langen schwarzen Haare zurück, sah uns hilflos an und nuschelte müde etwas von Storyboard oder was es war, unter dem man sich nicht viel vorstellen konnte.

»Wenn ihr wüßtet, was für ein Kampf auszufechten ist, bis ein Film überhaupt erst in Angriff genommen werden kann – welch komplizierter Eroberungsplan mit Kraft und noch mehr List umzusetzen ist, lange bevor es losgeht mit Drehen, Montieren.«

Statt uns etwas von dem zu erklären, was wir seiner Meinung nach nicht wußten.

Jarls Notizen waren uns im übrigen gleichgültig, wie man den ganzen Jarl nicht zu wichtig nehmen mußte. Sein Notizbuch störte mich nicht weiter. Jeder braucht etwas, auf dem er kauen kann. Stift und Zettel sind Arbeitsinstrumente. Auch wenn wir uns einen anderen Anstrich gaben, arbeiteten die meisten von uns ziemlich viel.

Ein Kugelschreiber ist ein Werkzeug, wie alle es benötigen, die arbeiten. Dafür langt der Kopf nicht. Es gibt

Pinsel, Schablonen, Papiere, Scheren, Klebstoff, Leinwand, Farbtuben, Holz, Kupfernägel, Hämmer, Spannzangen, Nadeln, Fäden, Meißel, Spachteln, Schleifmaschinen, oder was auch immer gebraucht wird.

Jeder auf seine Weise stellte etwas her – nicht kopflos, aber eben auch mit den Händen. Wir suchten uns den Stoff zusammen und formten daraus etwas, das sonst nicht existiert hätte. Jedenfalls ging es in diese Richtung. Und bei Ginger war es tatsächlich so.

Das bestimmte den Blick, den wir auf den Rest warfen. Auf die ganze Welt, auf uns, und natürlich auch auf den Ort, an dem wir uns aufhielten.

Weil wir hier waren, schauten wir – zornig auf uns selber – in den Spiegel der anderen Gesichter, wo dasselbe geschrieben stand.

Sein Werkzeug freilich liebt man. Man hat ihm soviel zu verdanken. Und wem es wirklich gelingt, das Schlupfloch zu finden und zu entkommen, dem hat sein Werkzeug gezeigt, wie man hingelangt, weder obskure Verbindungen noch ominöse Hintergrundinformationen über das, was in Wahrheit gespielt wird.

Ich halte ohnehin nichts vom Spiel. Und das Entkommen, verstand ich in diesen Wochen, gelang einem hier wie dort, oder weder dort noch hier.

Wenn er nicht gerade mit uns unterwegs war, fotografierte Parkland für die Zeitung Karnevalsprinzessinnen, Klärwerke oder Minister. Er wurde geschickt, also ging er hin. Das war sein Beruf. Uns beorderte niemand irgendwohin.

Höchstens wenn wir zwischendurch Nebenbeschäftigungen annahmen, wo wir naturgemäß weniger zu melden hatten als Parkland bei seiner Zeitung.

Allzu große Anstrengungen, muß man zugeben, waren letztlich auch nicht damit verbunden, unsere Unabhängigkeit zu verteidigen. Hätte sie öfter jemand in Frage gestellt, der etwas von uns wollte, wären wir nicht beleidigt gewesen.

Und für diesen Moment, diesen Herbst, ging es um das, was uns plötzlich gemeinsam gehörte. Oder dem wir dienten. Wenn wir um den runden Tisch beim Portugiesen versammelt waren, brauchten wir nicht große Rede zu führen über das, was uns alle verpflichtete, wie unterschiedlich wir auch sein mochten.

Und es kommt auch gar nicht darauf an, wer sich die Bilder ansieht, die man macht. Irgend jemand. Auf uns kam es an in diesem Jahr. Alle hatten wir unsere Bilder, sogar Parkland, der eigentlich gar nicht dazugehörte. Jeder auf seine Weise. Die Bilder, die uns umgaben, und nicht zuletzt das Bild von uns selber.

So wie das Bild, das Paavo, Mayo und Luis abgaben, wenn sie in der Nachmittagsglut im ausgedörrten Gras saßen und rauchten, zwischen den gesprenkelten Gleisen der einstigen Schmalspurbahn, die am Flußufer vor sich hinrosteten. Oder wenn Mayo und Hans den Deckel auf der Farbtube ließen und lieber etwas in Szene setzten, ohne genau zu wissen, für wen. Für uns vielleicht?

Die Bilder, die wir in die Welt stellten, waren Mitteilungen, Post, rätselhaft wie der Rest, und wenn die Adresse fehlte, fand sich ein Bier, dann war es halt Flaschenpost.

Manchmal stellte sich Jarl in einen kleinen gelben Lichtkegel und gab ein paar seiner Gedichte zum besten. Aus der Brusttasche seines kohlengrauen Jacketts ragten zwei Zigarren, während er sein Notizbuch, aus dem er vorlas, in der Hand hielt. Und ein paar Meter daneben prügelte Mayos langschlanke Silhouette mit einem Axtstiel auf einen leeren Plastikkanister ein.

Aber wieso, fragte ich mich dann, machte sich Jarl mit seinem Mißtrauen in das, was die Wörter vermögen, wichtig? Was gab es da zu prahlen mit Pausen, auf die es angeblich mehr ankommt als auf alles übrige? Langte es nicht einfach zu sehen, was alles möglich war?

Wenn ich vom Konsortium zurückkam, roch es bei mir zu Hause unter dem Dach nicht nach frischem Lack, sondern nach alten Scherben. Es strömte das schwere Parfum der prallen Herbstrosen vom Altan herein und legte sich auf die Zimmerwände. Die Vormieterin hatte die üppig bepflanzten Blumentöpfe zurückgelassen. Solange ich dort oben alleine saß, störten sie nicht.

Ihre Bewerbung in einem Hotel in Dubai war erfolgreich gewesen. Die Blumen hatte sie ausrupfen und die Töpfe zerschlagen wollen, da behielt ich sie lieber. Eigentlich liegt es mir fern, anderen Leuten den Spaß zu verderben oder mich überhaupt in ihre Angelegenheiten zu mengen. Außerdem hatte sie mir die Wohnung gegeben, obwohl ich längst nicht der einzige war, der sie haben wollte.

»Was zieht Sie ausgerechnet in ein Land, das Juden prinzipiell nicht einreisen läßt?« fragte ich trotzdem. »Juden nicht?« Sie tat, als höre sie das zum erstenmal. Allerdings sei sie ja auch keine Jüdin, wenngleich sie Israel und seinen Überlebenskampf außerordentlich bewundere.

Aus den Lücken zwischen den Sukkulenten schoben sich dicke Blütenkissen heraus, bis sie sich in einem Schwall auf die Fliesen ergossen. Ob früher oder später, das ließ sich nicht sagen. Wo die Zeit gerade stand, offenbarte sie nicht. Der Nachsommer hielt unsere Stadt fest in warmer Umarmung. Nichts lag in der Luft als Verheißung. Was genau sie versprach, war nicht ganz klar. Aber mein Herz schlug schneller.

Auf meinem Dachgarten erblühten fortlaufend die Rosen. Selbst die zarteste mit den kleinsten Knospen gab einfach nicht auf. Gegen Abend mischte sich in ihren Duft auch noch das süße Aroma aus den großen Tiegeln der Schokoladenfabrik hinter der Bahnlinie.

Etwas Betörendes lag in der Luft über dem Strom. Sie konnte einen benebeln. Aufputschen und betäuben in einem. So wie hundert Jahre zuvor die Soldaten, die man erst einmal hierher abkommandierte, um ihre Tropenfestigkeit zu erproben, damit sie in der Lage wären, der großen Fata Morgana des Südens standzuhalten, die hinter ihrem geheimnisvollen Schimmern Unheil ausbrütet. Wer sich den Träumen gewachsen zeigte, die sich schon vorher, nämlich bei uns aufdrängen, wurde vom Kaiser in seinem karierten Berlin in die Welt hinausgesandt.

Durchwirkt mit Träumen ist die Seide unserer Luft hier. Ginger ließ einen träumen, wenn sie auf dem Unterschied bestand, der Wirklichkeit und Einbildung trennt. Nun gibt es Träume, die zur Wirklichkeit werden müssen, aber auch Einbildungen, die Wirklichkeit verhindern, das war ihre Einsicht.

Eines Tages drückte Mayo seine Zigarette in den Sand, er rannte los und flitzte am Ufer bis zur Brücke. Leicht und hochgewachsen, Muskeln und Sehnen an langen Knochen. Mayo wußte nicht viel, aber das wenige hatte er parat. Er war schnell und stilsicher. Am liebsten wäre er Fußballer geworden, aber dafür reichte es wohl nicht.

Von allen Sportarten, die ihm samt und sonders mißfielen, sagte Jarl, öde ihn Fußball am meisten an. Wollte Mayo ihm trotzdem von einem Match vorschwärmen, von seinem Lieblingsverein oder einem Spieler, hörte er: »Traurige Beine stampfen fehlfarben über Rollrasen, verschone mich damit.«

Auch ich nahm wenig Anteil am sportlichen Geschehen. Aber Hans hörte Mayo, seinem Knappen, zuliebe zu und ließ sich Tabellenplätze aufsagen. Er sonnte sich in Mayos Bewunderung, der sich von Hans in alles andere, was nicht Sport war, einweihen ließ.

Wenn Sport wegfiel, machte es nichts, wir brauchten keine Gesprächsthemen, weil wir uns kaum miteinander unterhielten. Unsere Runde wurde nicht vom Plaudern zusammengehalten.

Dann kam mein 35. Geburtstag. Ich lud ein paar Freunde von früher zu mir ein. Sie hockten in der Ecke herum, öffneten ab und zu den Kühlschrank und wuchsen mit der Flasche in der Hand auf dem Dachgarten zu einem Klumpen zusammen. Am festesten eingebacken ich selber.

Unerträglich war mir auf einmal die Enge zwischen meinen Bildern, dem Tisch und dem anderen Zeug. Was wollte ich mit diesem Abend? Er hatte nur zu jener unguten Mixtur aus Fremden geführt, die nichts teilen als den Irrtum, zwischen ihnen gebe es irgend etwas Verbindendes.

Der Kalender ist dumm. Für ihn sind die Tage kurz. Dabei wog nun jeder von ihnen soviel wie früher ein Monat. Deswegen war mein Geburtstag bedeutungslos. Ich war jünger denn je, voller Erwartung den Verheißungen gegenüber, die das Leben bereithielt. Tag und Nacht gehörten mir, von einer Zeit überlassen, die gehen oder stehen mochte, in diesem Herbst war das dasselbe, und es machte keinen Unterschied, ob Hans älter oder Mayo jünger war. Die Unterschiede lagen woanders. Ginger war ein Unterschied.

In lauen Oktobernächten saß ich im Liegestuhl draußen auf dem Balkon zwischen den noch immer warmen Ziegeln der kubistisch gestaffelten Dächer – großer, mit denen die Häuser gedeckt waren, und kleiner auf den Giebeln. Zwischen den steingrauen Drahtschleifen einer Fernsehantenne hockten ein paar Krähen im milchigen Licht. In einem der Gärten unter mir ging forciertes Lachen nach und nach in herzliche, alkoholisierte Albernheit über.

Einmal erwachte ich vom tastend auf meinem Leib balancierten Gewicht einer Katze, die über die Firste gewandert war. Ein Kater. Sein bernsteinfarbenes Irispaar schaute mich aus der runden Pelzschwärze an, die mit dem Himmelsdunkel verfloß, aus dem in unerforschlichen Mustern verschüttete Sterne wie unzählige gelbe Augen herabglitzerten. Ich hatte vergessen, wie viele von ihnen es da oben gibt. Eine maßlose Pracht, von der auch etwas Unheimliches ausgeht. Sieh doch, wie schön, redete ich mir zu, aber das mulmige Gefühl blieb.

Ich versuchte, nicht weiter daran zu denken – was aber nichts nutzte. Das metallische Aroma im Rachen war einmal da: So schmecken die Sterne da oben, so schmeckt, wie auf alten, ernüchternd vergangenen Schallplatten, der Hall der verflossenen Zeit.

Und da war ich auf einmal nicht mehr so jung. Würde nie mehr jung sein, so wie ich es doch zeitlebens immer gewesen war. Unversehens klaffte in dieser Nacht ein Riß in der Erde. Auf der anderen Seite standen all jene, die noch jung waren, und ich war es nicht mehr. Der Kater saß auf meinem Schoß und sah mir ins Gesicht, während er zu schnurren begann, dabei streichelte ich ihn nicht einmal.

Als ich am nächsten Tag Ginevra von dem tristen Erwachen erzählte, meinem Grauen, von der Angst, es werde mich nun nie mehr verlassen, lachte sie nur: »Darüber spricht man nicht.«

Das war die Art Einsamkeit, die wir in der Not einander schenkten. Aber ich verstand doch auch, worauf es hinauslief. Ginger duldete keine Zweifel an meiner Tapferkeit, am wenigsten in ihrer Brust. Sie schützte die Wirklichkeit vor dem irrlichternden Trugbild. Jeder mußte sich alleine schlagen, das hatten wir uns ausgesucht. Und tapfer mußten wir dabei schon sein, auch wenn wir das nicht an die große Glocke hängten.

Doch gerade jetzt war ich nicht mehr der Jüngste, als der ich einmal angetreten war. Wie sehnte sich meine Seele nach dem unberührten Glanz der makellosen Silberscheibe zurück, die mir einmal zum Geschenk gemacht worden war, bevor sich in ihren immer blinderen Spiegel eingegraben hatte, was kommen muß.

Ich nahm mir vor, das alles möglichst rasch wieder zu vergessen, die ganze Zeit und so weiter, statt dessen die Tage zu genießen.

So wie Mayo und Hans, auch wenn sie sich nicht damit abfinden konnten, wo wir lebten, und jeden Tag fluchten, daß sich all das leider hier abspielte. Gewiß, hier, hätte ich ihnen am liebsten zugerufen. Aber sie wußten es doch selber. Ihr Haar hatte sich in all den Jahren mit dem Dickicht des Flußufers zu einem unauflöslichen Filz verworren. Ihre Herzen prangten als Details im Ornament des Läufers, über den das Leben zieht – nicht das imaginierte Treiben in New York, London, Shanghai oder Budapest, sondern das echte Leben hier, in unserer kleinen Stadt am großen Fluß.

Mit ein paar Pralinen unter dem Arm klopfte ich an Gingers scheppernde Tür aus Eisen und Glas. Sie kam nach einiger Zeit aus der hinteren Kammer, und als sie die Pappschachtel entgegennahm, verlor sich das Licht auf ihren Zügen. Das Restlächeln gelang ihr nicht gut, mit dem sie die Supermarkt-Schokolade beiseite legte. Sie sagte etwas Witziges, das ich nicht begriff, und dann rief sie »Hahaha!« über den Hof, daß ihre Stimme von den übrigen Türen widerhallte. Ginger nahm es mir nicht übel, daß ich nicht verstand, was so witzig war.

Sie verzieh es notgedrungen, gab und nahm in diesem Jahr, als wir uns alle wie losgelöst umeinander drehten und unser Leben nicht aus zweiter Hand genossen.

Ginger war alles: Sie war launisch, preziös und schamlos ignorant, wenn eine Sache sie nicht interessierte. Es störte sie nicht, wenn sie anderen dadurch suggerierte, sie hätten sich blamiert. Zu ausschließlich war ihr Interesse an ihren eigenen Einsichten geschult, sie fühlte sich, was das betraf, auf gedankenlose Weise unumstößlich im Recht.

Sie konnte auf die einfachsten Tätigkeiten einen Nachdruck bis hart an die Grenze des Befremdlichen legen. Noch mehr faszinierte mich, was sie beiläufig abhandelte: sogenannte Hauptsachen, Fragen von bekanntem Gewicht. Sie verfügte über eine eigene Waage, ein innerliches Präzisionsinstrument. Mit Ungefährem war sie nicht zufrieden.

In ihrer Welt war nichts zufällig schwer oder leicht. Natur und Rang einer Sache waren gewiß. Und dann streute sie in ihre Rede ein, wenn man nicht sofort von der umfassenden Richtigkeit ihrer Mitteilung erfaßt war: »Das kannst du mir ruhig glauben.« (Ich verstand nicht von Anfang an die Einladung, die sie damit aussprach, es zu dürfen.)

# 3

Jarl blieb mir ein Rätsel, und das ließ mich nie vergessen, daß ich auch Ginger nicht vollständig verstehen konnte. Was fand sie an einem Trockengewächs wie Jarl? Ich bemühte mich, ihn besser kennenzulernen, was nicht leicht war. Mit seiner schroffen Art raubte er einem die Lust, auf ihn zuzugehen. Dazu waren lange Schritte erforderlich. Es lag eine unermeßliche Fremdheit zwischen uns.

Selbst wenn er mit anderen – Mayo oder Hans – gelegentlich zusammenwirkte, wir beide wären nie auf die Idee gekommen, den Versuch zu machen, uns gemeinsam irgend etwas auszudenken.

Vielleicht fehlte uns aus diesem Grund eine Brücke. Je nach Temperament konnte man sie als Haupt- oder Notbrücke ansehen, mit der sich der Graben überqueren ließ, der Jarl umgab. Ohne Ginger wäre für mich ein Zugehen auf Jarl überhaupt nicht möglich gewesen, so fremd war er mir. Wir hätten uns weiterhin einfach nicht bemerkt, wären wie eh und je aneinander vorbeigelaufen, selbst in diesem Herbst, der alles in sein anderes Licht tauchte.

Dabei deckten sich manche unserer Leidenschaften, theoretisch wenigstens. Aber es ist ohnehin verbrieft, daß eben solche Überschneidungen die, um die es geht, stärker voreinander warnen, als umfassende Berührungslosigkeit es je könnte.

Jarl changierte. Er bewegte sich zwischen halbdurchsichtigen Vorhängen, wie ein Fisch im Wasser. Seine Konturen schwammen und verdoppelten sich. Er war kalt und badete in Gefühlen. Man bekam ihn nicht zu fassen, falls man es darauf anlegte. Wäre es einem doch gelungen, wie hätte der Fisch in seinem eisern schimmernden Schuppenhemd auf den Fingern gelegen? Ich fragte mich, ob Jarl unangenehm weich oder aber härter war, als wir es uns ausmalen konnten. Doch irgend etwas hatte er, das Ginger gefiel.

»Hört endlich auf damit, Funken aus vermeintlich neuen, möglichst abseitigen Kombinationen schlagen zu wollen, wen soll da denn noch irgend etwas überraschen?« sagte er. »Der einzige Surrealismus, der einen vielleicht noch frappieren kann, bringt zusammen, was tatsächlich zusammengehört. Allenfalls die Logik, der aufgeräumte und abgeklärte Sinn, bewirken noch einen Schock in dem Sumpf kompletter Willkür, der sich Wirklichkeit schimpft.«

Da hatte er seine Pause. Wir nickten, aber eigentlich fand das keiner von uns. Soweit überhaupt zu verstehen war, was er sagen wollte. Wir fanden es schon deshalb nicht, weil doch klar war, wohin es führte: in die Langeweile nämlich. Er, der immer über die verborgenen, unausgeführten Möglichkeiten herumschwadronierte, klebte letztlich an den Erscheinungsformen, die sich das Leben zufällig aussuchte, und zwar so wie sonst niemand? Danach sah es aus. Außerdem, zu beweisen, daß die Phantasie der Wirklichkeit unterlegen ist, bereitet wenig Schwierigkeiten. Aber dann?

Während wir uns damit herumschlugen, etwas Farbe ins Dasein zu bekommen und überhaupt ein Bild von uns entstehen zu lassen, rümpfte Jarl über jeden Ansatz dazu die Nase, als hätte er dergleichen nicht nötig. Jeder von uns hatte seine eigene Idee davon, worauf es ankommt. Auch damals schon, als wir noch nicht wieder zerstreut waren, sondern im Gegenteil gerade anfingen, nächtelang zu feiern, hintereinander her durch die Stadt zu ziehen und uns eine Zeitlang miteinander wohlzufühlen.

Wir orderten Nachschub an Bier. Luis rief dem Kellner hinterher, er möge die neue Runde Branntwein nicht vergessen. Nachdrücklich gestikulierte er mit den farbverschmierten Händen. Nach dem Job im Kindergarten hatte er heute lange im Keller gemalt. Hans nickte beifällig und zwängte sich aus der Enge zwischen Sitzbank und Tisch. Als er von der Toilette zurückkam, standen frischgefüllte Gläser vor uns, auch an seinem Platz warteten zwei, ein großes und ein kleines. Mayo schob seine Mütze in den Nacken, als Hans lautlos die Hände zusammenschlug. Dabei glänzten seine Augen wie Erdöl. Sie richteten sich über uns hinweg, ins All, in die Ewigkeit gewissermaßen, und plötzlich fauchte er auf: »Artisten! Zum Kunststück sind wir geboren, und deshalb ist der Absturz vom Seil, auf dem wir tanzen, Gesetz, sofern wir auch nur einen Tag nachlässig leben und vergessen, was wir unserem Schicksal schulden. Darum wird der Artist bis aufs Blut gehaßt von allen, die ihn nicht um sein Werk, sondern um sein Leben beneiden, das sie folglich auf ein Werk zurückzuschneiden trachten mit jedwedem Mittel, so es nur perfide und mies genug ist!«

Die Schlagader an seinem Hals pulsierte rhythmisch mit aller Deutlichkeit, und ich fragte mich im stillen, welches Vorbild er diesmal unausgesprochen plünderte.

Sebastian war das ohnehin gleichgültig. Wie stets hörte er weg. Sein Kugelschreiber flog über den Bierdeckel und entwarf mit altmeisterlichem Strich einen weiteren masturbierenden Batman, diesmal von hinten.

Horst saugte an seiner Haschischzigarette und ließ das frische Bier kalt in seiner Kehle stehen, bis sich die flüssige Säule erwärmte, sagte aber nichts unter seinen grauen Locken.

Parkland gab bekannt, er wolle hinab zum Fluß ziehen, und schulterte bereits seinen Kameragurt. Ein paar Reflexe nächtlich erleuchteter Büros auf den Wellen seien der Redaktion stets willkommen. Hans brummte irgend etwas, das darauf hinauslief, die tragische Differenz zwischen schnöder Berufstätigkeit und der Poesie radikaler Ungebundenheit in Erinnerung zu rufen.

Ginger hatte genug und wollte heimgehen. Jarl zahlte und murmelte dabei etwas vor sich hin, dem zu entnehmen war, daß er in den nächsten Tagen nach Berlin reisen werde, um dort für seinen Film zu recherchieren.

»Was für ein Film eigentlich«, rief Sebastian zwar noch, aber die Tür jaulte schon hinter den beiden, und dann gleich noch einmal, weil Parkland ins Freie folgte.

Als der Spanier, der in Wahrheit Portugiese war, seinen Laden verriegelte, machten wir bei Mayo weiter. Irgendwann kam sogar Parkland noch einmal im Konsortium vorbei, in der Hand die druckfrische Zeitung vom nächsten Morgen. Sein Foto vom Nebel, durch den Hochhausfenster zaghaft in die Finsternis schimmerten, schmückte die Titelseite.

»So etwas wird gerne gedruckt«, quittierte Parkland

entschuldigend unsere Blicke und nahm einen Schluck. »Weil nichts drauf ist. Mir solls recht sein.«

»Nun denn«, brummte Hans mißbilligend aus dem Keller seiner Brust. Wir anderen äußerten uns nicht weiter dazu. Die einen, weil sie Parkland darum beneideten, daß er einer bezahlten Arbeit nachging, die er sich nicht selber auszudenken brauchte, die anderen, weil sie fanden, es sei eine Sache, wenn er sich mit solchen Quisquilien abgab – für das, was zählt, waren jedoch immer noch wir zuständig.

*Wie* nichts drauf ist, darauf kam es an. Dafür hatte Parkland uns. Er war ganz zu Recht dankbar, wenn er nach Belieben auftauchen und dabeisein durfte.

Ich war froh, als ich endlich die Wohnungstür hinter mir ins Schloß warf. Glücklich allerdings, daß ich mittendrin steckte – in dem, was sich für mich an Aufregendem, Neuem abzeichnete. Wenn es nicht dauern konnte, war mir das sowenig bewußt wie dem Schlafenden, daß sein Traum endet.

Als es dann soweit war, zeichnete sich alles ganz scharf ab. Eine Zeitlang kann vielleicht alles gleichzeitig zusammen wahr sein, dann wird es wieder getrennt vom Scheidewasser der sogenannten Faktizität.

Aber wen geht das noch etwas an? Es ist vorüber. Abgerissen und vorbei die schwarze Prozession unserer Wünsche durch die Nacht. Die Geschichte ist nichts Fortlaufendes. Die Geschichte ist das, was vergangen ist. Deswegen ist sie die Domäne des Teufels. Aber es ging ja erst los. Und die Zukunft gehört Gott.

# 4

Sebastian hatte sein letztes Geld genommen und sich nicht zehn oder zwanzig, sondern einen ganzen Arm voll Rosen gekauft, von Rot in Schwarz übergehend, wie das Blut aus einer Wunde. Er stellte eine weiße Säule mitten in seine Ausstellung bei Granader, und obendrauf die Rosen.

Sebastian wollte keine Brechungen oder irgendeine andere Zurücknahme. Rosen für dreihundert oder vierhundert Mark, in einer Glasvase ohne Schnörkel, und an den Wänden hingen seine Bilder.

Die wenigsten davon waren schon trocken. Er schraubte auch kleine Postamente an die Mauern, die seine neuen Skulpturen trugen – barocke Schnörkelgebilde aus Dentistengips, bezogen mit hauchdünnem Leder verschiedener Farbe, man verstand kaum, wie Sebastian es machte, so fein waren die Nähte.

Ich fragte ihn, warum er lasierte und nicht alla prima malte, wie es sich meiner Meinung nach gehört, erntete jedoch nur ein Schulterzucken. Er legte die Ölfarbe Schicht um Schicht auf die Leinwand, malte Rocailles in Pelzmantel oder Reithose, und in großen Buchstaben die Titel der Bilder gleich dazu. Eigentlich immer denselben: *Liebesdienst.*

Wem von uns die Sache mit den Rosen gefiel und wem nicht, erfuhr Sebastian nicht. Ginger bekam nicht genug davon, sowenig wie ich. Wir kauten sie immer wieder durch. Und die anderen? Wie soll man es wissen, schließlich sprachen wir ja nicht miteinander. Nicht über etwas, das zählte. Nicht über uns. Ich kann mir doch nicht ausdenken, wie wer empfand. Wenn Parkland sich über meine Ausstellung, die ihm so mißfiel, eindeutig geäußert hatte, war das nur ein weiterer Beweis seiner Randständigkeit.

Sebastians Hunger auf Bilder jedoch war so gewaltig, daß ihm Galerien und Kunstbücher nicht langten, um satt zu werden. Selbst die Arbeit seiner Freunde interessierte ihn, und das will etwas heißen. Eines Nachmittags kam er tatsächlich bei mir vorbei, um meine neuen Zeichnungen anzusehen. Einiges gefiel ihm zu meiner Überraschung sogar; er sagte mir beides, was ihm gefiel und was nicht. Und das, obwohl Sebastian wirklich zu unserer Runde gehörte.

Ernstlich freilich machte er sich etwas aus den Fotos, die Ginger machte und die sie in ihre Kästen tat. Ohne daß wir je darüber gesprochen hätten, steht fest, er machte sich überhaupt etwas aus Ginger.

Ich auch.

Als Hans allerdings Sebastians Rosenstrauß bei Granader im Hauptraum der Galerie sah, verfinsterte sich sein Gesicht: »Was soll denn der Gummibaum hier?«

Seine Abneigung kam ganz von innen, wo es nicht so großzügig aussah, wie seine Großspurigkeit vorgab. Ich zweifelte keinen Augenblick, eine karge Topfpflanze, wo Sebastian sein Denkmal der Leidenschaft errichtet hatte, hätte Hans viel weniger irritiert, als es die Vase mit den Schnittblumen vermochte.

Denn Schnitt heißt, daß es nicht dauern wird, und Blumen, daß es eine Zeitlang schön ist.

Vom Strom in seinem Bett stieg der schwüle Dunst der Undeutlichkeit empor und legte sich auf alles, was nicht lebte, und alles, was lebte, und machte das eine wie das andere. Die Grenzen verschwammen und mit ihnen die Gewißheit, wo sie verliefen. Im Nachsommernebel aber stand Ginger und gab der Klarheit ein Gesicht.

Hans, der fortwährend davon sprach, sich aus der Stadt abzusetzen, wollte keinen radikalen Bruch, es sollte peu à peu passieren, im Lauf der Zeit – die vielleicht ja gar nicht lief, sondern im Sommer stehenblieb oder gelegentlich auch Bocksprünge vor und zurück machte.

Wir kamen darauf, seine Zimmer gemeinsam zu übernehmen. Hans konnte dort schlafen, wann immer er wollte, und wir machten in ihnen, wonach uns der Sinn stand. Es war eine Art Gehäuse, wo unsere Scherenschnittprozession jederzeit Einzug halten konnte.

Die Unterhaltungen, die wir dort führten, hatten nicht Wörter zum Inhalt. Abwechselnd boten wir etwas an, Bilder oder sonst etwas, Situationen, Klänge, bauten Gebilde auf oder schlugen Wände durch.

Die Räume füllten sich mit Menschen, die wir noch nie gesehen hatten. Es hatte sich herumgesprochen, und nun fuhren manche stundenlang, um dabei zu sein und immer neu im dicken Tabakqualm unter gleißenden Lampen eingekeilt zu stehen, zu rauchen und zu trinken und zu sprechen, aber nicht sehr viel und selten über das, was dort vorgestellt wurde. Die Musik und das Durcheinander der Stimmen arbeiteten sich ohnehin alles ein.

Hans drohte umso entschiedener: »Wer weiß, wie lange ich es überhaupt noch hier aushalte. Wenn ich nur soweit bin, bindet mich hier nichts mehr. Ich weiß bloß noch nicht genau, ob es auf Island hinausläuft, das Goldene Horn oder die Bretagne.«

Sein Bett gab es nicht mehr, Hans hatte es beseitigt, das war die erste Stufe seiner Absetzbewegung gewesen, die ihn, wie er hoffte, irgendwann fortspülen sollte, aber den Kühlschrank vor dem Kopfende, der ihm auch als Nachttisch gedient hatte, brauchten wir weiterhin dringend in der Herbsthitze, wenn sich die Luft durch die Wärme unserer Körper zusätzlich aufheizte.

Und ohne daß Hans sich gegen Morgen zum Schlafen in der Ecke zusammenrollte, fehlte etwas, das war klar. Die Zweige der Akazien vor den Fenstern zitterten bittend in blattloser Schwärze, als ginge es darum, seine Träume zu schraffieren.

Hundert Meter weiter die von prächtigen, alten Bäumen gesäumte Straße hinauf wohnte Granader in einer klassizistischen Villa. In seiner Galerie, dort, wo er gerade Sebastians Werke zeigte. Hans stellte sich bei Granader mittags zum Duschen ein, und nötigenfalls konnte er sich danach auch immer etwas verdienen mit Ein- oder Ausrahmen, Hängen, Abhängen, Herumhängen.

Rothäutig, weißhaarig, unruhig rauchend bellte Granader ins Telefon, und dann trat er vor die Tür, lachte nervös vor sich hin, Wissen und Wesen in Deckung haltend. Drinnen schrien die langen, losen Dielen der Ausstellungsräume bei jedem Schritt auf, als kämen auch sie nur schwer zurecht mit den schwarzroten Rosen dort in ihrer Glasvase.

Niemand möge sich täuschen: Er werde uns bald verlassen, sagte Hans. Hans wollte tatsächlich fort. Wie wir alle eigentlich, er aber, der tapfere Hans, dessen spacker Leib einen um das Papier-Mâché bangen ließ, aus dem er gefertigt schien, war ein Mensch der Tat. Nur wann? Er nahm sich noch ein Bier und sprach rauchend auf Mayo ein.

In seltsamem Kontrast zur Zartheit seiner Erscheinung stand die Unverwüstlichkeit seiner Konstitution, die es ihm erlaubte, sich von Alkohol und schwarzen, filterlosen Zigaretten zu ernähren.

So leicht war dieser zähe Schatten, daß man unwillkürlich um ihn fürchtete und wir ihn in die Mitte nahmen, wenn wir loszogen, allen voran ging sein Schildknappe Mayo. Die Nächte blieben warm, und im Reigen schlängelten wir uns zwischen den Laternen durch die Stadt.

Paavos Pfiffe gellten als Ornamente durch Tag und Nacht und kreuzten die kurvige Bahn seiner Bumerangs. Von seinen Nebentätigkeiten als Weinhandelsgehilfe und Taxifahrer brachte Paavo halbleere Probeflaschen und wortkarge Freundinnen mit, denen er, gehüllt in die Wolke aus Tabakrauch und Gelächter, die Blusen öffnete, während wir anderen über ihn staunten. Unter unseren Schuhen knirschte das Eis der gläsernen Scherben, mit denen Luis den Boden dick bestreut hatte.

Paavo, der nur über Probleme nachdachte, die keinen außer ihn interessierten. Theorien daraus gewann, etwa über steinzeitliche Erotik, die niemanden ermutigt hätten, viel auf seinen Verstand zu wetten.

Auch Ginger beeindruckte sein Auftreten in der Lederhose, die er Tag um Tag trug wie das Pferd sein Fell. Seine geschwollenen Reden fand sie interessanterweise nicht nur lächerlich. Paavo strahlte aus königsblauen Augen. Jugendstilhaft prangten die gelben Locken, wenn er weitarmig gestikulierend sein verschnörkeltes Finnländerdeutsch in die Luft schrieb, barock umtrudelt vom Bumerang, mit dem Paavo um sich warf, wo immer man ihn ließ. Paavo, der Wurfhölzer bei sich trug und Träume schwang, war unser pfeifender Herold.

Scherze, die überhaupt nicht witzig waren und lediglich an dem Teppich ruckeln sollten, auf dem wir standen, waren aus irgendeinem Grund Jarls Ideal. Ginger gefiel das erkennbar auch nicht besser als mir. Die Verunsicherung stieß sie ab. Trotzdem mußte er es immer wieder tun, auch wenn er wohl selber spürte, daß er es besser unterlassen hätte. Daß die Witze nicht zündeten, gab er als ihre Pointe aus.

Sie waren so wie der ganze Jarl. Was er damit erreichen zu können glaubte, fand ich nie heraus. Neunundneunzig unkomische Witze lang warteten wir auf den hundertsten, an dem dann angeblich mehr sein sollte als an allen Knallbonbons zusammen. Nach Jarls Theorie. Die stimmte – oder eben auch nicht.

»Gestatten: Verboten«, war einer von seinen müden Scherzen, für die er auch schon gut gelaunt sein mußte. »Ferdi Verboten, Enthusiast aus dem Westen.«

Die ausbleibenden Pointen, behauptete Jarl, sind nämlich Sinnbilder der Pausen, und Pausen sind rund, nichts in ihnen ist festgelegt, in jeder Richtung kann es weitergehen. Voller Bilder sind sie, zum Platzen gefüllt mit Möglichkeiten, mit allem, was geschehen kann, zum Beispiel Witz. Ha ha ha. Vermutlich sei das Leben überhaupt nur zu ertragen dank der Pausen, während derer wir vor Langeweile gähnen, Pausen, die den Trott abwürgen, die Unterbrechungen sind im öden Strudel des Geschehens, der haltlosen Veränderung.

Ich konnte mir etwas anderes vorstellen, was dafür sorgte, daß sich das Leben ertragen ließ. Meine Güte, sie begann einem wirklich leid zu tun – Ginevra!

Jarl sah doch gar nichts, bekam doch überhaupt nicht mit, was sich ereignete. Er hatte nur seinen Film im Kopf, auch so ein Hirngespinst, so ein Popanz und Blindmacher. Da konnte vor seiner Nase die Weltesche Yggdrasil umfallen, Jarl hockte weiter auf einer Insel inmitten eines breiten Stroms von zukünftigen Eventualitäten, wartete und wartete, und das war es, was passierte: Warten.

Der sonnenblonde Paavo baute sich in seiner glänzenden Hose mitten in unserer Runde auf und tanzte vor Ginger wie ein Höhlenmann, aber Jarl sann und wartete darauf, daß etwas passierte. Wahrscheinlich konnte man ihn einfach nicht verstehen, aber irgend etwas mußte sie ja an ihm finden. Ginger war nicht die Frau, die einen Mann erträgt, den sie nicht liebt.

Ehe aber der Abend kam und unsere Zeit um war, mußte etwas geschehen.

Ich brauchte mich noch nie stark auszubreiten. Irgendwo konnte ich meine Arbeit machen, und zwar immer. Mich durch die Umstände, Störungen, Lärm oder die Beengtheit der Verhältnisse abhalten zu lassen von dem, was ich zu tun hatte, verbot mir der Stolz. Einschränkung hatte auch ein Gutes, der Zwang nämlich war damit gegeben, vorher immer genau zu prüfen, ob es die Mühe wert war und wie es sich verwirklichen ließ. Das formulierte eine eigene Ästhetik. Präzision kann zur Leidenschaft werden. Die im Gebrauch befindlichen Pinsel standen nach der Arbeit alle in dieselbe Richtung geneigt und mit sauber, frisch in Form gestrichenem Haar vor mir auf dem Tisch. Die Farbtuben und die Palette putzte ich täglich mit, wenn ich die Stifte polierte und die Papiere aufeinander begradigte.

Um einigermaßen Ordnung zu halten (die darauf beruht, keine Unordnung entstehen zu lassen), hatte ich mir stillschweigend einen Teil des Dachbodens neben meiner Wohnung als Lagerraum angeeignet, aber auch er war schon voll. Eben war noch etwas Platz in dieser oder jener Ecke gewesen, dann malte ich in einem fort. Die Bilder flossen nur so aus mir heraus, ich hatte vielleicht irgendwo ein, zwei Ausstellungen, malte noch mehr.

Kamen auch noch unverkaufte Bilder wieder zurück, schlug ich sie in Plastikfolie ein und trug sie unverzüglich über den Flur aufs Lager. Selbst wenn ich die Formate meiner Bilder längst den Verhältnissen angepaßt hatte, ergab sich ein deprimierender Konflikt zwischen meiner Arbeit und mir um jeden Flecken, der noch frei war.

Um mich zu fangen, wartete ich oft nicht den abendlichen Zug mit den anderen ab und spazierte durch die Gegend, alleine, sah prüfend ins Blau des Himmels, behielt allerdings auch den Weg im Auge, darauf achtend, den Fuß nicht auf die Ritzen zwischen den Steinplatten des Trottoirs zu setzen, was mir widerlich ist.

Bis ich fortfuhr mit dem Anfüllen des Lagerraums, hatten sich vielleicht wieder ein paar Bilder verkauft, und so ging die Sache letztlich irgendwie gut, ohne daß mein Problem zu lösen war. Einfach tapfer weitermachen!

Wir alle hatten eigentlich dasselbe, auch wenn nicht jeder es so empfand. Jarl sicherlich nicht, weil er sich mit Ideen begnügte, die er irgendwann in einen Film überführen wollte. Ob das jemals geschehen würde? Und wenn, dann hatte er eine Kassette im Regal: *Mein Film*.

Sebastian aber litt unter der Schwierigkeit zweifellos verschärft. Der Drang, seiner inneren Welt materiellen Ausdruck zu geben, erschöpfte sich nicht. Es sprudelte immer weiter aus ihm heraus, nur bot sich kaum einmal eine solche Gelegenheit wie jetzt bei Granader, was dabei herauskam, angemessen ausgestellt zu sehen.

An einige, die keine Ahnung hatten, was sich Sebastian eigentlich an Unabhängigkeit herausnahm, wie kühn er tatsächlich war, wenn er stur seiner eigenen Nase folgend malte, verkaufte er hin und wieder etwas – direkt, ohne Galerie und Ausstellung. Mehr blieb zurück, kam hinzu. All das Inventar seiner Träume, in Öl, Gips und Gold, stapelte sich zu Hause, und man mußte seine vielen Freundinnen bewundern, die sich dazwischen einen freien

Hocker suchten, wo sie sich außerhalb des Betts aufhalten konnten.

Sogar im Treppenhaus hatte er die Wände mit Bildern und Plastiken bestückt, was Sebastian zittern ließ, ob jemand im Vorübergehen etwas davon mitgehen ließ. Sebastian nötigte die Lage unbestreitbar einiges ab, aber eigentlich stellte sich jedem von uns dieselbe erniedrigende Frage: Wohin nur mit all dem, für das man sich aufrieb, damit es einem dann im Weg war.

So war es nur logisch, wenn weder Jarl noch Hans oder sonst einer von uns über Sebastian, seine Arbeit und seine Schwierigkeiten viel nachdachten. Nur Ginger tat es. Nicht alleine, daß sie sich genau ansah, was Sebastian machte, und keineswegs bloß bei Granader oder in Hansens Apartment, wo wir uns selbst in Szene setzten. Sie besuchte Sebastian zu Hause. Kaufte dann manchmal sogar etwas, eine Zeichnung oder ein Ölbild von ihm.

Übrigens von niemandem sonst.

Abends stieg müder Dunst vom Fluß auf, um sich auf alles und jeden zu legen in der Stadt, auch auf die Sukkulenten oben bei mir, auf die pfundschweren Rosenblüten und auf den Kater zu meinen Füßen zwischen den Blumentöpfen, der mich hin und wieder besuchte. Ein alter Ritter.

# 5

»In den nächsten Tagen fahre ich nach Berlin. Mein Film muß endlich vorankommen«, sagte Jarl eines Abends, als wir uns wieder einmal beim portugiesischen Spanier den Freuden des einfachen Lebens hingaben. Weiter kam er nicht, denn die Kellnerin bog gerade so schneidig um die Ecke, daß ihr die Kanne Sangria für den Nebentisch vom Tablett schlitterte. Die braungebrannten Möbelpacker mit den schenkeldicken Armen lachten herzlich. Luis zuckte mit der Schulter und pflückte das Obst von seiner Hose.

Als das Mädchen mit dem Lappen kam und schwärzliche Schlieren über die Fliesen verteilte, die Schuhe von Luis einbezog und sich dann an seinen Beinen emporarbeitete, nutzte Sebastian die Gelegenheit, gleich noch eine Portion verkohltes Huhn zu bestellen.

»Was für ein Video?« wollte ich von Jarl wissen.

»Ich muß recherchieren, für meinen Film, ein paar Drehorte auskundschaften und so weiter. Ihr könnt euch das denken.«

Nichts konnten wir uns denken.

»Film, sagst du? Hans und ich wären unter Umständen bereit, eine Rolle zu übernehmen, wenn uns die Sache zusagt«, aber Jarl ignorierte Mayos Angebot.

»Achtung, Parkland: Kamera bereithalten – vorher/nachher«, gab Luis näselnd Weisung und setzte sich schon einmal gerade hin, als er die Kellnerin mit einem neuen Krug von der Theke aufbrechen sah.

»Vielleicht gefällt ihr deine Hose«, erwog Paavo melodiös, »laßt uns von Glück sprechen, daß es sich bei uns nicht um Intellektualisten handelt.«

Das Leder, das sich um Paavos eigene Beinmuskulatur spannte, glänzte dazu wie ein britischer Soldatenschuh. Luis hielt Ausschau, wo die Kellnerin abblieb.

»Wann also soll es losgehen?« versuchte es Mayo noch einmal bei Jarl.

Hans gab die Antwort: »Kippen wir noch einen *Fundador*, und dann auf die Piste, der Sonne entgegen!«

Paavo ließ einen lauten Pfiff los, der das Nikotin von den Stierkampfplakaten fegte, bevor er rief: »Drei Jahre Taxidienst und noch kein einziger Toter. Ich werde euch chauffieren! Brechen wir auf? Steigt ein! Platz für einen, Platz für alle!« Vielleicht ein altes finnisches Sprichwort.

»Du bist doch auch dabei, Rudi?« ermunterte mich Parkland, der die Linse seiner Kamera von versprengten Sangria-Tröpfchen säuberte.

»Leider unmöglich. Meine Ausstellung. In fünf Tagen geht es los.«

»Dann sind wir längst wieder zurück«, lachte Mayo. Aber es war klar, daß ich nicht mitkam. Nur anderthalb Wochen trennten mich von meiner Ausstellung in einer neueröffneten Galerie, mit der ich gute Beziehungen aufzubauen hoffte. Bis dahin hatte ich mehr als genug zu tun.

Parkland hatte schon wieder das Objektiv vorm Gesicht und richtete es über die Länge des Tischs auf Hans und Mayo. Für Paavo freilich lag der Fall klar: »Eine letzte kleine Runde Branntwein, ich fahre die Kutsche vor, und dann ab der Posten.«

Seine Kutsche, das war nicht einfach ein Auto. Es war ein Kreuzfahrtschiff – ein echter *SIL* aus dem Kremlfuhrpark, den Paavo beim Wettschwitzen in einer karelischen Sauna gewonnen hatte.

Jarl hatte gemerkt, wie wenig wir mit seinem minimalistischen Gerede über das, was er vorhatte, anfangen konnten, und sah vor sich hin. Vielleicht dachte er an Paavos Fahrstil. Schon nüchtern ließ der den Wagen eher wie einen Bumerang mit wenig Bodenkontakt, aber reichlich Schwung durch die Kurven trudeln.

Sebastian hatte seinen Teller beiseite geschoben. Vor ihm lag ein kleiner Zeichenblock. Mit versierten Bewegungen warf er eine unbestimmbare und doch nach einem Pferdesattel aussehende Form aufs Papier, die er demnächst in Öl zu malen vorhatte. Er benutzte nicht den Bleistift, sondern einen dünnen Silberstift, dessen Ende wie ein kleiner Bischofsstab geschwungen war. Sebastian zeichnete einen zweiten Sattelklumpen aus anderem Blickwinkel, während er noch immer auf sein verbranntes Huhn wartete.

»Also, dann fahren wir jetzt los, oder?« forderte Luis mit verstopfter Nase.

»Schneller«, lachte Hans bitter auf, »als es manch einen dünkt.« Es klang wie eine Drohung in ungewisse Richtung, ein mit blanker Klinge gegen die Schwärze der Nacht geführter Rundumschlag. Im ganzen, mußte man sagen, hatte Hans aber einfach noch nicht genug Branntwein im Leib. »Wer dächte, wir führen nicht, den lehrten wir, wir fahren!« murmelte er mit Grabesstimme.

»Aber der *Fundador* kommt und kommt einfach nicht«, kämpfte Luis um Luft.

»Das ist wahr. Der Service hier läßt sehr zu wünschen übrig. Wechseln wir auf jeden Fall zur kommenden Saison das Lokal«, regte Paavo an.

Als die Kellnerin sich wieder einmal in unserer Nähe blikken ließ, orderte Parkland gleich die von Luis vorgeschlagene Extrarunde und Jarl dasselbe ein zweites Mal. Und dann verschwand Paavo, den *SIL* zu holen, den er wie stets zur Sicherheit irgendwo abgestellt hatte, wo niemand außer ihm ihn finden konnte. Und auch er nicht.

Luis informierte Sebastian darüber, daß er von Silberstiften nichts hielt. Zwar wußte er nicht, was sie von silbernen Buntstiften unterscheidet, er hatte bis zu diesem Abend auch noch nie einen gesehen. Luis war einfach mehr für Filzstifte, faserige Knüppel, die dicke Linien abgaben, mit denen sich die Umrisse der Vorlagen deutlich nachziehen ließen, denen er seine Bilder entnahm.

Er hatte die Angewohnheit, bei Ausstellungseröffnungen zu musizieren. Luis setzte sich irgendwann vor seine von Zeitschriftenfotos abgemalten Bilder und wischte mit einem rohen Bündel Spaghetti auf einer Trommel herum.

»Hartweizengrieß«, kommentierte Paavo nachdrücklich, und Mayo preßte abwechselnd drei Tasten eines kleinen Schifferklaviers.

Sebastian war es gewohnt, selber zu entwerfen, was er ausführen wollte, und ließ sich auf die Debatte nicht ein.

Jarl saß in sich versunken unter uns. Er säuselte leise vor sich hin: »Ein glutheißer Sommer in Berlin, zum Beispiel, ist das Nichts. Eine einzige Pause, mit einer Ritze voller weichem Teer drum herum. Solche gewaltigen schwarzen Löcher bilden die Landschaft der Stadt. Das muß in meinem Film ganz deutlich herauskommen!«

Teerritzen mußten natürlich auch dabeisein.

Wir warteten auf Paavo, sogar ich, auch wenn ich nicht mitreisen wollte. Jarls Theorie packte uns nicht in dem Maß, daß wir ihm zuhörten. Hans fragte zwar unkonzentriert, was das alles mit Teer zu tun habe, aber Jarl ignorierte ihn. Er suchte anscheinend keine Reaktionen. Er machte reichlich Wind um seine Idee. Ein Film?

Was war Besonderes an einem Film über nichts mit reichlich Pausen? So etwas erledigte man zwischen zwei Bildern, ein kleines Video über wachsende Salzkristalle oder abtauende Kühlschränke, das die Zuschauer schön gähnen läßt. Aber gleich ganze Abende darüber grübeln wollen?

»Die Frage drängt sich auf«, sagte Jarl, wie viele Farben zusammengerührt werden müssen, bis da einfach nur noch gar nichts ist, bloß noch verschlucktes Licht. Was alles an Geräuschen aufeinanderprallen muß, damit eine Stille sich auftut, die sonst nicht zu hören ist. Einen Moment lang bleibt in der Schwebe, ob dieser Film die Form ist, die sie aufnimmt. Und gemischte Gefühle wickeln sich um einen wie ein dicker, kratzender, preußischblauer Schal mitten im Hochsommer: Schnitt.«

# 6

»Ich armer alter Atlas«, strich Horsts Gesang über die Wellen. Sein Sitz rollte rhythmisch vor und zurück, und der Bug des schlanken Boots durchpflügte das strömende Wasser. Es gehörte dem studentischen Ruderclub.

Horst nahm sich einfach ein Boot, wenn er aufs Wasser wollte. Anfänglich, vor zwanzig Jahren ungefähr, war einer der Schlüssel zum Bootshaus vermißt worden, weil Horst ihn gleich auf sein Bund gezogen hatte. Inzwischen erinnerte sich längst niemand mehr daran, und er bediente sich im Bootshaus, wann immer er wollte, bei Tag und in der Nacht.

Falls jemand dachte, Horst starre nachts auf die Bildschirme seiner Laptops, drehe sich dabei klobige, mit Marihuana gespickte Zigaretten, und das sei es, täuschte er sich. Sein Phlegma rührte vom Gedächtnis, einem unersättlichen Hirn, das Horst rastlos, Jahr um Jahr, mit allem vollstopfte, für das es garantiert keine Verwendung gab.

Jedenfalls nicht für ihn, dort, wo er sich bewegte. Er betrachtete sich selber als notwendige Komplikation, die von der stromlinienförmigen Welt nicht gebraucht wurde, und war stolz darauf, es besser zu wissen, ohne mit diesem Wissen viel anfangen zu müssen. Er machte schnell klar, worauf es ihm ankam: Verstiegenheit, Ohnmacht und Armut, und lachte.

Aus dem Berlin-Trip in Paavos Sowjetwagen war nichts geworden. Bis auf Jarl, von dem man nie wußte, wo er gerade steckte, waren wir alle hiergeblieben, und Paavo pfiff dazu, daß uns die Ohren klingelten. Die Momente faßten sich an den Händen und ließen sich los, die Ereignisse formierten sich zu Mustern, wir sahen ihnen dabei zu, behielten für uns, was wir empfanden und probierten, wie wir über die Runden kamen.

Wir trafen uns an diesem Tag in Gingers Wohnung. Wahrscheinlich war sie nur zu Hause geblieben, weil wir es so verabredet hatten. Dafür ließ Jarl sich nicht blicken. Vielleicht war er wirklich weg, in Berlin oder irgendwo.

Die beiden bewohnten schon länger ein paar windschiefe, freundliche Zimmer in einer Villa, die übriggeblieben war – nicht entkernt, saniert und ins Gegenteil verkehrt, sondern einfach noch sie selber, Teil der Geschichte und ihr verschwiegener Zeuge.

Die Wohnung lag ganz oben, aber, anders als meine, nicht direkt unter dem Dach, das begierig jeden Sonnenstrahl einsog. Trotzdem war es heiß genug. Wenn der Nachmittag flirrte, so wie dieser, hielt sich die Schwüle zwischen den Hügeln des Flußtals bis in die Nacht, und Ginger konnte die Fenster aufreißen, soviel sie wollte, die Wohnung blieb eine Backstube.

Ginger bot uns dazu heißen grünen Tee an, den außer mir alle verschmähten.

Horsts Ruderboot hatte die Strömung quer durchstoßen und lag nun unweit meiner Wohnung angekettet auf einem Steg.

Ob sein Einfall so gut war, wie er dachte? Immerhin hatte er unsere Unternehmungslust geweckt. Mit Getöse kletterten wir die knirschenden Stufen hinab, vorbei an einer frisch aufgestellten Reihe mit sandigem Staub kandierter Damenreitstiefel. Sebastians Augen weiteten sich.

Unten kam Tycho Thron aus der Tür. Auf seiner Hand saß der Kakadu, graue Krällchen ragten aus der Wolke seiner Federn und schlossen sich um Throns Zeigefinger wie ein stählerner Freundschaftsring.

»Besuch, Hildebrand«, sagte er beruhigend zu dem Vogel, der resolut dreinsah.

»Habt ihr die Stiefel bemerkt?« staunte Sebastian fasziniert.

»Gehören den Ponys«, stellte Thron trocken fest.

Ich war ihnen einmal im Treppenhaus begegnet, blasierte Studentinnen mit blonden Sportfrisuren, die in der Mitte wohnten.

Hildebrands Kopf schien kaum mit dem Rumpf verbunden, seine Augen musterten uns mißtrauisch zwinkernd vom Rücken her. Die Tür stand offen. Throns Freundin saß am Tisch und achtete nicht weiter darauf, was im Treppenhaus geschah.

Durch die offene Tür sah ich, Thron hatte bis unters Bett jeden Winkel der Wohnung, die Jarl ihm zugeschanzt hatte, mit Apparaturen vollgestopft, die sonst keiner von uns auch nur zu benennen wußte, geschweige denn besaß oder bedienen konnte. Sollte etwas verkabelt werden, beschallt, beleuchtet oder aus sonstigem Grund mit Strom versorgt, fragten sie Tycho Thron.

Für mich war das uninteressant. Mayo und seine musizierenden Kollegen, aber eben auch Jarl für seine Auftritte, stellten sich gut mit ihm. Wahrscheinlich dachte Jarl daran, Thron auch für seinen Film einzuspannen. Der war dafür bekannt, daß er selten ablehnte, wenn man seine Unterstützung erbat.

Ich mißtraute eben dieser aufdringlichen Hilfsbereitschaft. Wie ein Rauschgiftdealer sorgt so einer ja erst für den Bedarf, den er dann großspurig deckt. Es ist doch immer dasselbe mit solchen Menschen, die sich von aller Welt wegen ihrer unbegrenzten Einsatzbereitschaft feiern lassen.

Damit, begriff ich, hatte Jarl auch bei Ginger für Throns Einzug geworben: Es sei zweifellos von unschätzbarem Wert, einen Mann wie ihn im Haus zu haben, hatte er Ginger erzählt. Sollte heißen, statt eines wie mich.

Jarl behauptete später, als ich ihn darauf aufmerksam machte, daß selbstverständlich auch ich als Mitbewohner des Hauses in Betracht gekommen wäre, von meinem Interesse nur leider überhaupt nichts gewußt zu haben. Auf die Idee, mich zu fragen, sei er gar nicht gekommen, weil ich doch kürzlich erst umgezogen war. Gott, Jarl, hatte ich gesagt, oder wenigstens gedacht, natürlich kannst du eine Wohnung vermitteln, an wen du willst. Es benötigt das doch keiner Rechtfertigung. Aber komme mir bloß nicht so, mit kürzlich erst umgezogen und so weiter.

Die Sonne stand zwischen den Pappelreihen am Flußufer und näherte sich dem Horizont. Überall drängten die Wurzeln aus dem Lehm, der Pfad war so schmal, daß wir einzeln hintereinander hergingen. Hinten, wo er endete, fand sich eine Bank, auf der ich vor gar nicht langer Zeit einmal mit Ginger den Abend erwartet hatte, aber davon wußte oder ahnte natürlich niemand außer uns beiden selber etwas. Nur Sebastian, der sich zu meinem Ärger nicht davon hatte abbringen lassen, uns zu begleiten; aber ich hatte ihn wie Luft behandelt, und das war er dann auch.

Horst stiefelte in seinen klobigen Schuhen vor uns her und nannte die Bäume ein napoleonisches Erbe, das – anders als der Code civil – schwerlich als Bereicherung anzusehen sei. Er las allerlei Gesetzestexte im Original und zitierte aus ihnen, wenn man sich darauf einließ. Mir gefielen die Bäume sehr gut. Am anderen Ufer schoben sich gesichtslose Häuser, nicht mehr flach und noch nicht hoch, in die Weichteile unserer Stadt.

Vor Jahr und Tag hatten genau dort römische Feldherren ihr Lager aufgeschlagen, hieß es. Aus den Abfallhaufen, die sie hinterließen, waren im Verlauf der Jahrhunderte ärmliche Wohnquartiere gesprossen. Aber von all dem fand sich nach dem Zweiten Weltkrieg nicht mehr viel. Unzufrieden mit der halben Arbeit der alliierten Bomberpiloten, hatten wir zum Zeugnis der nicht zu besiegenden Abneigung, die wir selber gegen uns hegen, dann diese Häuser errichtet.

Die mit Sinn für das falsche Detail erstellte Imitation eines römischen Krans machte sich zwischen ihnen breit und diente den Hunden des Viertels als Urinal, wenn die aus Kunststein nachgegossenen antiken Wegzeichen bereits zu überlastet waren. Dort, am anderen Ufer, wären die Pappeln ja vielleicht nicht ganz so fehl am Platz wie hier, murrte Horst. Doch reckten sie sich hier, alle zur selben Höhe, wie mit dem Lineal bemessen. War es das, was Horsts Gemüt so beleidigte?

»Wir sollten unbedingt alle zusammen bald nach Finnland umziehen«, schlug Paavo vor: »Mittsommernacht, Birken, Wodka, Sauna, Mücken und so fort und weiter, ich könnte da etwas arrangieren. Wißt ihr was? Am besten schaukeln wir miteinander komfortabel im *SIL* hinüber und schauen uns in allem ruhig nach etwas Passendem um.«

Wir verließen den Pappelpfad und gingen die Böschung hinauf. Einer nach dem anderen stiegen wir am Pfarrhaus vorbei, und Hans öffnete die Tür. Die krummgetretenen Steinplatten auf dem Boden im Eingang des Gotteshauses glänzten speckig von tausend Jahren. Luis näselte etwas Unfeierliches. Zwischen den großen Steinblöcken zogen sich unsympathische Spalten durch den Boden. Ich gab acht, neben sie zu treten, und setzte mich ins Obergeschoß ab. Diese Kirche nämlich hat nicht nur eines, sondern ein weiteres, darüber erbautes Kirchenschiff.

Meine Freunde unten klebten aneinander. Fast wie bei einem Geburtstag, auch wenn Weihnachten noch fern war. Durch das runde Loch im Boden warf ich einen Blick hinab. Da standen wir zusammen – oder sie. Ich fühlte mich nicht wohl dabei, sie so distanziert anzusehen. Von oben.

Metallischer Geschmack zog meine Zunge zusammen. Der Glaube ist keineswegs die gemütliche Angelegenheit, als die er oft einherkommt. Er fühlt sich wie die eiskalte Klinge eines überscharfen Schwerts an, vor dem man sich hüten muß, wenn keine starke Hand da ist, die es sicher führt.

Eine ungute Blickrichtung. Etwas stimmte nicht an der Sachlichkeit, mit der ich meine Freunde musterte. Hatte ich so etwas kommen sehen? War es das, was mir an Horsts Initiative mißfallen hatte? Trotzdem schloß ich die Augen nicht: Mayos Stoppeln bildeten ein makellos bewachsenes Oval, nicht mal eine kleine Beule oder Narbe störte den Rasen. Die roten Locken, die Luis signalisierten, schmiegten sich kurz und bündig an einen Würfel. Horsts Drahtwolle stand fest und eisengrau, ohne auch nur ein bißchen zu zittern, wenn er sich bewegte.

»Die Moderne fing an, als der Kitsch plötzlich sauer, statt süß zu sein hatte«, sagte er mit leiser Stimme, warum, war nicht auszumachen. Die Haut auf Hansens Kopf leuchtete rosa aus dem Dunkel seines Haars, das seidig im Kerzenlicht schimmerte. Leider war das auch schon alles, was ihn in die Nähe eines Geistes brachte. Aber Ginevra! Ich versenkte mich ins Studium ihres braun über die schmalen Schultern fließenden Haars. Ich wartete auf den Moment, vor Ginevra auf die Knie zu gehen: Hier, mein Leben.

»Wieso denn«, murmelte Hans sehr verspätet an Luis gerichtet in um so getragenerem Ton, »wer dächte, wir beteten nicht, den lehrten wir, wir beten.«

»Wo ist eigentlich Jarl?« fragte Mayo, der sich schon langweilte. Außer uns war niemand in der Kirche.

Ginger dämpfte trotzdem die Stimme, als sie antwortete: Jarl habe für nichts anderes mehr Zeit und arbeite rund um die Uhr an seinem Film, sagte sie, nicht einmal mehr zum Angeln komme er. »Dabei braucht er das Wasser. Es gibt Wüsten in ihm. Sie blühen auf, wenn er sie wässert.«

Was Ginger genau meinte, wußte ich nicht. Aber wenn Jarl so selten mal ein paar Blüten hervorbrachte wie die Sahara, war sie zu bedauern. Erstaunlich, wie klar ich jedes ihrer fast nur gehauchten Worte verstand, die sie nicht zu mir gesprochen hatte. Der leise Hall trug sie sanft nach oben. Jarl mit einer Angelrute? Welch lachhafte Vorstellung.

Horst hatte auch noch eine Gaststätte ausfindig gemacht, die wir nicht kannten, und dorthin ging es nun. Wir setzten mit der Fähre über ein Nebenflüßchen. Mitten im trägen Wasser stakste ein Fliegenfischer und stellte den Plötzen nach, als seien es Lachse.

»He, Jarl«, rief Mayo scherzhaft hinüber. Aber der Mann beschwerte sich, wir sollten ihm nicht die Fische verscheuchen. Der Nachen, der sich an dem Stahlseil knirschend zum anderen Ufer schob, störte sie anscheinend nicht. Paavo ließ nun erst recht noch vom Fährboot aus seinen eben fertig gewordenen Bumerang so virtuos übers Wasser kurven, daß die Reiher panisch aufflogen.

Und jedem von uns war klar: Wir mußten weg.

Die Hitze lastete unbewegt auf dem Nachmittag. Hans behauptete später, als er aus Amsterdam zurück war, was dort an Wärme zu spüren sei, komme alles hierher. Das Wetter gab keine Orientierung. Der Herbst maskierte sich als Sommer. Spätsommer. Langsam kam die Zeit für den Winter. Das Zeitrad surrte, vor und zurück. Unmöglich, da

Anfang, Ende oder Mitte auseinanderzuhalten. Ab und zu höchstens fühlte ich eine kleine Kerbe, und dann merkte ich, daß Erntedankfest war, oder Allerheiligen. Oder der Tag, an dem ich eigentlich meine Ausstellung hatte aufbauen wollen, wären die Galeristengreenhörner, mit denen ich es zu tun hatte, nicht solche Dilettanten gewesen, daß ich doch nichts mit ihnen zu tun haben wollte.

Sebastian ließ auf dem Bierdeckel ein weiteres Batpaar kopulierend zum Mond durchstarten.

»Nicht schlecht«, sagte Ginger, die neben ihm saß. »Aber aufregen wird sich darüber niemand mehr.«

»Die Grenze des Anstößigen überschreitet allenfalls noch, wer bekleidet, ohne Peitsche und unmaskiert in der Ecke sitzt und sein Glück hütet«, stimmte ich ein.

Doch so, stellte Ginger klar, hatte sie es nicht gemeint. Jeder habe sein eigenes Glück, und wie das zu hüten ist, wisse nur er. Sein Glück könne man nicht selber bestimmen und in Dienst nehmen.

Das hatte ich ja gar nicht gesagt. Ich hatte durchaus klare Vorstellungen davon, was das bedeutet: Glück. Dienst.

Sie sollte mich nicht unterschätzen.

# 7

Über kurz oder lang, soviel war Parkland klar, mußten sich die Minister nach Berlin absetzen, weil sie in die Hauptstadt gehörten – und dann würde er schon da sein. Parkland machte nicht viel Wind darum, aber er war tatsächlich im Begriff, zu verschwinden.

Nur wer beizeiten seinen Claim absteckt, kriegt das gute Land, und sogar an Karnevalsprinzessinnen herrschte sicherlich schon jetzt kein Mangel in Dahlem und Mitte. Deswegen hatte Parkland nicht geredet, sondern diskret, aber zielgenau bei diversen Zeitungen und Agenturen sein Bewerbungsportefeuille hinterlegt.

Noch hatte es nicht geklappt, und vorläufig blieb er bei uns, die wir von nichts wußten. Sein Objektiv richtete sich auf Hans und Mayo, Mayo und Hans – und zwangsläufig damit auch auf uns andere, denn meist waren wir zusammen.

Allenfalls Ginger sorgte dafür, daß sie selbst mit Sonnenbrille kaum einmal auf Parklands Filme geriet – die keine Filme mehr waren, sondern kleine Scheiben und die Fotos statt Fotos Fernsehbildchen auf Papier.

Der Auslöser knackte leise, wenn Parkland im Wald dokumentierte, wie Hans ein Reis aufhob und es zwischen den zierlichen Fingern bog, bis es brach. Knack machte auch das.

Libellen standen wie bunte, kleine Neonröhren in der Schwüle über dem Teich, vor dem wir kauerten. Hans hatte sich an Jarls Seite begeben, von der anderen gesellte Mayo sich hinzu.

»Wie klappt es mit dem Film?« kam Mayo zur Sache. »Wir könnten dir ein bißchen helfen. Hans und ich haben uns schon ein paar gute Pausen ausgedacht.«

Der Waldteich vor uns strotzte vor Leben. Immer neue Kreise liefen über den Wasserspiegel und schnitten sich mit anderen, weil überall Fische den Kopf herausstreckten. Soviel Lebendigkeit. Damit bekommt man es zu tun, wenn man angelt. Man dringt dann mitten ein in all dieses fleischliche Getümmel. Vielleicht doch gar nicht so schlecht, dachte ich. Nach Mücken schnappend, prallten schuppige Silberköpfe in der Luft aneinander.

»Neue Bilder? Was hast du in der letzten Zeit eigentlich fertigbekommen?« holte mich Sebastian, der Mühe hatte, eine bequeme Haltung einzunehmen, weil ihn sein Rücken plagte, aus meinen Gedanken.

Es war eine von Sebastians Schwächen. Immer wieder einmal mußte er zwanghaft testen, ob einem solches Fragen vielleicht zusetzen konnte. Es war ja nicht jeder so maßlos produktiv wie er. Außerdem hätte es auch ihm nicht geschadet, gelegentlich nachzudenken, welchen Sinn das hatte, was man tat.

Vom Weiher kam Getöse herüber. Eine Ente war auf einem Haufen Karpfen gelandet und patschte nun aufgeregt auf ihren Stirnen herum, während sich die nassen Leiber in quirliger Aufregung aneinander rieben.

Aus engen Lidspalten spähte Jarl hinüber zum Wasser,

schließlich gab er Mayo Antwort: »Der Drehplan will äußerst penibel erstellt sein. Jede Kleinigkeit ist zu bedenken. Man kann die Pausen nicht einfach frontal angehen, sondern nur von den Rändern her – darum geht es eben, verstehst du, das verlangt minutiöse Ausarbeitung.« Kurzum, er ließ die beiden abblitzen.

Ginger war mit Sebastian ans Ufer gegangen, wo sie die Fische mit dem kläglichen Kuchen aus der Konditorei fütterten, die Mayo für so fein hielt, wahrscheinlich weil die prothesenroten Torten an das erinnerten, was sein unterentwickelter Farbsinn zusammenmischte.

Das Konsortium war das Gravitationszentrum, um das wir unsere diversen Bahnen zogen in diesem Herbst und dem ganzen Jahr, um das es geht, als wir uns suchten, ausmachten und bald dichter aneinander vorbeischrammten, als wir geahnt hatten und vielleicht wahrhaben wollten. Das war die Zukunft. Das ist die Geschichte, und sie verstrickte mich von Tag zu Tag mehr. Das, was vorbei ist. Aus das Theaterstück, nachdem der Vorhang gefallen ist. Wir steckten aber noch im ersten Akt.

Parkland war noch dabei und folgte uns durch die Tage und Nächte. Irgendwie gelang es Ginger, seiner Linse zu entgehen. Stets brachte er seine Kamera in Anschlag, bei Schwüle, im Wald und aus jeder Perspektive. Wir anderen ließen uns das fortwährende Aufgenommenwerden mehr oder minder großzügig gefallen. Mayo, Hans oder Luis aber sorgten für ihren kommenden Ruhm vor und spornten ihn noch an: Je mehr dann von früher dokumentiert war, desto besser. Das war eine andere Geschichte, und sie ging mich nichts an.

Gingers leicht umschattete braune Augen gingen mir nicht mehr aus dem Kopf. Ich wünschte mir, ein Wort zu sein. Ein Wort, das ihre sinnlichen Lippen formten. Oder ein Apfel, wenn sie hineinbiß.

Meine Geschichte war losgegangen, als ich Ginger erstmals im Konsortium besuchte. Ich hatte jenes säuerliche Kribbeln auf der Zunge, das eine Batterie verursacht, wenn man an ihr leckt. Den Sekt hätte ich nicht gebraucht. Wir hätten uns all die Weinflaschen sparen können, mit denen Paavo bei Geschäftsschluß einen großen Karton vollpackte, an dem er schwer zu schleppen hatte, wenn er ihn spätabends mitbrachte.

Wir waren umständlich und nicht übermäßig geschickt aus den separaten Ecken gekrochen, die es immer gibt, dafür ist kein Ort zu klein. Im Gegenteil: Je näher sich befindet, was uns angeht, desto dicker sind die Mauern, die uns davon trennen.

Eigentlich war es ein Wunder, daß wir alle, Hans, Horst, Paavo und so weiter, uns dann irgendwann doch noch wahrnahmen, obwohl wir alle in derselben Stadt lebten. Falls Wunder, und das ist ja wohl so, nur die Notwendigkeit voranbringen. Sie sind Ausdruck einer Kraft, die keine Zufälle kennt.

Die Vorsehung hatte bestimmt, daß Ginevra und ich uns nicht fremd bleiben durften, und darum kamen wir alle nun in diesem Herbst Tag um Tag, Nacht um Nacht zusammen.

Eines lauen Abends fanden wir uns wieder einmal einer nach dem anderen im Hof des Konsortiums ein. Mayo trug seine Ratte auf der Schulter. Dabei sah er träumerisch drein, und ich nahm an, er fühlte sich wie zehn Jahre zuvor, als sein wilder Schopf grellgrün in die Höhe stand.

Als gäbe es keine Zeit, wucherte in den Rissen Unkraut aus dem geborstenen Zementboden, der dem Angriff der weißen Tünche getrotzt hatte. Ich mied dennoch den Kontakt mit diesen Linien.

Die Zeitung in meiner Hand duftete nach Papier und frischer Druckerschwärze, ein Gutteil davon bedeckte inzwischen meine Finger. Ein großes Foto aus Parklands Kamera zeigte ein umgefahrenes Einbahnstraßenschild.

Bald würde sich die Hitze unter dem Glasdach stauen. Luis hatte vorsorglich die eisernen Torflügel aufgestoßen, um so vom Parkplatz mit seinen Ulmen etwas frische Luft hereinzulassen.

Sogar der Fluß war noch immer 23 Grad warm, las ich. Ende Oktober. Unterwegs hatte ich unter der Brücke Kinder baden sehen, die zwischen den Kiesbänken spritzend durchs flache Wasser sprangen.

Gingers zarte Silhouette zog hinter ihrer Glasfront etwas aus einer Schublade und legte anderes hinein, ohne jede Hast und mit geschmeidigen, leicht schläfrigen Bewegungen. Die Tür zu ihr hinein stand offen. Ich blickte immer wieder vorsichtig von der Zeitung auf und starrte sie fasziniert an. Etwas von der Platte, die sie hörte und auf der Chet Baker sang, drang leise zu uns anderen ins Freie.

Da knirschte es auf einmal im Schotter der Parkplatzzufahrt, daß von der Musik nichts übrigblieb. Es war Jarls hellblauer *Volvo*. Ginger sah ihn durchs Fenster und drehte die Musik ab. Mit einer raschen Bewegung ihrer Hüfte stieß sie die Schublade des Stahlschranks zu, daß es krachte.

Jarl kam in den Hof. Dabei klopfte er auf seinem Jakkett herum. Dann hatte er gefunden, was er suchte: sein Feuerzeug. Er steckte sich eine Zigarre an. Der Rauch fing sich unter dem Glasdach, um von dort her den Hof zu verpesten.

Alle Fenster waren bei der Hitze zum Hof hin geöffnet, Jarls Zigarrengestank fraß sich bis in die letzte Ecke und die versteckteste Ritze, von der man gar nichts wissen wollte. Nicht alle, die im Konsortium arbeiteten, nahmen Notiz von uns, auch sonst nicht. Dabei erhielt es seine Bedeutung nicht von ihnen, sondern durch uns – durch Ginger, durch das, was mit uns geschah.

Aus dem oberen Stockwerk drang der dumpfe Aufprall von Fäusten, die einen Sandsack bearbeiten, und irgendwer hörte laut Radio. Ginger kam heraus und drehte den Schlüssel mehrfach im Schloß herum. Sie und Jarl stiegen in die blaue Blechkiste und fuhren fort.

Mir war noch nicht nach Ortswechsel. Ich hatte ein paar Fotos dabei, die ich Sebastian und Mayo zeigte, knallige Bilder, die Janka mir geschickt hatte, von dem Haus, in dem sie jetzt lebte – eine große Villa mitten in Lissabon. Sie selber war auf den meisten Bildern auch zu sehen. Ihr Haar war nicht mehr rot, sondern blond. Sie trug es inzwischen kurz geschnitten. Lissabon, das war in ihren Augen anscheinend etwas anderes als das Nest hier.

Die beiden sahen sich die Fotos eingehend an. Sie wunderten sich über meine schlechte Stimmung, für die Janka nichts konnte, und dachten schon darüber nach, ob sich da nicht die Chance abzeichnete, an einen billigen Urlaub zu kommen.

Ich machte sogar ein paar Scherze über das neue Leben, das Janka sich aufbaute, für die ich mich später schämte. Ich wußte doch gar nichts darüber. Der Konzern, für den sie arbeitete (ich konnte mir nicht merken, wie er hieß oder wofür das stand, was ich mir nicht merkte, es drehte sich um irgend etwas mit Telefonen, Internet, sie durfte nicht erwarten, daß ich mir so etwas einprägte) hatte Janka nach Portugal entsandt, auch wenn sie gar nicht in den Süden gehörte, wie ich fand.

Was sie dort eigentlich tat, konnte ich mir nicht vorstellen. Aber das war auch nicht verwunderlich, ich hatte ja keinerlei Erfahrung mit einem Berufsleben dieser Art, und auch in Portugal war ich nie gewesen.

Ursprünglich hatte Janka einmal die Schauspielschule besucht, bis man ihr irgendwann ein Diplom in die Hand drückte, mit dem sie Stadttheater abklapperte, um dort vorzusprechen. Manchmal erfolgreich, aber es machte ihr keinen Spaß, die Abende für geringe Gagen zwischen den Kulissen zu verbringen und ihre Tage zu vergeuden. So wie eben auch hier, ihrer Meinung nach. Jankas Ehrgeiz richtete sich auf anderes, sie stellte Ansprüche, hatte Vorstellungen davon, welche Annehmlichkeiten ihr nicht dauerhaft vorenthalten bleiben sollten. Die Fotos machten klar: Jetzt trug sie eine praktische Frisur auf dem Kopf und einen gefüllten Terminkalender unterm Arm, und beides schien ihr zu gefallen.

Janka schickte Briefe, und sie rief mich an. »Eine Weltfirma stellt sich heutzutage vorrangig kulturell dar«, erklärte sie mir durchs Telefon. »Hast du nicht Lust, mich hier zu besuchen?« Das war ja nicht eben unfreundlich. Trotzdem ärgerte ich mich: Wieso glaubte sie, ich hätte nichts Besseres vor, als ihre Villa zu bewundern?

»Sobald es sich einrichten läßt, denke ich darüber nach«, log ich. Ich hatte nichts gegen Lissabon. Der Spanier, um dessen runden Tisch wir uns abends versammelten, stammte dorther. Ich wollte einfach nicht, gerade jetzt nicht. Was sollte ich in Lissabon?

Ich war doch gar nicht frei. Das war nicht gerade der Moment, irgendwohin zu verschwinden, da ich mir hier so manches von Ginevra offen oder unausgesprochen mitteilen ließ, um es zu glauben: daß sich unscheinbare Punkte der Wahrheit zu einem Netz verknüpfen lassen zum Beispiel. Der Geruch gesägten Holzes etwa, frischer Gewürztraminer mit seiner Eigenheit, einem nicht überzuwerden. Ein Brennesselstich vielleicht, so etwas, wenn ich sie bereits richtig verstand.

# 8

In Gingers Augen spiegelten sich Tag und Nacht, und Paavo schmiß einen Bumerang, der die Rauchschwaden durchsichelte wie sein gellender Pfiff. Luis aber fand heraus, daß in Wahrheit noch Sommer sei, also fielen wir hinter Paavo in die Polster seiner Staatslimousine, und dann steuerte er versteckte Flecken an, die niemand von uns bei Sonnenlicht gefunden hätte.

Es kam mir vor, als sei das Tuch fortgezogen worden, mit dem die Wirklichkeit bis dahin verhangen gewesen war. Der Kelch stand offen da, voll mit all den Möglichkeiten, aus denen sich zusammensetzt, was ist. Ein verwirrend klares Bild bot sich dar.

An einem dieser sonnigen Tage sah ich auch unsere Stadt mit ganz neuen Augen, als ich – weil Ginger hinter mir stand – etwas vermochte, wozu ich eigentlich nicht imstande war.

Wir hatten uns Eis gekauft. Das Schloß mit der Universität darin glänzte dottergelb gegen den blauen Himmel an.

»Hier wird Schach gespielt«, hatte Ginger gesehen und auf zwanzig oder fünfundzwanzig Tische gezeigt, die auf dem kleinen Platz vor dem Schloßportal, wo sonst Blumen verkauft wurden, zum U aufgereiht standen. Schachfiguren, abgenutzte Bretter, einige wartende Spieler. Auffällig war, daß nur auf einer Seite der Tische Stühle vorhanden waren und die andere Seite frei blieb.

Wir löffelten aus unseren Pappbechern. Mit Eiscreme konnte man Ginger locken. In den Minuten, die wir mit unseren Plastikschäufelchen in den Bechern gruben, dabei zuschauten und uns fragten, wie es weitergehen würde – dort und mit uns –, füllten sich die Plätze mit Spielern.

Auf einem Notenständer lag ein Pappschild: Großmeister Blaumanis aus dem Baltikum gedenke es mit fünfundzwanzig Gegnern gleichzeitig aufzunehmen. Der Stuhl vor mir war frei geblieben.

Und dann saß dort plötzlich ich, in meinem Rücken Gingers Gegenwart. Einer ihrer kühnen Einfälle.

»Du schlägst ihn«, hatte sie lapidar behauptet und sich hinter mir darauf eingerichtet, das Viertelstündchen zuzuschauen.

Schon trat der Großmeister vor, ein zierlicher, junger Mensch, sein schlechtsitzender schillernder Anzug wie aus dem Himmel gestanzt. Er benötigte kein Kettenhemd nach Maß, um seine Würde zu unterstreichen. So einer macht kein Tamtam, bevor er anfängt, uns andere umzumähen, alles um sich herum, schnellstens, mit seinem Morgenstern.

Uns andere? Das Hochstaplerische dieses Worts war mir bewußt. Aber Ginger lächelte mich an.

Der Großmeister kam das erste Mal zu mir. Starr und steif erwartete ich seine teuflische Eröffnung, statt dessen schob sich lässig ein Arm zwischen meine Augen und das Brett.

Dann ging ein Bauer ein Feld vor, und schon war Blaumanis beim nächsten Kombattanten. Dort wieder dasselbe Protokoll mit dem Händeschütteln und so weiter.

Ich sah mich nach Ginger um. Sie lächelte. Schach an sich fesselte sie nicht sehr, wie sie gesagt hatte. In diesem Fall aber konnte der Kampf sie nicht kalt lassen. Ich sah es ihr an.

Mir gefallen Spiele übrigens auch nicht. Und dann hatte ich erst zur einen und beim nächsten Mal zur anderen Figur gegriffen. Geschärfter Sinne erst diesen, dann jenen Abwehrstreich ausgeteilt, ohne ganz zu wissen, was ich tat.

In den Augen meines Gegners war zu lesen, daß es ihm anders ging. Er wollte auf meine Finten nicht hereinfallen. Man wächst in Aufgaben hinein, wie es heißt. Langsam gewöhnte ich mich daran, zu jenen zu zählen, die nicht einfach so klein beigaben, sondern ihm doch ein wenig Mühe abforderten.

Es gibt eben Wahrheit, deren Wesen sich einer Klärung entzieht; deren traumumsponnener poetischer Kern keine Auslichtung und Beleuchtung zuläßt. Den man glauben muß – wenn man darf.

Ich fühlte mich so stark wie nie zuvor. Großmeister? Um so besser. Auf mich jedenfalls war er bislang nicht gestoßen. Wenn dieser Blaumanis gegen mich anzutreten wagte, sollte er mich kennenlernen. Ich war im Rausch, im Herzen Ginger, in den bis ins Kapillargeflecht pochenden Adern Schach. Ich hoffte, meine Abzeichen auf der abgeschabten weißen Lederjacke würden in der tiefen Sonne schön leuchten und den übermütigen Jungen blenden. Ich zog jetzt schneller, als er denken konnte.

Da war er umgekehrt, vom Nachbarbrett einfach zurückgekommen, um seinerseits neu zu ziehen, ebenso ohne nachzudenken. Da hatte ich mich nicht lange bitten lassen und war, ohne mit der Wimper zu zucken, quer übers Brett gerückt, darauf wieder er. Noch einmal hin und her, und schlagartig begriff er, daß er die Tüte, die ich vier Stunden lang aufgeblasen hatte, mit einem einzigen müden Schlag platzen lassen konnte.

Ginger, mit blauen Lippen hinter mir in ihrem dünnen Sommerkleid, war fast erfroren. Mit zitterndem Mund versuchte sie mich aufzurichten. Könne ich denn nicht in mir den Sieger sehen? Bei all dem schönen Widerstand, den ich aufgeboten hatte.

»Ich habe verloren«, wehrte ich ab.

Aber ihr wissendes Auge schaute durch meine Dummheit, mein Unverständnis hindurch auf alles, was vor uns lag.

Anderntags nahm ich auf dem Weg zum Kiosk den wie stets sturzbetrunkenen Araber wahr, der schlank und braungebrannt in der Morgensonne saß, Wein aus einem Pappquader trank und mit ungelenken, aber geübten Fingern Zigaretten drehte. Ich mußte an der Ampel warten und schaute direkt zu dem Mäuerchen hinüber, auf dem er saß. Neben mir stand ein junger Mann mit einem langen weißen Stock und hielt sich die Ohren zu, weil die Ampel so laut klackte.

Der Säufer jenseits der Kreuzung betrachtete die Innenflächen seiner Hände. Plötzlich erhob er sich und wankte mit Seemannsschritten zu einem schwarzen Plastikbeutel, der auf dem Trottoir herumflog, schnappte ihn und brachte ihn zum Papierkorb. Ich machte, daß ich weiterkam, und schaute über das Wasser. Ob auch hier im Fluß, bei uns, Welse wohnten?

Ein Wels!, die Stimme hatte Jarl vor Ehrfurcht vibriert, als er Sebastian lange genug mit seinem Gerede über Pausen fertiggemacht hatte und dann plötzlich von dem See in Berlin anfing samt dem Wels, der darin leben soll. Ob Jarl wirklich soviel vom Fischen verstand, wie er tat? Diesen Wels hatte er jedenfalls nicht gefangen.

Wie sieht ein Wels eigentlich aus, überlegte ich. Ich erinnerte mich an ein paar Bilder, auf denen Fische gemalt sind, Chardins Rochen, Courbets Forellen, Braques Makrelen. Aber auch Beckmann hat nur eine Rotbarbe dargestellt, soviel ich weiß. Ein Wels war nicht darunter. Ich nahm mir vor, gelegentlich nachzusehen, wie ein Wels beschaffen war und was es auf sich hat mit ihm, wenn man beim Gedanken an einen blöden, stummen Fisch ganz feierlich wird. Aber vielleicht muß man dazu selber ein Fisch sein, fiel mir ein.

Zwei junge Frauen, bei deren Anblick wiederkäuend im Schatten einiger Obstbäume stehende schwarzweiße Kühe grunzten, rollten mir auf Fahrrädern entgegen. Sie hatten Handtücher dabei und suchten das Ufer nach einer geeigneten Badestelle ab. Anfang November, ich kam mir vor wie in der Karibik. Ein paar Hunde fegten durchs Flachwasser und jagten sich mit seligem Gekläff.

Aus dem heißen Tal stieg ich hinauf in den Wald. Ein grauhäutiger Pensionär kam aus der Kurve eines Hohlwegs, zwischen den Fingern eine Zigarette, über der Rauchbändchen tanzten wie hypnotisierte Kobras. Die Wurzeln riesiger Bäume hielten den lehmigen Boden zwischen sich und machten aus den Wänden des Wegs Fachwerk. Daß es seit Wochen nicht geregnet hatte, war Erde und Pflanzen anzusehen.

Der Raucher schaute nervös, wie mir sein Leichtsinn gefiel, bevor er mit barscher Umständlichkeit den Pudel an die Leine nahm, der nichts Verbotenes tat, sondern frohgemut neben ihm über den ausgedörrten Weg trabte und dabei nicht eben geeignet war, einen zu ängstigen.

»Eine Hündin, da muß man immer aufpassen«, röchelte der Alte im Vorübergehen, wobei Qualm aus seinem Mund trat.

Ginevras Arbeitsräume waren sehr anheimelnd, nur eben zu offen. Alles Glas. Auch für ihre Arbeit zuviel Durchblick, in beiden Richtungen. Ich saß bei ihr, erst recht wenn die Lampe brannte, wie in der Auslage eines Ladengeschäfts. Nachdem sie gleich zu Anfang den hinteren Raum als Rückzugsbereich bestimmt hatte, der nicht eingesehen werden konnte, nahm sie sich die weitflächige Verglasung zum Hof hin vor und klebte opakes Transparentpapier auf jede der einzelnen Scheiben, aus denen sie sich zusammensetzte.

Im Grund hatte ich Mühe, Ginger zu verstehen. Ihre ausgefallenen Vorlieben waren nicht einfach zu erahnen. Ich hatte probeweise englisches Weingummi dabei, als ich sie das nächste Mal besuchte. Nur um nicht grob zu sein, nahm sie ein Stück. Und dann bot sie mir steinharte Lakritze an, die sie in der Apotheke kaufte. Und dazu dann zarten Grüntee.

Was Ginger gefiel oder gleichgültig ließ, war unvorhersehbar für mich.

Aber was sollte mit Jarl geschehen? Wie würde Ginger es ihm beibringen, daß seine Zeit abgelaufen war? Der alte Heimlichtuer. Er war kein rundum unangenehmer Mann, wenn man ihn zu nehmen verstand und ein bißchen besser kennengelernt hatte. Was nicht leicht war. Er zeigte sich nicht – nur nicht die Deckung aufgeben.

Jarl versuchte sich daran vorbeizuschummeln, doch keiner kommt darum herum: Man präsentiert sein Wappen, klappt das Visier hoch, lädt sein Gegenüber ein mitzubekommen, wer das ist da vor ihm. Er aber behielt seine Schwierigkeiten schön für sich, immer unberührbar und ein wenig überheblich.

Was wir anderen über ihn dachten, brachte er dadurch nicht in Erfahrung. Wenn ihn das schon nicht störte, konnte er doch nicht auch noch so passiv sein, daß ihn tatsächlich nicht interessierte, was um ihn herum geschah. Wenn das der Kern seiner Theorie der Pausen war, kam sie mir doch etwas mager vor, für einen Filmemacher allemal.

»Ich bin ich«, betonte Jarl.

»Na und?« fragte ich.

Wir alle waren das, was wir waren, aber wir duckten uns nicht weg, so wie er. Wir waren, wo wir waren, und standen für uns ein. Wir alle erzählten viel davon, daß wir fortmußten, weil uns diese Stadt hier zu eng war. Hans war noch da, Mayo war noch da, sogar Parkland. Alle waren wir noch da. Nur Jarl war in Berlin, allerdings nur vorübergehend. Jarl, das war der Witz, wollte ja gar nicht weg. Wahrscheinlich als einziger.

Ginger und ich würden auch das Weite suchen, wenn es soweit war. Wieviel wußte Jarl eigentlich von Ginger? Ich entdeckte Licht hinter Gingers mit Papier abgeklebten Fenstern, wenn ich abends auf der Suche nach Leben durch den Konsortiumshof schlich. Sie brauchte nichts zu sagen. Wir hatten vorsichtig zu sein, das war ja klar. Außerdem stand ihre poetische Versunkenheit unter meinem Schutz. Und zwar so, daß es gar nicht weiter auffiel.

Niemals hätte ich sie gestört, ich war nur unterwegs, vielleicht zu Mayo oder sonstwohin, um zu sehen, um zu hören, um zu gehen. So, wie wir alle unterwegs waren an diesem wie an jedem anderen Abend, und über kurz oder lang trafen immer ein paar von uns aufeinander, wenn nicht andernorts, dann spätestens im Konsortium.

Am Fluß versammelten sich in schwülen Nächten die Angler, aber sie fingen, soweit ich mitbekam, Aale und nicht Welse. Vor jedem Gewitter sah man sie beide Ufer säumen. Sie hielten Plastikbecher mit Kaffee und gossen aus kleinen Flaschen Schnaps hinein.

Wenn sie dann nicht schnell genug reagierten, schlang sich der Aal, der am Haken hing, irgendwo um einen der Pontons, auf denen der Steg schwamm, von dem sie angelten, oder um einen Weidenbusch, der unter dem Wasser wurzelte. Wie eine Würgeschlange wand er sich unlösbar herum, und dann, führte Paavo aus, der sich damit auskannte, blieb keine Hoffnung, ihn noch zu bekommen.

Aale sind gefährlich, wußte er auch noch, ihr Blut ist giftig. Man muß eben aufpassen. Es wunderte mich nicht, daß Paavo wirklich etwas von der Sache verstand.

Nachdem ich mir im Lexikon ein Foto von einem Wels mit seinem breiten Kopf und langen Barthaaren um den Mund angesehen hatte, wollte ich wissen, ob solch ein Fisch gemalt worden war, und von wem. Ich schaute mich nach Büchern um, in denen vielleicht ein Gemälde mit einem Wels darauf zu finden war, beließ es dann aber dabei, als ich nicht gleich fand, was ich suchte.

Während die Regale der Buchhandlungen gähnende Leere darboten, bogen sich in der Filiale mit den verbilligten Büchern die Bretter unter den Unmengen literarischer Neuerscheinungen und gewichtiger Kunstbände.

Dort waren die Ecken des Ladens unterschiedlichen Gebieten zugeordnet, überall drängten sich Kunden, um zu stöbern, und fotografisch interessierte Männer prüften mit ernster Miene die Neuzugänge im Bereich Aktaufnahme.

Aber auch ich entdeckte etwas, den Nachdruck eines uralten Werks, das ich mir näher ansah. Bei den englischen Büchern, es hieß *The Complete Angler*. Irgend etwas daran war interessant. Ich kaufte mir das Buch, auch wenn ich mit dem ganzen Thema nicht viel zu tun haben wollte. Ein Mann namens Izaak Walton hatte es im 17. Jahrhundert geschrieben. Es machte einfach Spaß, in den ehrwürdigen Anweisungen zu blättern und sich vorzustellen, wie sie vor drei Jahrhunderten von einem Meister in einem schwarzen Anzug mit langem weißen Haar und gestärktem weißen Kragen aufgesetzt worden waren, gerade als Poussin in Rom unter seinen dunklen, gescheitelten Locken darüber nachdachte, wie er die Trajanssäule zeichnen wollte.

Langsam lief der Herbst doch auf kühleres Wetter zu. An einem der nächsten oder übernächsten Nachmittage, noch konnte man mit einem Pullover bekleidet im Freien sitzen, kaufte ich einem Weißrussen drei ziemlich dünne Aale ab, und dann lud ich als Sommerabschluß alle zum Picknick ein.

Ich hatte im *Complete Angler* ein Rezept gefunden, das ich nachkochen wollte. Paavo ging mir bei den Vorbereitungen zur Hand. Während er singend die Fische präparierte, legte ich die weiteren Zutaten zurecht, die ich besorgt hatte, Kräuter, Anchovis, Butter und so weiter, alles genau, wie es in dem alten Buch beschrieben war. Wir saßen in der grauen Luft, die Schubverbände drangen schwer stampfend durchs Wasser und ließen die Wellen ans Ufer klatschen, wenn sie selber längst weiter waren.

Paavo schälte nach meiner Anweisung die langen Striemen fast ganz aus der Haut, dann nahm er sie aus. Er benutzte dazu sein wirklich äußerst scharfes Bumerangschnitzmesser. Es überraschte mich, daß niemand sich wundern wollte, woher ich meine genauen Vorstellungen hatte, was geschehen sollte.

Ginger sah statt dessen auf zu den Wolken, um nicht den Appetit zu verlieren. Und Paavo tat exakt, was ich ihm sagte. Er füllte die Bäuche der eher wie Schlangen aussehenden Fische mit der von mir vorbereiteten Mischung aus der Butter und dem Rest. Ich wies ihn an, das Fleisch einige Male einzuschneiden und auch in die Schnitte etwas von der Füllung zu schmieren. Und jetzt beobachtete Ginger lieber das Feuer, das Sebastian entfacht hatte.

Paavo trennte die kleinen Aalköpfe recht geschickt so ab, daß ich abschließend die Haut, die er wieder über die gefüllten Fische gezogen hatte, oben fest zusammenbinden konnte, ganz so, wie es im Buch stand.

Die drei Aale hatten nebeneinander in der Pfanne Platz, die auf einigen Feldsteinen über dem Feuer stand. Keine gewöhnliche Bratpfanne; ich hatte mir vom Portugiesen eine längere geliehen. Paavo briet und begoß die langsam kroß werdenden Aale zwischendurch mit der Butter, die sich am Pfannenboden sammelte.

»Ein paar saftige Appetitbissen für jeden von uns«, murmelte er melodiös, so daß man gar nicht mitbekam, wann er sprach oder vor sich hinsang, während er die brutzelnden Aale ab und zu mit Wasser und Butter begoß. Er würzte die Speise zusätzlich mit einem Sprichwort aus seiner Heimat.

Wie mit dickem Bleistift gezeichnet (Graphit sagen gewisse Leute statt Bleistift, wenn sie sich den Anschein von Ahnung geben wollen) zogen Schiffe über den dunklen Strom.

Ginger hatte sich nicht besonders dafür interessiert, wie Paavo mir zur Hand gegangen war, als es ihr dann aber sehr gut schmeckte, so getan, als wäre Paavo der Koch gewesen.

Der warme Herbst war vorüber. Die Fische waren schnell gegessen. Im silbernen Mondlicht hockte Ginger am Wasser und erforschte die Uferkiesel. Wenn die Hauptwelle kam, sprang sie zurück, kniete sich aber danach gleich wieder vor die Steine.

»Und«, sagte sie unvermittelt, »ist vielleicht das wichtigste aller Wörter. Das Wort, das alles zusammenbringt. Das keine Sterilität zuläßt, alles beschmutzt und befruchtet. Solange noch ein Und folgt, geht es weiter. Und während wir hier sitzen, wälzt sich das schieferfarbene Wasser an uns vorbei. Und ist das wichtigste Wort. Was noch wichtiger ist, ist kein Wort mehr.«

Ich verstand, was sie meinte.

Von allen Seiten waren durch die Nachtluft gedämpfte Unterhaltungen zu hören, Lachen und Gitarrengeklimper. Die Leute feierten wie wir den Abschied vom Nachsommer. Irgendwo bearbeitete ein vermeintlicher Virtuose unermüdlich seine Trommel. Man mußte sich auch damit abfinden.

Mochten aus der Luft das Milde abziehen und die Tage immer kürzer werden, mehr konnte sich nicht ändern. Durfte sich nie mehr ändern. Die Geschichte hatte angefangen. Das war doch erst der Anfang, betete ich.

Stolz auf seine Hilfsdienste, stellte sich Paavo wie Buffalo Bill mit dem Schießprügel hin, eine Flasche in der Hand, ein paar seiner Bumerangs in den Schnüren, die seine Hosenbeine zusammenzurrten, und stimmte das Lied an, vor dem wir alle Angst hatten, weil es erst soviel später vorbei war. Doch diesmal mischte sich auch noch eine andere Stimme mit anschwellendem Gesang ein. Und plötzlich rief Mayo: »Träume ich, oder sehe ich dort Horst rudern?«

Angetrieben von kraftvollen, aber anscheinend wenig wirkungsvollen Zügen quälte sich ein beängstigend schlankes Boot an uns vorbei, das auf den Wellen tanzte wie ein Grashalm. Im Gleichmaß zog Horst mit den Beinen den kleinen Sitz übers Holz, glitt zurück, hin und her. Mal um Mal riß er die Ruder (oder wie immer das vorgeschriebene Fachwort heißt) zu sich heran und zwang sein Boot damit zäh Richtung Süden. Überraschend dicht am Ufer.

»Wohin des Wassers?« wollte Luis fröhlich wissen und trank Horst einladend zu, ohne Anzeichen von Überraschung. Horst zeigte uns sein schweißblankes Gesicht unter den grauen, im Mondlicht sich kringelnden Locken. Gegen die starke Strömung kam er kaum von der Stelle. Die Anstrengung verzerrte seine Züge wie heftiger Schmerz.

»Alles wie Blei.«

Mehr sagte er nicht. Nach einiger Zeit war er dann, auch wenn ich erst dachte, er käme kein Stück voran, tatsächlich, das *Trinklied vom Jammer der Erde* singend, hinter der Biegung verschwunden.

# 9

Ich hätte Ginevra niemals gestört, aber die Tür stand offen. Ich klopfte ans Glas und trat ein. Sie bot mir Tee an, wenn sie mit der Arbeit fertig war. Von mir aus hätte ich sie auf keinen Fall herausgerissen.

Auf ihrem Tisch bogen sich Tulpen, und daneben lag ein Kieselstein vom Fluß, der beseelt wirkte, fast wie ein kauerndes Tier. Wenn ihr etwas nicht gleichgültig war, nahm sie sich seiner an. Was sie in ihre Welt ließ, begann zu leben. Ob es wollte oder nicht.

Und dann eröffnete Ginger mir, daß sie keine Luft mehr bekam. Für sie sei es unerträglich geworden. Ich wollte das nicht hören, weil es gelogen war. Wieso log sie mich so an? Um mich zu schützen?

Sollte es hier für sie weitergehen, mußte sie vorher wenigstens für ein paar Monate eine andere Luft atmen, andere Häuser sehen, eine andere Sprache hören. Sie gehe für einige Zeit nach Rom, sagte sie, und ich fühlte mich von jedem ihrer Worte vernichtet. Ein nettes, kleines Todesurteil, das sie mir in aller Freundlichkeit verpaßte.

Und nicht etwa in ein Hotel hatte sie die Absicht zu ziehen, eine Wohnung sollte gemietet werden. Ein paar Zimmer, in denen sie und Jarl auch arbeiten könnten.

Arbeiten? Sie wollte so lange dort sein, daß sie nach der Möglichkeit fragte, dort zu arbeiten?

Gerade jetzt wollte sie das Band zerschneiden, das sie und mich umschlang? Woher nahm sie die blindwütige Kraft zu solcher Rücksichtslosigkeit mir gegenüber? Und sie selbst, was war mit ihren eigenen Empfindungen für mich, die sie nicht wirklich verheimlichen konnte?

Dichtes Grau schluckte die Hügel, den Strom und die Stadt. Gut, dachte ich, vielleicht ein bißchen Winter zwischendurch, oder Nacht. Als es aber wieder hell hätte werden sollen, blieb es dunkel. Wolken türmten sich zu bleifarbenen Gebirgen auf, aus denen sich unerschöpfliche trübe Flüssigkeiten ergossen. Beim Zeichnen mußte ich mich anstrengen, überhaupt zu sehen, was da aufs Blatt kam.

Eine Wand aus Wasser zwischen mir und der Welt, meine Augen drangen kaum noch hindurch. Oder stimmte etwas nicht mit meinen Augen? So würde es jetzt wohl weitergehen: Erst war man nicht mehr jung, und dann verbrieften es einem auch unverzüglich die Organe. In jedem einzelnen Fall kein Problem. Ich würde es halt mit einer Brille versuchen.

In der Summe hingegen ergab sich das Bild einer Schräglage, deren Neigungswinkel wächst. Immer mehr Kraft ist aufzubringen, sich auf der mit jedem hilflosen Strampeln und Hangeln nur weiter zerschrammten Silberscheibe zu halten. Bis es eines Tages zuviel wird und man sich der Wirklichkeit ergibt, lockerläßt und in die Abwesenheit gleitet.

In der finsteren Traufe kamen mir auf dem Weg zum Optiker die verwischten Umrisse der Fremden entgegen, die unser Nest bevölkern. Wie konnte Ginger mich gerade jetzt alleine lassen wollen und sich einfach so davonmachen? Unscharf konturierte Autos machten Jagd auf locker lavierte Fußgängerschemen. Und dann war es nicht gerade einfach, den Fuß von den Ritzen zwischen den naßspiegelnden Platten auf dem Bürgersteig zu halten.

An einer Kreuzung wartete ich hinter einem Mann, der einen bunten Regenschirm trug. Die Ampel schaltete, grünes Licht ergoß sich diffus ins Tropfenmeer. Das in einem Nackenzopf mündende Haar des Mannes vor mir wippte bereits vor Ungeduld, sein Fuß hatte sich schon von der Bordsteinkante gelöst und schwebte über der Fahrbahn. Damm, Fahrdamm, hieß das für Jarl komischerweise, wie vor fünfzig Jahren.

Plötzlich schoß ein Bus um die Ecke, scharf vor uns, ich hörte den marktschreierischen Schirm über den Lack quietschen. Da ging es los: »Schwein! Dreckschwein!« schrie der Mann vor mir, laut genug, daß der Bus mit zischender Bremse stehenblieb und sich pfeifend die Vordertür auftat.

Ein junger Fahrer mit schwarzer Haut schwang sich hinter dem Steuer hervor und schob seine Sonnenbrille auf die lackierten Haare.

»Was du dich so aufregst, Menschmeier?« fragte er. »Nazischwein!« wurde er angebrüllt, »ein böses Spiel findet ein böses Ende!«

Der Busfahrer zuckte die Schulter, schüttelte die schillernden Locken, kletterte zurück und setzte die Fahrt fort. Schimpfend blieb der andere im Regen zurück.

Die triefende Kleidung klebte an meiner Haut, als ich den Laden des persischen Optikers betrat. Wasser bloß, harmloser heimischer Regen, aber ich genierte mich doch, wie es so aus mir hinab auf seinen feinen Orientteppich rieselte. Die Brille, die ich suchte, sollte auf jeden Fall klassisch geformt sein. Für mich kam nichts Modisches in Betracht.

Die Gläser brauchten, wie die Messung schnell ergab, nicht sehr stark zu sein. Eigentlich fehle meinen Augen wenig. Größer oder schärfer würde durch die Brillengläser nichts, aber auch durch einfaches Glas werde mir manches durchaus plastischer erscheinen. Er gab mir eine überhaupt unverglaste Röhre und bat mich, durch sie hindurch auf das Muster im Teppich zu schauen. Der Effekt war erstaunlich. Wie eine Vergrößerung, nur wurde nichts größer, sondern bloß konturierter. Ein schwer zu erklärendes Phänomen. Jedenfalls beginne auch die Wirksamkeit einer Brille nicht erst, wo ihre Gläser einen Fehler ausgleichen müssen. Mir war das egal, das war seine Sache.

Als das Konsortium das heruntergekommene Fabrikgebäude übernommen hatte, wo vorher irgend etwas hergestellt worden war, was längst keiner mehr brauchte, weil es für ein Hundertstel aus Ostasien und für ein Tausendstel als Fälschung aus Dagestan herangeschafft wurde, war nicht bloß für jene, die dort ihre Arbeit verrichteten, etwas Neues angebrochen.

In Gingers Schatten wuchs eine Romantik heran, die jeden von uns beflügelte: hocharomatische, betörende Nüchternheit, die sich nicht einmal verflüchtigte, wenn wir uns vollaufen ließen.

Und nun ging Ginger weg.

Noch sorgte das Konsortium dafür, daß alles anders aussah. Ermutigung war unübersehbar im Hof aufgeschichtet, und sie klebte an den frischgetünchten Mauern; dazu war es gar nicht nötig, daß alles verdreckt war, verrottet, vergessen. Es brauchte nicht einmal in einem fort Großartiges zu geschehen – doch konnte sich gerade dies jederzeit ergeben, auf stille oder wilde Art, rund um die Uhr. Wann immer man in die Fabrik kam – stets roch es nach Hoffnung. Unserer eigenen. Es ging etwas von uns aus und in uns ein, war da, ohne daß wir darüber sprachen.

Aber was würde sein, wenn das Licht in Gingers Glashaus ausblieb?

Doch noch hatte sich der Zauber nicht aufgelöst. Oft schaute ich erst einmal bei Mayo vorbei. Seine Ratte blutete aus der Nase. Andere waren auch schon da. Mayos Verlies, ganz im Gegensatz zu Gingers freundlicher Loge, war sehr hohl und sehr dunkel und sehr leer.

Unser Leben gerann zu Formen, denen man zusehen konnte wie Ölschlieren auf dem Strom, Richtung Holland. Irgendwann ist die Mündung erreicht, und das Meer verleibt sich alles ein, gleich was war.

Das Dasein ist nicht dadurch spannend, daß die Ereignisse aufgefädelt sind wie Perlen: Erst das, dann das, und am Ende kommt der Clou, da purzeln sie alle wieder von der Schnur. Pause.

In diesem Jahr spielten die Geschehnisse nicht Fangen miteinander. Sie waren alle gleichzeitig in einem Zimmer, zum Beispiel in Mayos dunkler Höhle. In unserer kleinen Stadt, klein wie die gute Stube. Man konnte nicht sagen, was darin vorne und was hinten war, was früher und später.

Der eine stand dort, der andere saß da, und vielleicht baumelte ja auch jemand kopfunter von der Decke.

Alle Möglichkeiten sind gegeben im Leben, nicht wenn es aussetzt, wie Jarl einem weismachen wollte – im Leben, das sich regt, das ein Aufstand sein muß gegen jedes Einfädeln, Vorher und Nachher. Immer geschieht darin alles, und nie irgend etwas. Es braucht keine großartigen Aktionen, Ortswechsel und so weiter, Ginevra.

Das Glück, hier zu sein, und die Sehnsucht, all das auf immer und ewig bei sich behalten zu können, um damit zu verschwinden. Vielleicht sprach Jarl ja vom selben Wunsch mit seinen Pausen, auf die es ankommen soll.

Der Zusammenprall unserer Existenzen war unausweichlich. Wir bewegten uns mit aller Gewalt aufeinander zu: Jarl oder ich, ich oder er.

Manchmal kam ein Getöse aus Mayos Höhle, das unerträglich war. Nur die ganz Hartgesottenen aus dem Konsortium, wie der Sandsackschläger, blieben dann in der Fabrik und versuchten, stur ihren Stiefel zu machen. Mit voll aufgedrehtem Kassettenrecorder wollte er dagegenhalten.

So etwas kam aber nicht häufig vor, eigentlich nur, wenn Mayo mit seiner Band dringend üben mußte, ihr eigentlicher Probenraum in einem stillgelegten Bahnhof aber aus irgendeinem Grund nicht zur Verfügung stand.

Die aktuelle Formation, in der Mayo spielte, nannte sich *Kairo Kills*. Auch so ein Name. Mayo war ganz aufgeregt, weil sie in Berlin auftreten sollten. Der Anruf war völlig überraschend gekommen. Und an der runden Tafel beim

Spanier beschlossen Hans, Mayo und Luis, Paavos Angebot diesmal anzunehmen und in seinem *SIL* hinüberzufahren.

Ginger wollte auch mitkommen, denn Jarl hielt sich wegen seiner Filmrecherchen ohnehin dort auf.

»Wieso fährst du nicht auch mit, hast du keine Lust?« fragte sie mich.

Lust, Ginevra? Du fragst nach meiner Lust, dachte ich.

Aber dann sagte ich nur, daß ein Abstecher in Richtung Morgensonne tatsächlich auch mir nicht schaden könne.

Paavos Limousine war groß genug für uns alle. Das Equipment sollte Thron im Lieferwagen transportieren. Paavos Fahrstil lag mir aber nicht, immer Vollgas, und dann nahezu ohne Bremsen. Ginger ließ sich nicht davon abbringen, bei ihm mitzufahren, aber ich setzte mich zu Thron in den Lieferwagen und nahm in Kauf, daß er bei Hannover die zweite Packung *Navy Cuts* zusammenknüllte.

Zu Hause, wenn wir alle in der Schwüle am Fluß saßen und überlegten, wohin wir abwandern wollten, hatte Ginger manchmal erzählt, wie sie morgens Tycho Thron beobachtete, der einen absurden Anblick bot, wenn er mit einer Zigarette im Mund die Birnen zusammenfegte, die vom Baum in den Garten gefallen waren (den Garten des Hauses, wo sie vorläufig noch zusammen mit Jarl wohnte) – mit dem Handfeger vom Rasen auf die Schaufel, und dann kamen sie auf den stetig wachsenden Birnenhaufen an der Backsteinmauer zum Nachbargarten. Ab und zu mache es tapp, dann sei wieder eine überreife Birne abgefallen und beim Aufschlag geplatzt. Dort bräune, schrumpele, schimmele und faule alles vor sich hin.

Der Lieferwagen holperte durch den dichten Verkehr, der hinter dem Ruhrgebiet ausdünnte, sich aber erst vor Berlin richtig lichtete. Throns langes, blondes Haar duftete nach Shampoo. Sein rundes Gesicht sah von der Seite eigentümlich flach aus, und aus dieser Fläche ragte die Zigarette. Die hellen Wimpern steckten hinter den Gläsern einer goldenen Brille, die Thron bei Fahrtbeginn von der Ablage unter der Windschutzscheibe genommen hatte. Ich trug meine ebenfalls.

# 10

Tycho Thron setzte mich am frühen Nachmittag in Charlottenburg ab, vor Jarls Pension, der dort auch für uns reserviert hatte. Ein vergilbter Aushang machte damit Reklame, einst sei dies Pola Negris Wohnung gewesen. Ich brachte meine Tasche aufs Zimmer und beeilte mich, wieder hinaus ans Licht zu gelangen.

Zwischen den Autos, die auf dem Kurfürstendamm Schlange standen, turnten Zeitungsverkäufer wie Paviane und riefen aufgeregt Schlagzeilen. Die Reklame, die sie machten, galt dabei hauptsächlich ihnen selber, schien mir. Trotzdem nahm ich das Blatt. Der Knabe lispelte in forciertem Dialekt, was er zu bekommen hatte.

Als ein zweistöckiger Bus hielt, kletterte ich nach oben, die Baumkronen schrammten an den von innen längst blindgekratzten Fenstern entlang. Am Hackeschen Markt stieg ich aus. Die goldene Kuppel der Synagoge biß sich mit den senffarbenen Hosen der Polizisten, die vor ihr Wache schoben. In einem Café nebenan hörte ich zwei Männer meines Alters, die einander mit der Anzahl der Beamten, die als Bodyguards für sie abgestellt waren, ausstachen.

Die Mischung aus abbruchreifen Häusern mit bröckelnden Fassaden und denen, die schon wieder so strahlten, wie sie es nie getan hatten, aalte sich tagträumerisch im Sonnenlicht. Junge Leute hockten im aufgewärmten Staub; neben ihnen dösten Hunde. Einige Galerien, denen es hier inzwischen zu schick (und damit nicht mehr schick genug) war, hatten sich bereits abgesetzt. Auf verrammelten Türen klebten Zettel, die einem verrieten, wo sie in Zukunft zu finden seien. Ich hielt mich fürs erste an die, die noch da waren.

Am Bahnhof Friedrichstraße standen zwei Männer, ostentativ sauber duftend nach Seife und weißer Weste, an einem Fahrkartenautomaten und sahen sich besorgt um. Die weitläufigen Tätowierungen auf Handrücken, Fingern und Hälsen waren nicht von einer halbwegs trainierten Hand gestochen worden, eher hatte ein Mithäftling sich daran ausprobiert.

Es war noch früh, ich konnte ohne Hast in der Neuen Nationalgalerie vorbeisehen und fuhr zum Tiergarten. Auf der öden Plattform vor dem Museum zogen Hünen, die wie Kleinkinder zurechtgemacht waren, krachend Kreise auf dem Skateboard. Das Bild, das mich interessierte, war aber inzwischen in die Alte Nationalgalerie auf der Museumsinsel umgezogen. Bevor ich wieder nach Mitte fuhr, kaufte ich mir an einer Straßenecke eine Curryboulette. Ich bestellte ein Brötchen dazu.

Der junge Türke mit dem grünen Teint sah nicht von seinen Bratwürsten auf, zwischen denen er mit einem Spachtel herumkratzte, um eine schwarze Masse neu zu verteilen.

»Noch eine Schrippe?« fragte er, als er mir die Boulette herüberschob.

Ich wandte mich ab und verzehrte den Imbiß auf dem Weg zur Bushaltestelle, meine Füße akkurat in die Mitte der Steinplatten setzend.

An der Museumskasse legte ich meinen Ausweis vor, der besagte, daß ich ein fachliches Interesse verfolgte und kein gewöhnlicher Tourist war. Es machte keinen Eindruck, und ich hatte zu zahlen wie alle.

Endlich sollte ich Trübners *Mädchen auf dem Kanapee* im Original sehen. Es war mir bestens vertraut, aber nur von Reproduktionen. Ich wußte auch, daß es sich um ein kleines Bild handelte, aber als ich nun davorstand, staunte ich doch über seine geringe Größe. Aber was ist das für eine Malerei. Es war wirklich ein Fest, jetzt einmal richtig zu sehen, wie der helle Teint der jungen Frau mit dem weißen Kragen über dem schwarzen Kleid gemalt ist. Wie die Muster der Tapete, des Stoffs über dem Kanapee, auf dem sie sitzt, des Orientteppichs auf dem Boden und der einfachen rotkarierten Tischdecke zusammenkommen. Dem Sinn für Unterschiede, mit der die verschiedenen Materien wiedergegeben sind, entspricht die trockene Stofflichkeit der Malerei selbst. Und ich dachte, das soll Sebastian sich doch ansehen, hier wird er verstehen, warum man alla prima malen muß.

Die stimmungsvollen, noch nicht eingeebneten Trottoirs mit den alten, wunderbar großen Steinen, über die ich dort im früheren Ostteil der Stadt ging, rührten mich seltsam. Kein Problem, die Ritzen zu meiden. Da fegte plötzlich, wie aus dem Nichts heraus, schaukelnd die mir bekannte schwarze Staatskarosse um die Ecke, hielt mit Vollgas auf eine Reihe Gußeisenstangen zu und wischte unerklärlicherweise zwischen zwei Pfählen durch. Dann leuchteten die Bremslichter auf (also doch), und die Hinterräder blockierten. Das Auto schrammte noch etliche Längen über Sand und kam schließlich auf ein paar schütteren Grasnarben zu stehen.

Aus der Fahrertür stieg ein nordischer Recke, in den Schnüren seiner speckigen Lederhose steckten ein paar Bumerangs. Blonde Locken umrankten das stoppelige Lächeln, als er mit großer Gebärde die Bierflasche und sein Feuerzeug aus der Jacke zog. Mit lautem Plopp trudelte der Kronkorken durchs Abendlicht. Nun wanden sie sich alle aus den verschiedenen Öffnungen der Limousine. Augenscheinlich kam die frische Blässe ihrer Gesichter nicht vom ungesunden Leben allein.

Ein Stück weiter stand schon Throns Lieferwagen, auf dem plötzlich *Kairo Kills* zu lesen war, in großen Buchstaben von Luis mit Filzstift daraufgeschrieben.

Thron war mit Ausladen beschäftigt. Offensichtlich hatte er seine Wohnung halb leergeräumt und eine Batterie von Verstärkern, Kabelrollen, Scheinwerfern und weiterer Bühnentechnik herangekarrt.

»Hast du auch nichts vergessen?« rief Hans, aber Thron hörte es schon nicht mehr, weil er mit dem Mischpult auf dem Rücken im Hintereingang des *Uhuru-Club*s verschwunden war.

Und wo war sie?

Was war mit Ginger? Sie stand nicht dabei. Vielleicht war sie schon hineingegangen. Ohne mich weiter um die anderen zu kümmern, umrundete ich unruhig das Haus und fand endlich auch den Eingang.

Der *Uhuru-Club* war nicht eben das, was man einen Saal nennt. Eher ein Zimmer. Dunkel und stickig. Nachdem ich gezahlt hatte, wurde mir ein Stempel auf den Handrücken gepreßt, der das Gefühl nach all den Jahren sofort wiedererkannte. Mir war schlecht von der Ungewißheit. In meinem Magen brannte die Curryboulette, und ich orderte gleich eine große, kalte Cola. Sie war sehr süß und roch nach kitschigem Pfeifenrauch, fand ich.

Ungefähr die Hälfte des Raums nahm ein kleines, halbmeterhohes Podest ein – die Bühne, auf der die Band bereits in fieberhaften Vorbereitungen befangen war. Ich hielt mich im Halbdunkel bei meiner Cola an der Theke, zwei Meter von ihnen entfernt, und erforschte mit den Augen jeden Quadratzentimeter des Lokals. Von Ginevra keine Spur. Ebensowenig blicken ließ sich Jarl.

Das Vorgeplänkel auf der Stufe zog sich hin. Außer mir gab es noch ein paar Gäste; zwei oder drei begannen zu murren. Aus dem Hinterzimmer kam ein Mann mit grauen Koteletten und einer Kreole im Ohr. Ich hörte das meiste nicht, was er vorbrachte, nur: »Uhuru meint Freiheit, Freunde, nicht Freizeit!«

Schwitzend biß Thron auf Metall. Zwischen seinen Zähnen klemmte eine dünne Stablampe. Mit den Händen knüpfte er Kabel aneinander. Gelegentlich jaulten die Lautsprecher auf, die Mikrophone krachten, ich fuhr zusammen, und dann ging es los.

Nach drei Stücken, die sie irgendwie zusammenbekommen hatten, pausierte die Band.

Ich ging hinüber zu meinen Freunden, die erkennbar in schlechter Stimmung waren. Wo Ginger steckte, wußten sie auch nicht. Jarl und sie, schimpfte Hans, hätten es wohl nicht nötig zu kommen. Sie verpaßten auf diese Weise natürlich den ganzen Auftritt. Eine Wiederholung, falls es das war, woran sie dachten, kam überhaupt nicht in Frage!

»Gibt es hier noch nicht einmal Doppelbock!« schimpfte Paavo und behalf sich mit einem Stiefel Pils. Der riesenhafte Kelch lag ihm so locker in der Hand wie ein Schnapsglas, halb geleert in einem gewaltigen Zug, der mir vorkam wie der heftige Ausbruch eines mächtigen Tränenstroms gegen die Richtung.

Und dann folgte ein ohrenbetäubender Pfiff. Seine Hosenverschnürungen schienen auf Bleche zu warten. Vorläufig waren sie beidseitig mit Bumerangs garniert, die Paavo dort so griffbereit hatte wie Colts in einem Pistolenhalfter.

»Ich habe jede dieser Waffen nach neuesten – zugleich sind es die ältesten – Methoden berechnet und in langen Winternächten eigenhändig aus speziellem Holze geschliffen.« Das dativische End-E prangte pathetisch als Pechnase an der Ritterburg seines Akzents.

Schon aber setzten sie, Mayo vorneweg, den Fuß erneut auf die Bühne, ohne auf Luis zu warten, der unterwegs noch hastig einen Marc de Bourgogne kippte, bevor er wieder hinter der Trommel Platz nahm und mit seinem Bündel roher Hartweizengrieß-Spaghetti den Takt fegte. Hans beugte sich flüsternd über das Mikrophon: »Wer dächte, wir spielten nicht, den lehrten wir, wir spielen«, und ich machte mich deprimiert davon.

Müde flatterten die Fahnen vor einem Hotel am Kurfürstendamm im Dieselwind der Doppeldecker. Erschlagen legte ich mich auf eine Bank und betrachtete das Flimmern der Sterne. Die Augen fielen mir zu, dabei hatte ich nur ganz kurz rasten wollen, um die Kraft zu finden, in die Pension zurückzukehren. Mir träumte, ich sei Jarl. Ginger erwartete mich in der Dämmerung bei einer Hecke, wo ich sie auf die Augen, die Wangen, den Mund küßte und so weiter.

Am nächsten Vormittag wankte die Band in den Frühstücksraum, eine trübe Ecke im Flur der Pension, die mit zusammengewürfeltem Trödel möbliert war. Falls das Pola Negris Sessel waren, konnte sie nicht besonders im Geschäft gewesen sein.

Der Kaffee sah wie Tee aus und schmeckte, wie die alten Zeitungen neben der Stehlampe rochen. Hans und die anderen besorgten sich erst einmal einige Flaschen Bier. Mayo brachte einen Zettel von der Rezeption mit: Ginger und Jarl wollten mittags vor der Gedächtniskirche warten.

Ich rief kurzentschlossen Bremer an, und dann fuhr ich hinaus zu ihm nach Zehlendorf. Ich hatte gute Erinnerungen an ihn, aber das war etliche Jahre her. Als die Einberufung zur Bundeswehr drohte, hatte er sich nach Westberlin abgesetzt, wo er als Comiczeichner angeblich nicht schlecht zurechtkam.

Die Siedlung war eine Art Konserve längst ins Gegenteil umgeschlagener Reformideen der 20er Jahre. Die Stadt schien an diesem Morgen wie mit einem verdreckten Lappen gewischt unter einem einheitlichen Schmutzschleier zu liegen. Aber ich nahm mir vor, Bremer nicht allzu mißgelaunt gegenübertreten.

In Berlin war ich nicht zum erstenmal, doch diese Stadt blieb mir ein Rätsel. War das hier Berlin? Diese miese, packpapierfarbene, nach nassem Hund stinkende Siedlung war Berlin? Im Treppenhaus, eckig, eng und ungelüftet, stand die Zeit. Die bittere Wahrheit über den Schwindel allen Geredes von Gestern-heute-morgen nistete im Linoleum dieser knarrenden Stufen. Epochen flätzten sich auf dem durchgetretenen Holz.

Dritter Stock links. Auf dem Schild neben der Klingel viele Namen. Ich presste den abgegriffen rotbraunen Knopf. Man weiß vorher nie, wie sich eine Klingel anhört, jedenfalls bei den echten. Bei den Elektrogongs und Summern gibt es keine Überraschungen, sondern stets eine von den beiden Trübsalsmelodien.

Die Tür öffnete sich, vor mir stand eine sommersprossige Frau mit geschwollenen Lippen, die aussah wie gekocht und mich unter den blonden Fransen auf ihrer Stirn gläsern musterte. Sie sagte, ohne eine Miene zu verziehen, wo in der großen Wohnung Bremer zu finden war.

»Komm rein«, rief er, als ich zu ihm hineinschaute. Bremer holte Kaffee und sandige Kekse. Irgend jemand hatte sie in der Küche liegenlassen. Er wußte nicht, wie sie schmeckten.

Vom Zeichentisch aus überblickte man eine ausgedehnte Rasenfläche, aus der sich ein paar Birken reckten. Andere Häuser wie das, in dem wir waren, rahmten sie ein. Große Mengen farbiger Stifte lagen vor uns, in flachen

Kisten, die in Fächer unterteilt waren, um es anscheinend zu erleichtern, die Stifte nach Farben getrennt zu halten. Aber zwischen den roten lagen gelbe und blaue, unter den schwarzen leuchtete sogar ein kaltes Hellgrün hervor. Mir mit meiner Neigung, Materialien und Werkzeuge auf den notwendigen, aber auch hinreichenden Kernbestand zu reduzieren, kam das alles etwas undurchdacht vor. Er schien meine Gedanken zu ahnen.

»Stifte kann man nicht so mischen wie Farben. Weißt du ja selbst. Deswegen habe ich eine ganze Menge davon. Ich kaufe mir überall welche, jeden ausgefallenen Ton.«

Neben einem hohen Regal hing eine große, eingerahmte Zeichnung, sehr ausgeführt.

»Von dir?«

Er nickte. Bremer machte also nicht nur Bildergeschichten. Die Zeichnung gefiel mir. Träumerisch mit sich selbst beschäftigt ein Junge und ein leicht verrenktes Mädchen in einer vollgestellten Stube. Das Bild war auf schwer greifbare Weise erotisch aufgeladen.

Wie spät?, fragte ich mich. Ich wollte zum Breitscheidplatz und endlich Ginger sehen.

Als wir uns unter Paavos begeisterten Pfiffen dem unorganischen Areal näherten, stand neben dem isolierten Turm bloß Jarl. Aber dann sah ich sie. Sie trug ein schwarzes Kleid mit einem elfenbeinfarbenen Blütenmuster unter dem offenen Mantel. Ich nahm ihr ein Weidenblatt aus dem Haar, das sich dort verfangen hatte. Wo warst du denn?, fragte ich. Im Grunewald, antwortete sie.

»Und gestern?« wollte ich wissen. Sie antwortete nicht mehr.

Jarl hatte es eilig, sofort zur Tauentzienstraße aufzubrechen, um durch den Verkehrslärm »Berlin ist die Stadt der Pausen!« zu brüllen. »Und ein Film ist eine Pause im Leben. Mein Film bekommt – wenn überhaupt – nur eine Musik, die das Loch nicht stopft, das er reißt!«

Wir folgten im Pulk und ließen ihn gewähren. Bis auf Ginger schien mir unter dem verhangenen Himmel dieses Tages alles zugig und grau, passend zu dem eckigen Gebilde, das eine Art mißglückten Campanile vorstellt. Ein lautes, erschöpftes, buntgraues Durcheinander.

Und Jarl stolzierte vorneweg wie der Stadtheilige.

Mayo schilderte Ginger blumig den Auftritt am Vorabend, der ihnen entgangen war. Ich setzte mich etwas ab und sah mir Jarls patschige Schritte an, kreuz und quer über mehrere Steine, wie es gerade kam. Ich hörte, wie er mit Hans sprach. Hatte Ginger schon bemerkt, daß Jarl sich anhörte wie die Berliner um uns herum?

»Ein Drehort«, verkündete er in der S-Bahn, »bleibt ein Drehort, bleibt ein Drehort.«

Ginger deutete auf eine Laubenkolonie, die sich an die Schienen duckte. Luis und Mayo grinsten nur, aber Ginger fragte, wo ihrer Meinung nach die Subversion beheimatet sei. In Verstecken wie diesen rette sich manchmal etwas über die schlimmsten Zeiten. Hans winkte ab, Schrebergärten seien so oder so aktuell.

Auf Jarls Empfehlung hin aßen wir später alle Eisbein an einem brüchigen Tisch und bewunderten die Schwäne auf dem Grunewaldsee, die sich von uns Brotstückchen zuwerfen ließen.

»Beim Steg stehen dicke Barsche im Schilf, umweht

vom Schleier eines nervösen Schwarms Ukeleien«, plapperte Jarl vor sich hin.

Neben mir spürte ich Ginevra. Mayo sagte gerade nichts und sah träumerisch auf die Karte. In Schüben wehte die Kühle vom Wasser heran.

Ginger lachte über die Witze, die Luis, Hans und Mayo sich zuwarfen. Es ging ihr gut, denn sie genoß es, wie wach sie sich in Berlin fühlte. Jarl dagegen behauptete, dort erst recht müde zu sein und die Berliner Luft auch nicht besser als andere zu finden.

Ich stellte es mir grausam vor, alleine mit Jarl durch die Stadt zu ziehen und seinen Reden ausgeliefert zu sein.

Auf dem See stritten sich zwei Schwäne um ein halbes Brötchen. Sie fauchten und schlugen mit den Flügeln, daß die Enten sich duckten. Launig rief Paavo den Tieren ein paar finnisch-schwedische Unverständlichkeiten zu. Aber dann zischte sein Pfiff schneidend übers Wasser, weil die Kellnerin mit unserem Dampfbier kam.

Jarl war wieder ganz in seinem Film. Er starrte durch die Wärme zur Uferpromenade hinüber. Im Winter, sagte er, seien nur wenige Tage nötig, bis ein graugrünes Netz den zugefrorenen See überfange, von klumpigen Stiefeln filigran in die weiche, weiße Schneeschicht auf dem harten Eis gezeichnete Trampelpfade. Darauf Kinder, die es hassen, Eltern, die sich hassen. Leute in dicken Mänteln und langen Schals, die einen depressiven See tätowieren.

Im Winter. Jetzt war Frühling, und die Sonne brannte bereits wieder wie in Afrika. An diesem Tag war Jarls Redebedürfnis nicht zu stoppen.

»Stellt euch den See zugefroren vor, wie eine jadegrüne chinesische Vase mit einem Netz von Craquelé darauf. So sieht er bei anhaltendem Frost aus. Unten am Boden lebt ein gewaltiger Wels.«

»Schlittschuhlaufen«, sagte ich leise, aber für Ginger laut genug, »darf man nur auf einem See, wo man einbrechen kann.«

Luis fragte sich, wie die Fische unter dem Eis überleben. Konnte ich mir auch nicht recht vorstellen, aber Jarl tat, als hätte er nichts gehört.

»Der Wels ist ein geheimnisvoller Fisch. Ist dir das klar, Rudi?« sprach er mich nach kurzer Pause an wie ein Kurfürst. »Morgens gegen drei mit einem dicken Bündel Tauwürmer. So macht man es, wenn man einen Wels fangen will.« Dieser Angeber ohne Traum.

Meine Vorbehalte gegen Paavos Fahrstil erwiesen sich als unbegründet, er steuerte sein Auto sogar sehr geschmeidig und ausgeglichen über Land. Und der *SIL* war nicht einmal unbequem, stellte ich fest, auch wenn die Sitzbänke durchhingen wie Kolchosensofas. Neben mir schwankte Ginger, und ich spürte in den Linkskurven ihre zarten, warmen Schenkel. Die Reise mit dem Lieferwagen im Qualm von Throns Zigaretten war ein Fehler gewesen.

Die Anfahrt würde nicht allzulange dauern, hatte Jarl vorausgesagt. Aber waren wir denn in Eile?

»An die Havel bei dem schönen Wetter«, hatte er vorgeschlagen. Das geschah doch.

Paavo bog irgendwann in einen Waldweg, den Jarl ihm gewiesen hatte, und nach wenigen Metern holperten wir über einen mit zerborstenen Zementplatten gepflasterten Platz, etwa so groß wie ein Fußballfeld. Am Rand, zum Wasser hin, stand ein Wohnwagen, vor dem ein älteres Paar, in Campingsesseln sitzend, in den Fernsehapparat starrte und sich auch durch uns nicht ablenken ließ. Sonst war die steinerne Fläche leer.

Jarl wollte partout ans andere Ufer. Die Fähre, derer es dazu bedurfte freilich, lag auf dem Sand, und nichts nährte die Illusion, daran könnte sich in naher Zukunft etwas ändern. Jarl wußte nicht mehr weiter. Irgendeinen Plan, was nun geschehen sollte, äußerte er nicht. Pause.

Ich verstand immer besser, warum aus seinem Film niemals etwas werden konnte. Er hatte keinen Traum und kein Konzept, für gar nichts! Doch ich hielt mich fürs erste zurück. Vielleicht gingen Ginger ja von selbst die Augen auf.

»Ein anderes Motiv wird jener eigenartige, hallende Ton sein«, machte Jarl weiter, »der einen im Strandbad erwartet: Gemurmel, Schreie, Kreischen, und was sonst noch alles hineingehört in diesen Klang, der in das öde All der übrigen Klänge ein unergründliches Loch ätzt. Der Lärm, dem nicht zu entkommen ist, wenn man hinausschwimmt. Der eine tosende Stille signalisiert, vor der es kein Entrinnen gibt, mag man auch strampeln wie ein Frosch. Vom Strand her die kreischenden Stimmen der anderen Kinder, aus dem Lautsprecher die Mahnungen des Bademeisters. Man entfernt sich vom Ufer, vernimmt, wie das Getöse abebbt, kann sich dennoch nicht daraus lösen und ist ohnehin die ganze Zeit über mit den eigenen Gliedern beschäftigt, die vom fremden Element betäubt sind. Und plötzlich wiegt sich vor einem auf den funkelnden Wellen, genau dort, wohin man entkommen wollte, ein großes, braunes Stück Scheiße.«

Hatte es Sinn, noch länger zu warten, daß wir ans andere Ufer kämen?

»Einstein baute sich hier im Umkreis ein Haus. Ein Holzhaus. Hat er selber entworfen. Zusammen mit dem Architekten Konrad Wachsmann.«

Und das war es. Er ließ uns dort sitzen und erzählte uns solche Sachen. Am Uferweg zuckelten Kinder auf ihren mit Bierdeckeln und buntem Kreppapier dekorierten Fahrrädern vorüber. Sie schrieen »Faßbrause!« und traten stehend in die Pedale.

Ginger hatte sich inzwischen ins Gras gelegt und las *Die Ballade vom traurigen Café*.

»Die merkwürdigsten Leute können Liebe auslösen.« Ob sie auf diesen Satz schon gestoßen war? Ich spazierte herum. Das Laub vom Vorjahr duftete in der Sonne.

*Die Reparatur wird um 9 Uhr abgeschlossen sein*, stand auf einem Schild. Luis warf einen Blick auf seine Armbanduhr, halb zwölf. Was der Mann unter dem Schiff tat, war nicht auszumachen. Wir warteten. Jarl notierte irgend etwas in sein Buch.

»Hast du schon darüber nachgedacht, in welcher Weise Hans und ich in dem Film auftreten sollen?« erkundigte sich Mayo, bekam aber keine Antwort. Tretbootfahrer strampelten vorbei und schienen Spazierstöcke geschluckt zu haben.

»Was sollen wir hier noch? Laßt uns schnellstens wieder zurückfahren«, schlug Luis vor.

Mir hatte der Ausflug letztlich noch nicht einmal so mißfallen wie den anderen. Jarl, der eigentlich noch einige Recherchen hatte abschließen und mit dem Zug nachkommen wollen, sobald er soweit war, änderte wieder einmal halsüberkopf seine Meinung und brachte alles durcheinander. Nun wollte er plötzlich mit zurückkommen, also war für mich – wenn es um eine richtige Reise ging – kein Platz mehr im *SIL*, und weil ich keine Lust hatte, die lange Strecke noch einmal neben Thron zu verbringen, entschloß ich mich, den Zug zu nehmen.

Der Waggon war fast leer, kaum einer der Sitze belegt. Zwei Frauen suchten ihre reservierten Plätze, und als sie sie gefunden hatten – nebeneinandergelegene, der Fahrtrichtung entgegengesetzte, dicht vor der Toilette angeordnete – richteten sie sich dort ein, mit Blick in den leeren Großraumwagen.

Ein junger Polizist stieg auch noch zu. Auf dem Perron schaute seine Freundin auf die dunklen Fensterscheiben. Sie wechselte vor die Tür, ging, als sie ihn dort auch nicht fand, zurück. Der Uniformierte machte es sich an einem Tisch für vier Fahrgäste bequem, verstaute seine Tasche. Endlich stand er auf und erschien doch noch einmal in der Türöffnung. Erleichterung ins Gesicht geschrieben, eilte die junge Frau auf ihn zu.

Als der Zug abfuhr, winkte sie in die dunklen Scheiben hinein, während der Polizist längst wieder auf der dem Bahnsteig abgewandten Seite des Wagens am Tisch saß und seinen Laptop fixierte, der einen mit reichlich Reifenquietschen und Schußgeräuschen ausgestatteten Film abspulte.

In Magdeburg setzte sich ein martialisch aufgemachter junger Mann mit faschistischen Emblemen und dem auf die Mütze gestickten Schriftzug *Pitbull* vor mich. Kaum saß er, hatte er sein Taschentelefon am Ohr und begann eine Unterhaltung, in der es darum ging, ob bei Olli ein Löffel vorhanden sei, denn er wolle sich dort einen Schuß setzen.

Im Laptop des Polizisten explodierte ein Hydrant.

Nach einiger Zeit versank ich in einen Dämmerzustand. Ich träumte, Ginevra hatte mir einen grünen Ring zugeworfen. Seit ich ihn am Finger trug, konnte ich immer zu ihr, niemand vermochte mich abzuweisen. Ginevra lag in meinen Armen. Sie wand sich vor Lust. Und ich hielt sie so fest, daß ich mich selber über meine Kräfte wunderte. Sie ächzte in meinen unfaßbar starken Armen. Und dann gab sie plötzlich nach. Leblos lag sie unter mir. Die Stimme aus einem Bahnsteiglautsprecher weckte mich. Ich fühlte mich merkwürdig wohl.

Bei der Ankunft kurz vor Mitternacht sah ich die Münsterkirche, die sich gelb angeleuchtet in die Finsternis erhob. Horst, der mich vor einem Café erwartete, las Clausewitz. Er schlug das Buch zu, als er mich sah. Die Luft war Zuckerwatte. In solchen Nächten fühlte man sich auf den Straßen der Stadt nicht draußen zwischen den Häusern, sondern im Innern einer einzigen verwinkelten Wohnung. Wir beschlossen, in den Keller zu wechseln, wo eine dieser Partys vor sich hinplätscherte, für die unser Städtchen berühmt war bis weit in die umliegenden Kohlfelder hinein.

Gut gelaunt ging ich am Morgen los, um mir wie gewohnt die Zeitung zu kaufen. Alles gar nicht so leicht, dachte ich, während ich zwischen den Hundekothaufen und den Ritzen im Trottoir zum Kiosk tanzte. Eine wahre Aufgabe, mehr als sich mancher vorstellen kann. Und ab und zu läuft einem ein Idiot über den Weg und fragt: Können Sie denn davon leben?

Das sehen Sie doch, antworte ich.

# 11

Der Strom wälzte sich durch unsere Stadt und schlitzte sie mit seinen scharfen Krallen auf. Der Lindwurm träumte und schäumte und suhlte sich in seinem bauschigen Bett. Gluckernd teilte sich das Wasser vor den Brückenpfeilern. Die waldigen Hügel lösten sich im Dunstschleim auf. Mühsam kämpfte sich dahinter das Licht empor.

Manchmal fragte ich mich, warum ich mir nicht mehr daraus machte, zu wohnen, wo ich es nun einmal durch eine glückliche Fügung tat. Jarl hatte es nicht verhindern können.

Horst prangerte diese Vergeudung immer wieder an. Mit einiger Penetranz sogar. Ich ließ mich trotzdem nicht für seinen studentischen Ruderclub keilen. Weil er sich dort seit vierzig Semestern vergnügte, setzte er voraus, niemanden würde es aufregen, wenn er auch mich noch anschleppte. Mich, der ich nachweislich nie Student gewesen war. Allein die Vorstellung, auf einer Art Streichholz zum Spielball der Wellen zu werden, bereitete mir Übelkeit.

Eine ganz andere Idee begann in mir zu arbeiten. Warum nicht hin und wieder die fünfzig Meter zum Ufer hinabgehen und rasch ein paar Fische jagen?

Seit die Regierung des Landes samt all dem Personal

sich allmählich fortzumachen begann, durchlief unsere Stadt eine bemerkenswerte Metamorphose. Mit der Richtung schien irgend etwas nicht ganz zu stimmen, denn aus dem Schmetterling schlüpfte eine Raupe.

So ruhig, wie es nun an unseren Gestaden wurde, sah ich im Fischen tatsächlich eine angemessene Passion.

Ob Raupen gute Lachsköder waren? Die Rede ging um, nachdem bereits gebadet werde, steige auch der Lachs wieder auf.

Höchstens dreimal in der Woche Salmo salar, behauptete der Kaufmann an der Ecke, hätte sich seine Großmutter einstmals vertraglich ausbedungen, die als Dienstmädchen bei einem Philosophieprofessor beschäftigt gewesen war.

Leider änderte auch das nichts daran, daß immer weniger Kundschaft Interesse für sein vergammeltes Warenangebot aufbrachte. Zudem war diese in etlichen Varianten kursierende Anekdote – beliebt besonders in jenen Jahren, als unser Fluß eine widerliche Kloake war und die Minister sich hier scheinbar für die Ewigkeit einrichteten – in jeder Fassung erlogen. Wahrheiten erfreuen sich selten solcher Popularität.

Befand ich mich alleine auf meinem Altan zwischen den Dächern, konnte ich Stunde um Stunde einfach nur vor mich hinträumen, sitzen und warten, bis es langsam dunkel wurde. Träume sind der Stoff, aus dem Pläne gemacht sind. Sie umzusetzen, bedarf es eines klaren Konzepts. All das eben, was Jarl fehlte.

Neben dem Fenster war eine Wespe damit beschäftigt, ein Nest zu bauen. Die sechseckige Form der einzelnen

Kammern wiederholte sich im Aufbau des Ganzen: In der Mitte vier Zellen, dann je eine Reihe mit drei kleinen Sechsecken, gefolgt von jeweils zwei Kammern. Am Abend zog die Wespe sich hinter den Rohbau zurück, um zu schlafen.

Ob sie verrückt ist?, überlegte ich.

Die Nächte blieben bis in den Morgen warm, gehörten sie nun pro forma schon dem Sommer oder sonstwem an, vom Fluß stiegen die Mücken auf, und über mir funkelten die Sterne der Milchstraße. Nicht immer konnte ich das geheime Bangen zügeln. Es nahm mich in den Schwitzkasten, bis ich vor Luftnot zitterte. Wenn mich dann die Müdigkeit übermannte, legte sich im Traum Ginevra zu mir und verwandelte die Todesangst in reines Glück.

Einmal kam Sebastian mit einem Paar Schuhe in der Farbe ungebrannten Ockers einher, die er eben in einem Laden erworben hatte, der eigentlich nichts führte als billigen Ausschuß. Aber dank seines Blicks, der wie ein Röntgenstrahl in die Tiefe reichte, hatte er die Schuhe, wie er erzählte, einfach aus einem Berg von Unbrauchbarem herausgeschält. Jarl saß mit am Tisch beim falschen Spanier, als Sebastian seine neuen Schuhe zeigte.

»Modenschau?« murmelte er arrogant. Jarl stichelte überhaupt ganz gerne gegen Sebastian, war mir aufgefallen. Dem war übrigens gleichgültig, was Jarl an seinen Interessen auszusetzen hatte, er hatte sich schon vor dem Kauf überlegt, welche Kur er den Schuhen angedeihen lassen wollte. Nachdem sie einige Tage in Beize gelegen hätten, wären sie an den richtigen Stellen abzuschmirgeln und dann sparsam einzufetten, keinesfalls aber zu polieren.

So verfuhr Sebastian mit allem, gleich ob es billig oder teuer gewesen war. Er stieg in einem frisch auf seinen Leib geschneiderten Tweedanzug in die Badewanne, um ihn in Form zu bekommen. Und wenn er später die vormals gelben Schuhe trug, hätte man schwören wollen, daß sie einem lässigen Dandy gehörten, der dafür locker tausend Mark hingelegt hatte. Derlei vermochte nur Sebastian. Im Unterschied zu Jarl, der überhaupt kein Konzept hatte und immer weiter nur irgend etwas in sein Taschenbuch kritzelte.

Und jetzt sah er mich argwöhnisch aus dem Augenwinkel an, als ich schon einmal Einladungen zu dem großen Fischessen aussprach, das zu geben ich vorhatte, sobald ich Angler geworden wäre. Mißtrauisch empfahl der Angeber mir, mich um meine eigenen Angelegenheiten zu kümmern.

Eigentlich sprach er wenig, wenn wir zusammen waren, und falls doch, handelte es sich um sein Luftschloß, diesen Film, von dem niemand ahnte, ob er eines Tages wirklich so umfassend das Nichts beleuchten würde, wie Jarl es propagierte. Interessierte mich leider gar nicht. Niemanden von uns. Nur gut, daß er ohnehin die meiste Zeit abwesend war.

Die Tage begannen immer früher, und eines Nachts schlug Ginger vor, auf die Brücke zu gehen, um von ihrem gewölbten Rücken zu den Hügeln hinüberzuschauen, die man hier Berge nennt und die sich in Wahrheit als bessere Ameisenhaufen erweisen, wenn sie nur einmal aus dem Dunst auftauchen.

Einer hinter dem anderen her zogen wir die Brücke

hinauf: grau die Wellen unter uns und schwarz wir selber wie die Nacht, die uns noch umgab. Oben lehnten wir uns an das Gitter, mit dem verhindert werden soll, daß man in die Tiefe stürzt, und warteten darauf, den rotgleißenden Ball der Sonne zu begrüßen, wenn er die Bergkette unter sich ließ und sich über das andere Ufer erhob, wo wir wohnten, Ginger und ich – und Jarl natürlich auch, der allerdings abwesend war, auf der Jagd nach den Pausen in Berlin, ein Stück näher am Morgen, aber fernab der Wirklichkeit.

Janka schickte neue Fotos. Sie war überglücklich, welche Wendung ihr Leben genommen hatte. In Lissabon verbrachte sie die Tage nun im Stil der Leute, mit denen sie dort verkehrte. Ihre Firma zahlte für alles: die Villa mit 10 oder 20 Zimmern, den Fotos nach waren es Säle, dazu das Personal, all die Pracht zu putzen und den Rasen zu mähen.

»Die kleinste Wohnung in London kostet viel mehr«, behauptete Janka, als sie mich wieder einmal anrief, um zu fragen, wann ich sie, wie versprochen, besuchen würde.

Janka griff, wenn ihr danach war, zwischendurch zum Telefon und klagte, wie faul der Gärtner sei oder wie verschwenderisch die Köchin.

Wenn ich mich für das eine oder andere Detail aus der Welt der Fischerei interessierte, erregte das Jarls Mißfallen. Was ging es ihn an? Durch seine Spasmen, unter denen Ginger natürlich fortwährend zu leiden hatte, ließ ich mich doch nicht behindern. Ich wollte endlich am Strom stehen und angeln. Das nötige Wissen, da Jarl damit geizte, besorgte ich mir auf einem Lehrgang, an dessen Schluß dann auch die ohnehin abzulegende Fischerprüfung stand.

Und so saß ich also, während die anderen beim portugiesischen Spanier Bohnensalat zu sich nahmen und Gingers Zunge den Wein von ihren Zähnen leckte, zweimal die Woche auf einem der abgewetzten Stühle in der grau beleuchteten Aula einer Realschule. Jeder von uns suchte sich am ersten Abend einen Platz, bei dem es dann aus irgendeinem Grund blieb.

Nach anderthalb Stunden wurde der Unterricht für zehn Minuten unterbrochen. Pause. Ich berichtete Jarl auch davon, aber wieder wurde er nur wütend.

Auf dem dunklen, nassen Schulhof klumpte sich ein Haufen um den Oberfischer zusammen; man lachte übertrieben, und die meisten von uns rauchten Zigaretten. Ich nicht. Das Rauchen hatte ich gottlob lange hinter mir.

Der Älteste, mit weißen Haaren, rostroter Haut und einem wildgemusterten Pullover, hatte sein Leben lang ohne Erlaubnis geangelt. Was ihn jetzt bewog, ehrlich zu werden, blieb ein Rätsel.

Wenn die Pause vorbei war, saß vor mir wieder der feiste Rocker mit der Irokesenbürste auf dem Kopf und dem krumm auf den wadenartigen Unterarm tätowierten Scharfrichter. Neben ihm sein in jeder Richtung halb soweit ausladender Sohn, durch die Zahnlücken grinsend wie ein verhungertes chinesisches Fohlen.

Ob die beiden mich auch wahrnahmen?

So unterschiedlich wir waren, begehrten wir doch alle dasselbe, die offizielle Legitimation zu angeln: den Angelschein. Nur ums Fischen ging es. Diskussionen, Meinungen spielten dabei so wenig eine Rolle, daß ich unter der tristen Funzel regelrecht vergaß, was das war, eine Meinung zu diesem, jenem, allem. Zu einem Fisch und einem Haken hatte ich – vorläufig wenigstens – keine. Und zu dem Busfahrer mit dem seidenweichen braunen Haar, der neben mir in seiner wattierten Weste mit dem Einschlafen kämpfte, weil er seit drei Uhr in der Frühe auf war, genausowenig. Das entwickelte einen regelrechten Sog, auch wenn ich nicht gleich wußte, wie mir das Muster gefiel, das der Wortschwall des Lehrers beim fahlen Gerukkel des Diaprojektors in mein Leben zeichnete. Der Mann jedenfalls schien entschlossen, uns zu Fischern zu erziehen. Ginger würde sich wundern, wenn meine Einladung zum Zander Grenobler Art eintraf.

Im Supermarkt war es angenehm kühl. Gleich hinter mir torkelte ein junger Mann durch das Drehkreuz. Er fragte sich selbst, wo denn nur Kekse zu finden seien, und rempelte an den Regalen entlang. Mit einer Flasche Bier im Arm reihte er sich schwankend vor der Kasse ein. Umständlich verlangte er Tabak. Seine dreckstarrenden Finger kramten eine Scheckkarte aus dem Portemonnaie. Die Kassiererin reichte ihm die Tastatur, in die er seine Codezahl eingeben sollte. Er tippte einen Schwall Zahlen, bevor er endlich aufgab. Doch die Frau ermutigte ihn: »Ein bißchen konzentrieren müssen Sie sich aber schon!«

Entspannt sah mich der Volltrunkene an und wankte hinter die Kasse, dem Ausgang zu. Als ich das Eis zu Ginger mitbrachte, war es natürlich schon fast geschmolzen.

»Was ist dein Schützengraben-Erlebnis, Rudi?« fragte sie und biß in den Schokoladenüberzug. Wenn überhaupt etwas, interessierte sie am Eis die Kälte. Die Augen sollten verwirren, zugleich bot ihr Blick mir eine Sicherheit an, die ich nicht kannte. Wenn sie sich abwandte, zog mein Auge die Linie ihres Körpers nach, die leichte Kantigkeit, die ganz weich wurde, wenn sie sich bewegte.

Im Konsortium wurde gearbeitet. Von oben jaulte es durch den Hof, ein Popsong hatte es Gingers Nachbarn so angetan, daß er nicht müde wurde, ihn immer neu aufzulegen.

Als gehöre ihm die Welt, kam Paavo durch die Einfahrt geschlendert, die man immer noch sah, denn sie hatte nur die Fenster zum Hof abgeklebt. Lässig umspielten seine Finger eine Bierflasche, die er wie sein Szepter trug, aus dem er im Gehen auch noch trinken konnte. Eine irgendwie obszöne Geste. Er schritt schwungvoll aus. Sein muskulöser Angeber-Brustkorb steckte in einem blauweißen Ringel-T-Shirt. Ginger betrachtete ihn wie etwas Vertrautes. Er antwortete ihr im Vorübergehen mit einem Zwinkern. Mich hatte er wohl übersehen.

»Was meinst du mit Schützengraben?«

»Das, was einen einfach nicht mehr losläßt. Es muß nichts Schlimmes sein. Sieh dir Paavo da an, welches Erlebnis hat ihn so tief beeindruckt, daß es ihm diese Leichtigkeit gegeben hat? Oder Sebastian, was zwingt ihn dazu, immer dieselben Themen zu wiederholen?«

»Batman mit offener Hose?«

»Er spricht nicht über seinen Schützengraben, also wissen wir nicht, worum es sich eigentlich handelt. Man spürt hinter seinen Bildern, hinter all seiner Besessenheit von Schnörkeln und Sex aber einen Schmerz.«

»Ob ich sowas auch zu bieten habe?« warf ich ein.

»Dann laß es mich hören!« sagte Ginger, als sie den

letzten Rest Eis in den Mund steckte, und ich war ein bißchen beleidigt, daß sie keine eigene Theorie hatte, die mich betraf.

»Ich glaube, ich mache einen Kasten, der eure gesammelten Schützengräben zum Thema hat.«

Und ich beschloß, mir einen ziemlich guten zuzulegen. Vielleicht, wie ich als Junge in den See gefallen war und an seinem Grund von einer Fee umfassend ausgebildet wurde. Wenn ich nur etwas nachgedacht hatte, wollte ich Ginger schon mit einem erstklassigen Schützengraben-Erlebnis überraschen.

Eines Nachmittags, als ich wieder einmal im Konsortium vorbeisah, saß Hans mit konzentriertem Ausdruck mitten im Hof. Ginger war nicht in ihrer Loge anzutreffen, was früher kaum geschehen und nun leider schon mehrfach vorgekommen war.

Die Sonne schien, und es war stickig unter dem Glasdach. In einer Ecke hatte sich Luis mit seiner Videokamera vor dem Auge aufgebaut und filmte.

»Du siehst, wir machen um die Filmerei nicht soviel Wind wie Herr Jarl«, quäkte er durch die Nase, als er mich bemerkte. Hans, der schwarzgekleidet auf einem Schemel hockte, leerte mit kurzem Schluck sein Schnapsglas und stellte es dann langsam auf den Tisch.

»Nichts mehr da, alles schon weg«, dröhnte seine tiefe Stimme durch die Leere des Hofs. Naß lagen seine Augäpfel neben der langen Nase. Luis hielt die kleine Kamera gerade auf ihn gerichtet und ließ sie einfach laufen. Kaum hatte Hans das Glas ausgetrunken, goß er nach.

»Alles schon weg statt noch was da?« wandte sich Hans an seinen Wodka wie Hamlet an den Schädel. Ich sah auf die Uhr: Halb drei nachmittags. Etwas später war das Videoband voll und Hans betrunken.

Luis lächelte zufrieden. Zwar hatte Hans seinen Rollentext ignoriert, sich den einen Satz nicht merken können und ihn statt dessen Glas um Glas seiner Sicht der Dinge angepaßt. Aber so genau kam es Luis nicht darauf an. Nie und nimmer.

Worauf kam es überhaupt an? Sebastian saß stumm da, neben ihm nackt eine Frau, die ich noch nie gesehen hatte. Die Haustür war nur angelehnt gewesen, und plötzlich stand ich neben der Klopapierrolle vor Sebastians Bett.

Ginevra sah und fühlte viel mehr als nur das, was jedem zugänglich ist. Sie war nicht so abgeschlossen wie die anderen, ließ an sich heran, wovon wir nicht einmal ahnten, daß es in der Welt war – nicht weniger als ein Baum oder Berg. Aber selbst sie war nicht darauf gefaßt gewesen, daß es plötzlich da war, dieses besondere Jahr. Wir waren uns begegnet und suchten nun des anderen Nähe. Und nichts geschah.

Aber hätte sich das alles, diese traumhafte Pause – von mir aus, warum es anders nennen – nicht in einer richtigen Stadt abspielen können, einer, die Ginger entsprach? Teufel noch mal, ich begriff nicht, wieso wir nicht alle zusammen das Weite suchten. So wie Parkland: Der hatte vor kurzem seine Kamera emporgehalten, sich im Kreis gedreht und dabei immer wieder den Auslöser gedrückt.

»So, das war's«, sagte er knapp, hatte es schon gar nicht mehr nötig, besondere Erklärungen abzugeben.

»War was?« Mayo verstand nicht. Bis zum Schluß hatte

Parkland über seine Stellensuche kein Wort verloren. Mayo sah ihn an wie einen Übergeschnappten: Nur hier gab es doch die Fotos zu machen, mit denen er einmal groß herauskommen würde. Vielleicht ließ sich Granader überreden, einmal eine Ausstellung zu machen, die all die Fotos zeigen würde, auf denen Mayo zu sehen war.

»Ich melde mich von der Spree«, beschied uns Parkland so freundlich wie knapp, und dann verschwand er, ohne sich umzusehen. Die Eisentür, das ließ sich nicht verhindern, wenn sie ins Schloß fiel, böllerte wie ein Kanonenschuß durch den Hof, wo wir saßen, während die Musik bitter aus Mayos Höhle herauszuckerte.

Und wir? An einen Ort gekettet, den ich schon als Schüler hatte fliehen wollen? Einige Wochen vor Weihnachten waren alle Kinder mit Laternen zusammengeströmt, um in langem Zug einem unglaubwürdig als römischer Legionär kostümierten Beamten aus der Stadtverwaltung zu folgen, der sich mit Mühe auf einem Schimmelgreis hielt, und wir waren singend hinter ihm hergetrottet. Das sollen wirklich alle Kinder sein?, hatte ich verzweifelt gedacht. Und dann hatte ich das Lied, das die anderen im Dialekt sangen, hochdeutsch durch den Nebel geschrien: Der heilige Sankt Martin, das war ein guter Mann!

# 12

Sebastian war nicht darauf angewiesen, wie Mayo Briefkästen zu leeren, wenn er etwas hinzuverdienen mußte, oder wie Hans bei Granader Hilfsdienste zu leisten. Sebastian belieferte Zahnärzte und Antiquitätenhändler, er möblierte Münder und Kirchen mit jener gleichen Raffinesse, die weiß, wo Fehler am Platz sind, will man wahre Vollkommenheit erzielen. Zwischendurch, wenn sein Geld sich verknappte, oszillierte seine stupende Geschicklichkeit zwischen nachgeformten Zähnen und nachgeformten Barockengeln.

Man konnte seine Fertigkeiten nur bewundern, auch wenn ich darin nicht so weit ging wie Ginger, die, wenn es sich um Sebastian handelte, aber auch gar nichts von ihrer Kritikfähigkeit einsetzte, mit der sie sonst weniger geizig war. Er brachte mich gegen sich auf, ich weiß auch nicht, warum. Trotzdem gab es Zusammenhänge, in denen sein Können gebraucht wurde, Geschicklichkeiten, über die außer ihm niemand verfügte.

Der Kochtopf, in dem der Leim aufgesetzt werden sollte, klapperte. Neben mir saß Sebastian mit seinen Utensilien in Jarls himmelblauem *Volvo*, den ich mir gelegentlich auslieh, wenn Jarl verreist war und sein Wagen hier ungebraucht herumstand. Denn Ginger selbst war des Fahrens nicht kundig.

Rechts vor mir sah ich in der Windschutzscheibe Sebastians Spiegelbild. Leiser Kummer schrieb sich unwillkürlich in seine Züge, er bemühte sich, möglichst unbeteiligt durch sein Gesicht hindurch auf den Verkehr zu blicken. Ich verfüge, was Männergesichter betrifft, über wenig Urteil, aber es galt als ausgemacht, Sebastian sehe recht gut aus. Ginger gefiel er, das war deutlich zu merken.

Er selber erfaßte nur noch, wie ihm das Haar ausging, das er deswegen nun kurz und in alle Richtungen wie Grashalme stehend trug. Eigentlich nicht schlecht, auch wenn es tatsächlich ein bißchen an das erinnerte, was neugeschlüpfte Küken auf dem Kopf haben. Aber geben Küken nicht ein ausgesprochen anziehendes Bild ab?

Am Straßenrand standen Mülltonnen, und ich überlegte, übrigens nicht zum erstenmal: Ob man den Tonnen ansieht, wie schwer sie sind? Es war eine der Fragen, die einen über Jahre und Jahrzehnte still begleiten, ohne daß etwas daran hängt. Weswegen sie oft auch unbeantwortet bleiben. So lange jedenfalls, wie Wirrköpfe vom Schlag eines Jarl keine falschen Schlüsse daraus ziehen. Ist es den Tonnen von außen anzusehen, dachte ich, ob sie schon geleert wurden?

»Es gibt Regisseure, die glauben«, sagte ich, »sie könnten ihre Darsteller wie Zirkusclowns aus leeren Tassen trinken und ungepackte Koffer tragen lassen, ohne daß sich dem Zuschauer das Unglaubwürdige daran mitteilt.«

Sebastian sagte dazu nichts. Wahrscheinlich hatte er das Gefühl, genug für mich zu tun, wenn er mit seinem Handwerkszeug anrückte, um den vergoldeten Schnörkel auszubessern, sein Geburtstagsgeschenk an mich. Hatte er es nötig, sich da auch noch mit den leeren Koffern fremder Clowns auseinanderzusetzen? Von den meisten hatte ich nichts zum Geburtstag bekommen, nachdem ich gesagt hatte, sie sollten es lassen, aber Sebastian nahm solche Bräuche wichtig und verlangte, selber auch beschenkt zu werden.

Bei mir zu Hause setzte Sebastian mit dem aus geschmolzenen Tierhäuten gekochten Leim eine Mischung aus Champagner- und Bologneserkreide an, kurz genug, daß er bald darauf einen Teig kneten konnte. Konzentriert füllte er etwas von der weißlichen Paste in die Scharte im Holz. Sebastians Zungenspitze ragte bei der diffizilen Arbeit aus den Lippen. Die Füllmasse trocknete schnell aus. Mit raschem Strich trug er einen Bolusgrund auf, zügig und akkurat. Mit einem frischen Pinsel, Fehhaar oder so etwas, wischte Sebastian sich über die Stirn, bevor er das Blattgold weich aus einem Heftchen hob, und dann schmiegte er es dem mit einer Wasser-Alkohol-Mixtur benetzten Grund an. All das hatte nicht lange gedauert. Dann griff er zu einem Polierstein.

»Mein Achat«, sagte er. Schnell glänzte die Gipsform wieder ohne sichtbaren Makel. Noch etwas Lack zum Schutz, dann packte Sebastian sein Zeug zusammen.

Wieder hätte ich ihn ohrfeigen können, und doch war ich ihm zugleich dankbar. Denn wenn ich auch nicht viel Besitz beanspruche, ja um mich nur Weniges ertrage – Kaputtes stört mich um so mehr. Es stört mich nicht, es macht mich förmlich krank. Dieses Kaputtsein, das den Anfang einer endlosen schwarzen Tunnelröhre bildet. Zerbrochenes, Beschädigtes verursacht einem jenen Abscheu, der am ehesten mit dem Widerwillen vergleichbar ist, den man empfindet, wenn die Schuhsohle nicht die Steine des Bürgersteigs, sondern die Ritzen dazwischen trifft. Schadhaftes zu haben ist wie der fortwährende Kontakt mit einer Ritze im Trottoir.

Jedoch, Umkehr vor dem Tor zur Hölle war möglich. Das hatte Sebastian gerade bewiesen.

Als ich Sebastian nach Hause brachte, hätte ich beinahe mit Jarls Wagen eine der eckigen Straßenbahnen gerammt, die seit neuestem durch die Stadt summten. Straßenbahnen, Briefmarken, Geldscheine, Zigarettenpackungen – wieso eigentlich überhaupt etwas daran ändern, wenn man damit nichts verbessern kann, weil der ästhetische Rang, den solche Artikel aufweisen, gerade ihre Unwandelbarkeit ist? Ein Dollar bleibt ein Dollar bleibt ein Dollar. Ein Fünfmarkstück aber bekam irgendwann ein rundeckiges Quadrat um die 5. Die Amerikaner schmeißen seit Generationen ihre Bomben aus den immerselben B-52-Maschinen, und unsere gute alte Straßenbahn, die von der Stadt nach Bulgarien verschenkt worden war, dreht vermutlich noch in hundert Jahren ihre Runden durch Sofia.

Manchmal fuhr Paavo in seiner stumpfen Limousine vor, die den Hof fast ausfüllte. Wer Zeit hatte, stieg ein, und ich auch. Ginger fuhr ebenfalls mit, Mayo sowieso, wenn er nicht gerade unterwegs war und Briefe transportierte. Paavo ließ geräuschvoll den Motor an, und dann schaukelten wir die Straße am Strom entlang ein Stück nach Süden. Am Fuß der Hügel hielt er, und wir wanden uns, einer nach dem anderen, heraus, um in den Wald zu ziehen wie eine aus Papier geschnittene Figurenkette.

Was machte Jarl eigentlich all die Zeit über in Berlin? Sein Notizbuch mußte doch allmählich platzen. War er verrückt? Ich fragte mich das ernstlich und schaute Ginger an. Was mochte in einem Kopf wie seinem nur vorgehen? Er war ja nicht nur eine Flugstunde entfernt, ihn und uns trennte eine Welt. Nicht in Berlin war er, wo die Türken bloß frech grinsen, wenn man sie um ein Brötchen zur Boulette bittet, sondern in seinem eigenen Universum wahnhafter Sehnsucht nach dem Nichts. Mit Zwangsläufigkeit würde sie ihn aus der Gegenwart hinausspülen, die doch nie ganz leer ist.

Mir schien Jarl auf einer unendlichen Reise ins persönliche Nirwana zu sein, eine Art inneres Museum, wo mumifizierte Gören auf eisernen Rollschuhen laut krachend über die steinernen Stufen des Pergamonaltars flitzen und dicht an den in langen Reihen stumm vor sich hindämmernden Altmumien vorbeischrammen, die nicht einmal davon erwachen, weil ihre Zeit nämlich endgültig abgelaufen ist und alles Vergangene nicht bloß eine Pause einlegt. Für die Mumien gibt es keine Umkehr mehr. Der schwarze Tunnel hat sie eingesogen, ihr Dasein geschrumpft auf eine einzige, irreparable Kaputtheit. Wo wollte Jarl nur hin? Hier war Ginevra. Ginevra würde hier sein. Amen.

Da ich Schwierigkeiten hatte, in die Arbeit hineinzukommen, ging ich an den Fluß. Mit dem Blick auf die schwappenden Wasser memorierte ich den Stoff aus den Angellektionen. Als wollten sie zu meinem Haken drängen (ich hatte ja noch gar keinen), schlängelten sich Würmer, die dicke Pflaster um den Leib zu tragen schienen, durchs

Laub, das seit dem Herbst oder dem letzten Hochwasser vor sich hinmoderte. Am Himmel verfilzten sich die Wolken zu einer immer schwerer lastenden Decke, unter der die Luft gestaucht und eingedickt wurde, bis sie zu Gallert gerann. Man atmete Sülze.

Die Stufen wieder hinauf zu meiner Wohnung wurden zur Qual. Oben angelangt, bekam ich den Schlüssel nicht gleich ins Schloß, und hinter der Tür gab das grelle Gejodel keine Ruhe, mit dem das schnurlose Telefon anstelle eines einfachen Klingelns verrückt spielte. Ich hob ab. Die Verbindung stand glasklar, wie es nur bei einem Ferngespräch der Fall ist. Es war Janka, vielmehr ein Telefonist oder Sekretär in ihrer Weltfirma:

»Frau v. Stritzki möchte Sie sprechen. Einen Augenblick, ich verbinde!«

»Irrtum!« konnte ich noch knurren, bevor ich auflegte. Ich beschloß, etwas trinken zu gehen, um dabei zu überlegen, wie ich Janka abschütteln konnte.

Bei dem Barmann handelte es sich um Otto persönlich. Im Lauf der langen Jahre, die wir uns kannten, hatte er es vom alkoholisierten Pächter einer Studenten-Pinte zum Wirt eines Fächers von Lokalen jeder Kategorie gebracht. Und noch immer tat er so, als freue er sich, wenn gerade ich einem von ihnen die Ehre erwies. Mir paßte es gut, daß er an diesem Nachmittag zufälligerweise eigenhändig mixte. Denn Jarls *Volvo* langte nicht für das, was ich vorhatte.

Am nächsten Vormittag schon quetschte Otto einen Lieferwagen zwischen die Laterne und das Halteverbotsschild auf die Ecke, an der ich wohnte. Auf den Seiten prangte groß der Schriftzug *Ottos Nachtcafé*. Er hatte bereits ein paar Klapptische geladen, Stühle und was sonst gebraucht wurde. Jarl war unterwegs, in Berlin, wie zu vermuten stand, und ich nutzte die Gelegenheit, Ginger eine Freude zu machen. Unser Leben hier, das war ja ganz klar, dazu bedurfte es keiner umständlichen Erklärungen von Gingers Seite, das Konsortium und so weiter, benötigte dringend einen externen Akzent, der es wieder glänzen ließ. An mir war es, ihr und uns allen zu beweisen, daß wir dort, wo wir uns nun einmal zunächst noch aufhielten, mochte es auch jeden von uns in die Ferne ziehen, längst nicht an aller Tage Abend gelangt waren.

Es kam nur darauf an, sich ein wenig Mühe zu geben, ein paar Ideen zu entwickeln. Von der Art der Party, die ich steigen lassen wollte, in diesem barocken Landpalais, das niemand kannte. Noch nicht. Ein Diner in einem echten kleinen Schlößchen außerhalb der Stadt – nach dem natürlich längst schon ein Golfclub die Krallen ausstreckte. Vorher aber kamen wir. Wir hatten unser Pulver längst noch nicht verschossen, nicht in diesem Frühling.

Otto grinste mich unter seinem Schnurrbart an. Regen drosch aufs Dach, die Scheibenwischer planschten im Wasser, das über das Glas wogte, und wir schossen die Landstraße entlang. Otto bemühte noch nicht einmal seinen Ringfinger, sondern lediglich den kleinsten und schwächsten, um gegen den fatalen Linksdrall seines Wagens anzusteuern, so fuhr er mich am Regenbogen vorbei durchs grauviolette Tal.

»Ist das nicht herrlich!« aalte er sich. »Allenfalls in Schottland erlebt man prächtigere Tage.«

Das Ziel unserer Fahrt, dieses heruntergekommene Herrenhaus zwischen Kohlköpfen und Baumärkten, war schwer auszugraben.

»Alles wissen, und es dann vergessen. So ähnlich. Oder all das wissen, was sich bei Bedarf vergessen läßt«, murmelte ich.

»Hast du dir eigentlich eine Brille zugelegt?« fragte Otto. War ihm das gerade erst aufgefallen, als der alte Mann im Ferrari zum Überholen ansetzte und dafür eine Spur zwischen uns und dem Gegenverkehr nutzte, die es gar nicht gab?

# 13

Bevor er sich wieder verabschiedete, hatte Jarl beim portugiesischen Spanier noch ein Beispiel seiner Verwirrung gegeben.

»Wo versteckt sich die Pause?« fragte er, ohne eine Antwort zu erwarten. »Man kommt nicht wirklich an sie heran, jedenfalls nicht in Gedanken, mit Wörtern. Sie läßt sich nicht einfach erzählen. Das behält sich die Wirklichkeit vor. Und sie verlangt: Bloß in Ruhe lassen, nicht zu verstehen suchen. Wenn ich anfange, dafür Worte zu bemühen, hat sich die Pause mit all dem, was sie an Möglichkeiten enthält, längst verflüchtigt wie ein Parfüm im Wind. Reden kann man außerdem viel. Die Mauer zwischen dem, was ist, und dem, was man denkt, bleibt dicht. Der ganze Witz ist doch, daß etwas anderes passiert, als meine stumpfsinnigen Gedanken zur Kenntnis nehmen wollen – es geschieht, und das ist nach allem, was mir bekannt ist, das Gegenteil von gedacht. Oder? Klappe.«

Gott im Himmel.

Paavo lud ein paar Tage später die meisten von uns in den *SIL*, als Jarl fort war und meine Feier auf dem Landsitz, für die ich tief in die Tasche greifen mußte, stattfand. Nachdem Luis die Läden der vom Dauerregen aufgequollenen Fenster in Zusammenarbeit mit einem Chinesen, der kürzlich ins Konsortium aufgenommen worden war, gewaltsam aufgehebelt hatte, war es im Saal nicht mehr schwarz, sondern dunkelbraun, und in der nassen Luft konnten wir die zweihundertjährigen Tapeten an den Wänden wenigstens riechen, wenn schon nicht sehen.

Was für ein Sturzregen! Der Strom hatte sich aus seinem Bett erhoben und war in den Himmel geklettert. Unerschöpflich schlugen die Wasser auf uns ein. Im Taumel der Begeisterung spritzte der Schlamm von den Reifen, als Ottos Lieferwagen in äußerster Schräglage in die Einfahrt bog. Ein paar Gänse flanierten ungerührt durch die Pfützen. Aus ihren kleinen Pupillen sahen sie zu mir herüber, während ich versuchte, die Flügeltür zu öffnen. Bald jedoch duftete es dann doch nach Braten, und Kandelaber erleuchteten den Wrasen.

Frohlockend setzte Otto uns heißen Punsch vor. Die Party nahm trotzdem nur langsam Fahrt auf, auch wenn Kettenhemden aus Wasser vom Sturm gepeitscht über die kleinteiligen Fensterscheiben rasselten. Mein Blick ging hinaus. Das Leichenwäschergrau der Regenwolken verschwamm im Flanellgrau der Dämmerung, und Ottos Gehilfen mit Grünem Veltliner aus der Wachau drangen zu Paavo vor, der es sich, einige seiner Prunkbumerangs in den Lederverschnürungen, in einer weißgetünchten Nische mit Hans und Li Guofeng bequem gemacht hatte. So hieß der Chinese.

Paavo pfiff markerschütternd, und der dünne, zähe Guofeng rauchte dazu eine von Jarls Zigarren, die Ginger ihm mitgebracht hatte. Die Glut leuchtete wie ein Hochofen, bevor er den Rauch in die Lunge sog. Dann nahm er einen der Appetithappen mit Ziegenbraten und rauchte kauend weiter.

»Taste good«, stellte er trocken fest.

Hans beugte sich auf seinem Stuhl vor wie ein Biedermeierschneider.

»Und«, redete er sich mit dem Leib wippend den Kopf heiß, »wenn aus der Rockmusik die eine Erdbeersauce wird, mit der alles übergossen wird, handelt es sich doch nicht mehr um Sand im Getriebe, oder? Ich kann diese Schmetterlinge auf dem Rücken ja auch nicht mit einem tätowierten Matrosenarm vergleichen, sowenig wie den Ring im Polizistenohr mit dem Ausweis des Freibeuters. Wir müssen uns alles selber geben, die Kugel und die Form, wir können keine Zeichen mehr umdrehen.

Dafür, Freunde, dürfen wir uns bei der Avantgarde bedanken. Die kaut seit hundert Jahren dem Kapital alles vor und kotzt es verdorben wieder aus. Wer dächte, wir wüßten's nicht, den lehrten wir, wir wissen's.«

»Avantgarde sind wir ja selber«, murmelte Luis.

»Eben.« Hans lehnte sich zurück. Eine Studentin der Kunstgeschichte, die Otto mitgebracht hatte, riß die Augen auf, als sie gerade mit einem Tablett voller gesottener Krebse und Champagner vorbeikam. Hans bediente sich.

Paavo rief unvermittelt: »Glanz!« und zwinkerte der Studentin zu, um sein leeres Glas in aller Ruhe gegen ein neues zu tauschen. Dann pfiff er noch lauter als zuvor.

Ginger, für die ich das Ganze doch veranstaltete, war nicht in Stimmung zu bringen. Mit gespieltem Lächeln blieb sie in der Reserve und beließ es bei sturer Einsilbigkeit. Hans nahm sich gleich die ganze Flasche Birnengeist: »Wer dächte, ich scherzte bloß, den lehrte ich, was Ernst ist.«

Aus der Tiefe des Saals kam langsam Luis auf Hans zu und schlug ihm mit dem Handrücken ins Gesicht.

Irgend etwas lief nicht so, wie ich es mir vorgestellt hatte.

In den Tagen danach riß der Regen nicht ab. Beim Arbeiten oder beim Nachdenken, was eigentlich zu tun wäre, mußte ich schon morgens die Lampe andrehen. Einige Male fuhren Ginger und ich in Jarls Auto durch die Gegend. Der Dieselmotor hörte sich an, als nähe er Watte. Wir ließen dazu eine Kassette laufen, Nino Rota oder so etwas, und sahen uns nebeneinandersitzend im Nebel um.

Wie gesagt, es regnete einfach weiter. Steinern schoben sich Wolken über Dächer. In der Nacht, wenn man im Restaurant sitzt, sind alle Katzen grau und alle Wetter egal. Aber vormittags ließen sich im trüben Licht der Glühbirnen die Farben nicht unterscheiden.

Saß ich zeichnend am Tisch, klatschte das Wasser vom Himmelsschiefer auf das Zinkblech, mit dem die Brüstung des Altans bedeckt war, bis die nächste Böe den Regen wieder an die Mauer fegte, vor der gerade das Efeu neu kommen wollte, an das Fenster, hinter dem ich träumte und darüber nachdachte, was ich falsch machte. Mein Blick verlor sich im Wetter und wurde von den Mauerseglern geschnappt, die sich in den Wind schmissen, um ihre Linie in die violetten Wolkenfronten zu gravieren.

Manchmal sahen wir in den Abendnachrichten Parkland, wie er in Berlin mit seinem Fotoapparat in der blitzenden

Menge stand. Einige – Luis, Mayo – beneideten ihn. In meinen Augen eine sinnlose Emotion. Schließlich war Parkland nicht vollgültig einer von uns gewesen, ebensowenig wie andere Randerscheinungen. Aus diesem Grund hatte sich mit Parklands Fortgang auch nichts wesentlich geändert.

Und dann war plötzlich auch Hans weg. Wir hatten es nicht geglaubt, hatten gedacht, es ginge alles irgendwie immer so weiter.

»Und all diese Bürger, die sich mit ihrem Haß aufspielen«, hatte er beim Spanier gesagt, als er mit einer weißen Nase von der Toilette zurück war. »Sie machen sich gegenseitig kaltlächelnd fertig, ohne zu wissen, was das ist, Haß. Worum es dabei überhaupt geht. Es sagt sich so schön: Ich hasse dies und das und den. Larifari – Haß ist eine zugespitzte Form der Objektivität, für die man Charakter benötigt.«

Und mit einem Mal zeigte er sich nicht länger. Mayo, sein Schildknappe, konnte es am wenigsten fassen. Der zweite Schlag in sein Kontor.

Irgendwann gab Hans ein Lebenszeichen: Mayo lag schon im Bett, rauchte einen Joint und sah sich im Fernsehen *Das siebente Siegel* an, als das Telefon schrillte.

»Bin in Amsterdam«, beschied ihn Hans. »Hier ist schon mehr Luft. Am besten kommst du gleich nach. Mein Zimmer ist groß genug. Wenn du auf die Straße willst, brauchst du bloß durch ein Knäuel von dreißig, vierzig ineinander verhakten Fahrrädern zu kraulen, dann bist du aber auch schon fast in der Taverne gegenüber. Also beeil dich. Hier kannst du was lernen.«

# 14

Eines Morgens war auf der Fensterscheibe vor meinem Tisch eine Schnecke unterwegs, ihr gestreiftes Haus stolzerhoben auf dem Rücken. Bis zum Abend hatte sie es fast bis an den oberen Rahmen geschafft. Dabei war es unmöglich, die Bewegung wahrzunehmen, nicht zu bezweifeln aber auch, daß sie nach einer Stunde andernorts angelangt war. Die Schnecke auf der Fensterscheibe kam langsam voran. Ebensogut konnte man sie schnell nennen, denn was war der Maßstab? Es kam auf den Blickwinkel an.

Früher oder später aber geht jedem ein Licht auf: Hinter alledem steckte mehr, als Ginger mich wissen ließ – hinter ihren vielen ominösen Reisevorbereitungen, den Erledigungen, die sie und Jarl (der neuerdings anscheinend nur noch wenig in Berlin zu recherchieren hatte), ihren solipsistischen Konzentrationsbedürfnissen und was sonst noch dafür herhalten mußte, daß sie nur noch selten Zeit für mich hatte. Oder haben wollte.

Ich zerbrach mir den Kopf über den Grund für ihren Sinneswandel. Grübelnd stapfte ich mit schnellen Schritten durch die Landschaft, meist bis zur Autobahnbrücke, als ob das ein Ziel wäre, und dort, unter dem nie abreißenden Band aus Sirren und Rumpeln, kehrte ich genausowenig klug wieder um. Auch auf diese Weise kam ich nicht dahinter, was in Ginger vorging. Versuchte ich sie darauf anzusprechen, wich sie aus. Sie behandelte mich wie einen Fremden, tat aber, als bildete ich mir das alles nur ein.

Statt Übersicht ins Denken zu bringen, fingen meine Klärungsspaziergänge neue Rätsel für mich ein. So hatte ich gar nicht geahnt, welch großer Wanderer zum Beispiel Jarl war. Besonders jetzt, da ich eine Menge zu überlegen hatte, wäre ich wirklich gerne ein bißchen ungestört für mich alleine an der frischen Luft gewesen. Wie sich leider zeigte, ließ es sich jedoch kaum vermeiden, daß wir uns fortgesetzt über den Weg liefen – zumal er sich exakt dieselbe Strecke ausgesucht hatte, den Hochwasserdeich am Fluß bis zur Autobahnbrücke und zurück.

Und nun stellte ich fest, wie wenig ich Jarl gekannt hatte: Sah er mich nur von ferne, was nicht weiter schwierig sein konnte, da ich ja meistens weiß gekleidet war, steckte er sein Notizbuch in die Tasche, nahm den nächsten Trampelpfad und tauchte in den Straßen unter, bevor wir uns begegnen konnten – in der Hoffnung, ich hätte ihn noch nicht bemerkt. Was hinter diesem befremdlichen Verhalten stecken mochte, verstand ich nicht.

Als wäre mir daran gelegen gewesen, mich mit ihm zu unterhalten – wie es anfänglich ein paarmal vorgekommen war, wenn wir uns auf dem Damm (der wirklich einer war) begegneten. Ein paar kurze Worte, dann trennte man sich. Ich fragte ihn vielleicht nach seiner Meinung zur Fängigkeit eines bestimmten Zanderköders bei diesem oder jenem Wetter, aber hauptsächlich, um nicht verstockt zu wirken. Jarl starrte dabei in meine Hornbrille, ohne etwas zu sagen.

Und jetzt floh er, wenn er mich ausgemacht hatte, wie ein Verbrecher. Ich war mir nicht sicher, ob ich überhaupt der Grund für sein zwanghaftes Ausreißen war. Meinethalben sollte er sich gerne soviel verstecken, wie er mochte. Für seine Ausflüge standen ihm die ganze Gegend und dreiundzwanzig andere Stunden zur Auswahl, neben ausgerechnet jener einen und der Strecke, die nun wirklich ich mit meinen bescheidenen Ansprüchen mir ausgesucht hatte, dort oben am Strom entlang.

Allerdings irritierte mich sein Verhalten. Und gerade das war nicht meine Absicht, mich verwirren zu lassen. Weil mir die Sache sogar ziemlich unangenehm wurde, erwies ich ihm doch den Gefallen und machte mich früher als sonst, schon morgens nämlich, auf den Weg. Ich wählte zur Sicherheit obendrein eine andere Strecke, nahm den Mottenkugelgestank in Kauf, der von der Lumpensammelstelle herüberwehte, als ich mich für den Hohlweg entschied.

Das Resultat war nur, daß er plötzlich direkt vor mir einherstolzierte. Da er sich diesmal nicht verstecken konnte, wandte Jarl sich nach einer Weile um und spielte sich entsetzlich auf: »Was fällt dir eigentlich ein, Rudi?«

Man mußte sich Sorgen machen um ihn. Vielmehr um Ginger.

Ginger meinte es tatsächlich ernst mit Rom. Im Himmel über unserem Ort saß, vom Sonnenaufgang an fleißig malend, Poussin: Bald hatte sein Pinsel alles in ein Blau getaucht, das mit dem dunklen Honigton der Sonne einen warmen Akkord anstimmte, den man mögen kann oder nicht. Ich konnte kaum genug davon bekommen in diesem Jahr. War er Ginger noch nicht aufgefallen?

Ginevra wollte fort. Sie kümmerte sich bereits darum, eine passende Wohnung zu finden, wie sie offen zugab, als wir alle beim portugiesischen Spanier saßen und den Rotwein mit *Fundador* hinunterspülten.

Beängstigend die Kraft, mit der sich der Strom durch die Stadt wälzte. Man spürte sie nicht auf der Brücke, sondern nur, wenn man dicht heranging. Den steinigen Grund versteckte das trübe Wasser rasch. Sand gab es nur am Ufer, an einigen Stellen. Im Wasser ließ ihn die gewaltige Strömung nicht liegen. In der Flußmitte, wo sie am stärksten war, mußten Barben zu fangen sein, mehr in Ufernähe auch Aale, hinter den Buhnen Zander, analysierte ich. Aber was interessierte mich das noch, Ginger ging fort.

Riesige Schiffe, ganze Schubverbände, zogen ihre Bahn. Später, wenn sie längst vorüber waren, schwappten die Wellen hoch. Die gespreizten Wellenkämme hinter dem Heck taten harmlos, aber dann war man naß. Motoryachten bretterten krachend an den trägen Riesen vorbei und durchstießen das von ihnen aufgeschichtete Wasser.

Trotzdem war es still dort in der Bucht. Das war gut so. In meinem Kopf hallte das Echo nicht zu beantwortender Fragen. Ich hing meinen Gedanken an Ginger nach. Erst waren nur graue Steine um mich herum, dann nahm ich ihre Farben wahr, die leise schimmerten oder tief leuchteten. Zwischen den bunten Kieseln entdeckte ich grüne, weiße oder braune Glasscherben, zerkratzt oder geschliffen von Wasser, Wetter, Schritten. Von der Zeit. Reste von Selters- und Bierflaschen, der Strom zelebrierte die Wandlung, und dann lagen romanische Edelsteine herum.

Wirkliche Schätze brauchen nur aufgehoben zu werden. Sie liegen einfach da. Man muß sie sehen, dann kann man sie haben. Mir schmerzten die Knie, hart und kantig, so war alles bei uns beschaffen, dort am graubraunen Strand des Karnevals sowieso. Die Steine, der Rest. Ich.

»Außer der Unbedingtheit«, erklärte ich Ginger mutlos, als wir uns das nächste Mal sahen, »ist vor allem Demut unsere Stärke.«

Was alles ich damit meinte, war mir selber nicht ganz klar.

Und was ist schon klar auf der Welt, in der Tiefe meiner Brust glaube ich ohnehin nicht an den Schabernack. Klären, was soll man sich darunter vorstellen? Wir sehen in ein Kaleidoskop, das ist unser Leben. Ab und zu, gerade wenn man sich ein bißchen zurechtgefunden hat, dreht ein Fortschritt an dem Ding, dann purzeln die Muster durcheinander und ordnen sich neu. Es bleibt doch alles unklar, wie es ist. Und deswegen ging Ginger weg.

Zwei Wochen noch, dann würden die beiden verschwunden sein. Das hatte ich in Erfahrung gebracht. Was aber sie noch nicht wußten, war, daß auch mir ein Aufenthalt in der Ewigen Stadt bevorstand.

Nichts ist schlichtweg so, wie es ist. Das war von Georges Braque zu lernen, der feststellte, daß es die Rapporte sind, die zählen, keine isolierten Einzelheiten. Nicht einmal Ginger war, was sie war, einfach so und für sich. Sondern alles ist das, was es ist, immer nur in Verbindung mit etwas anderem.

Zogen wir in langer Reihe umher, vermißten wir nun Hans, schon weil kein anderer so das Glas heben konnte wie er. Unerklärlich, wo er den Schnaps ließ, so dürr, wie er war.

Er war eigentlich unausgesetzt betrunken gewesen, der Unsinn, den er erzählte, hatte sich gleichwohl in Grenzen gehalten. Und nun fehlte er in unserem Scherenschnitt.

»Wie geht es Hans in Amsterdam – warst du schon bei ihm?« wollte ich eines Abends von Mayo wissen.

»Noch nicht. Er stellt sich das so einfach vor. Das ist schließlich auch eine Geldfrage. Wollen wir nicht alle zusammen hinfahren? Mit Paavo im *SIL*?«

»Wozu?« fragte ich.

Und Mayo sah mich groß an.

Hans. Wer das wohl sein mochte? Hans. Klang schön. Ob Hans irgendwo jemanden hatte, dem er sich nah fühlte? Wirklich nah. Eine Frau.

Jetzt hing er in Amsterdam. Und weiter? War Hans überhaupt je vom Fleck gekommen? Festen Tritt auf dem Boden hatte er nie nötig gehabt, er schien zu schweben, gewichtslos. Diese Marionette. Eine innerlich bindungslose Puppe, so hing er auf immer und ewig in seinen Fäden.

»Frankreich? Klar, Frankreich. Aber nicht so wie Picasso, in Shorts als Spanier doppelt und dreifach, mit der Sonne auf der Glatze. Picasso wußte ganz genau, wen er vor sich hatte, als er und Braque kurzzeitig übereinkamen, ihre Bilder nicht mehr zu signieren, weil sie zu ähnlich seien. Dabei bestimme ich noch im Halbdunkel jeden Braque aus dieser Zeit, weil ich die andere Mentalität spüre. Braque war ein einzelner. Ein einzelner romantischer Nerv. Trug ja auch einen herrlichen Namen: ein Jagdhund. Picasso hat gerne amüsiert. Braque hat nicht geschrien, er hat alles ausgehalten. Ein Nerv in ruhiger Aktion«, so hatte Hans oft vor sich hingeredet, wenn ausreichend *Fundador* auf dem Tisch stand.

Er mochte in Amsterdam sein oder sonstwo. Mir konnte er nichts vormachen, er war hier. Hans hockte für alle Zeiten im Kino – einsam in dem Kino, das seinem Vater gehörte, um sich herum lauter leere Stühle und vor sich die Filme, die ihm nicht zu nahe kamen.

Immer war die Sicherheit der Leere um Hans herum, die Leere in ihm selbst und die Leere der Bierdosen rings um seinen Sitzplatz.

Er und Mayo waren Lehrer und Schüler gewesen.

Dabei – wie wir so über ihn Belanglosigkeiten austauschten, wurde ich den Eindruck nicht los, daß Mayo sich schon gar nicht mehr recht erinnerte, von wem die Rede war, jetzt, da Hans nicht mehr der Baum war, aus dem er selber erwuchs. Hans – konnte es sein, daß das bereits bloß noch ein Wort war für Mayo?

»Mit Amsterdam wird es für mich so bald nichts werden, ich bin ja auf dem Sprung nach Rom«, machte ich ihm klar.

Mayo staunte nicht schlecht: »Du auch?«

»Stiehl Ginger nicht die Zeit. Wenn sie im Konsortium ist, will sie Ruhe haben, um zu arbeiten,« stellte mich Jarl wie ein Staatsanwalt zur Rede. »Und was soll das alles eigentlich, dein Angelscheingetue, diese alberne Brille?« Er tat, als sei es keine normale Angelegenheit, so etwas zu machen, zumal wenn einer direkt am Wasser wohnt, wie ich. Jarl unterstellte mir, ich wollte damit irgend etwas demonstrieren – was, wem?

»Worum geht es überhaupt? Weshalb regst du dich nur so auf«, fragte ich gütlich, »mir scheint, dir fehlt überhaupt das Konzept.«

»Hoffen wir es! Konzepte sind etwas für die, denen die Sache selber unerreichbar ist. Und noch etwas: Ich will dich in Rom nicht sehen. Ich habe gehört, du fährst jetzt auch dorthin.«

»Und was geht es dich an?« ließ ich ihn stehen.

Janka rief an, um sich zu beschweren, daß sie mir keine E-Mails schicken könne. Sie redete und redete, und ich fragte zwischendurch nach dem Grund ihres Anrufs, ich sei äußerst beschäftigt, doch ließ sie sich nicht unterbrechen.

»So ist das in Deutschland, und deswegen kann ich es dort nicht aushalten: Diese Umständlichkeit, Technikfeindlichkeit, diese schlechtgelaunte Skepsis allem gegenüber, was neu, praktisch, modern, von mir aus auch chic ist: Ja, auch chic, warum denn nicht! Ganz einfach internationaler Standard. Wir sind ja so fortgeschritten in Deutschland, auf immer uneinholbar. Ich will dir sagen, in den armen Ländern, die erst jetzt aufschließen, ist man viel weiter.«

Sie sagte »Standard« mit s-t, ich hielt den Hörer vom Ohr, und dann sagte sie auch noch den Rest.

Was ich ihr nicht verriet, war, daß ich ja selber seit Neuestem eines dieser modernen Telefone besaß, mit denen man ohne Schnur in der ganzen Wohnung herumlaufen kann. Jetzt stand ich damit auf dem Altan. Die Baumkronen thronten wie Kohlköpfe reglos im Himmel, aber wenn man genau hinsah, tanzten in ihnen Ornamente. Seichter Wind choreografierte die haardünnen Halme eines Krauts, das sich in einem der Töpfe auf der Brüstung selbst angesiedelt hatte. Von ferne klöppelte sich blechern der Glokkenklang des doppelten Kirchenschiffs in die Luft.

Einmal, in der Zeit mit Janka, hatte ich erlebt, wie die Erde bebte, hier bei uns, die Häuser erzitterten gehörig, so lange lag das nicht einmal zurück. Die Vögel waren es gewesen, die Minuten zuvor aus ihrem Gleichmut aufschreckten, weil sie imstande waren, die Schatten zu sehen, die das Ereignis vorauswarf.

Üble Ahnungen überkamen auch mich: Wir hören es erst krachen, wenn die Mauern bersten und einstürzen, wenn die Erde sich aufbäumt, um uns abzuschütteln. Zu wittern vermögen wir es nicht, den leisen Hauch nicht zu spüren, mit dem es naht.

Drohend zeichnete das Sonnenlicht flimmernde Konturen um die Blätter; dazwischen flatterte Jankas Redeschwall unwirklich im Nichts. Sie konnte, wenn sie wollte, immer weiterplaudern – all die Zeit über, die ich in Rom sein würde. Bald.

Aber davon hätte ich ihr natürlich auch nichts verraten, wäre ich zwischendurch zu Wort gekommen.

Aus irgendeinem Grund war Hans in Amsterdam bald unter die Räder geraten. Er hatte sich ein Zimmer genommen und gewartet, wie sich sein Leben verbessern mußte. Eines Morgens torkelte er aus einem dieser sogenannten Cafés und bekam einen Knüppel übergezogen, Tritte brachen ihm zwei Rippen. Nach dem Überfall wollte er dann nur noch nach Hause.

Er war also schnell wieder zurückgekommen, aber soviel ich wußte, suchte er keine Wohnung mehr. Vor seinem Verschwinden war Hans gerüstet gewesen für alles, was geschehen sollte. Für heikle Überlegungen, die jeden betrafen: Wozu überhaupt unterhielten wir noch Arbeitsräume, hatte er dann auf einmal argumentiert. Der Sinn solcher Gefängnisse stand gründlich in Frage. Der Zweck, etwas von dem zu tun, was man ebensogut lassen konnte.

»Nichts tun – alles lassen«, hallte einen ganzen Abend lang im Konsortium sein Ruf durch den Hof. Wenig später war Hans in Amsterdam zusammengeschlagen worden. Das gehörte zu einer Entwicklung, die nach und nach den gesamten Boden, auf dem man hier noch stehen konnte, erodierte. Dazu bedurfte es nicht Jarls, der einem mit Witzen ohne Pointe, die einen lediglich verunsichern sollten, den Teppich unter den Füßen wegzog.

In den Raum, wo Hans gewohnt hatte und wo wir alle oft zusammengekommen waren, um dort zu tun, was sonst nicht ging, war inzwischen Paavo eingezogen. Und er ließ sich auch nicht überreden, Hans bei sich aufzunehmen. Wozu zahlte er die Miete, wenn er dann nicht mit seinen Freundinnen ungestört war?

Einmal fand ich Hans am Fluß. Die engen Röhren seiner schwarzen Jeans hatten sich an den Beinen hochgearbeitet, so daß das eine spitze Stiefelchen mit dem hohen Absatz wie unverbunden an dem freigelegten dünnen Bein steckte und der andere Fuß nackt danebenlag. Auch das

Jackett, schwarz, wo es der Erdboden nicht beschmutzt hatte, der auf dem dunklen Gewebe helle Flecken hervorrief, war zu den Schultern hin ziehharmonikamäßig zusammengestaucht. Wie leblos lag er vor der Ufermauer.

Zwischen den Hemdknöpfen, die nicht alle geschlossen waren, leuchtete sein weißer, magerer Leib, auf dem sich kein Gramm Fett abzeichnete. Hans lag mit dem Kopf auf den grobkantigen Steinen. Ins Wasser war er immerhin nicht gerutscht.

Mit Mühe bekam ich ihn wach und fragte, ob er mit mir frühstücken wolle, aber er lehnte ab. In der letzten Zeit, brummte er, hatte er auf feste Nahrung völlig verzichtet.

Die grauen Stoppeln sahen aus, als wucherten sie ebenso in den Mund hinein wie draußen aus seinen Wangen. Abends im Konsortium war er dann wieder so fidel wie eh und je, seine Kleider waren gesäubert und das rasierte Kinn duftete dezent nach Aftershave.

Wie gesagt, es existieren keine Einzelheiten. Und wenn es sonst überhaupt nichts neben einem selber gegeben hätte, dann wären da außerdem wenigstens die Erde und der Himmel gewesen. Noch einfacher gehts eben nicht. Rapporte bestimmen alles, und irgendwie, soviel begriff ich schon, gehörte Jarl natürlich auch dazu. Er war ja Ginevras Mann. Sie hatte ihn sich erwählt. Als ob ich dem kein Gewicht beizumessen imstande gewesen wäre. Nichts, was sie betraf, war unwichtig für mich – gar nichts.

Als wir uns dann zum Abschied noch einmal beim Spanier versammelten und dem Wein aus seinen Fünfliterballons zusprachen – »wie bevorzugst du eigentlich den Barsch?«

fragte ich in Gingers Richtung besonders laut, »wenn ich soweit bin, lade ich euch alle zum Barschgulasch ein« –, flüsterte Jarl, immer noch hochgradig nervös, mit Horst: »Ein paar Zentimeter müssen frei bleiben, eine kleine Zone, die niemand ungefragt betreten darf. Jetzt fährt Rudi auch nach Rom. Angelkurs? Schleicht er sich wirklich in seiner abgeschabten weißen Lederjacke mit dem Flitter dran zwischen so andere Leute, um zu spielen, daß er lebt?«

In gewisser Hinsicht, mußte man sagen, war Jarl faktisch unzurechnungsfähig. Und wie sollte einer wie er, ein Gestörter, Ginger überhaupt beschützen? Wen hatte Ginger dort unten denn? Sie würde sehr froh sein, mich in der Nähe zu wissen.

Manchmal, wenn ich im Vorübergehen in den Laden mit den Angelruten sah, bemerkte ich drinnen im Halbdunkel den Mann mit dem Henker auf dem Arm aus dem Fischerunterricht oder die Lastwagenfahrerin, die eine Reihe vor ihm gesessen hatte, wenn sie nicht gerade in ihrem Sattelschlepper nach Spanien donnerte und Apfelsinen herbeischaffte – Gott weiß, wann sie dabei Gelegenheit zum Angeln fand. Obwohl gerade aus dem Ebro einige der mächtigsten Welse überhaupt zu holen sein sollen.

Im Schaufenster aufgereiht lagen ekelerregend ungeformte Klümpchen aus Weichplastik, aus denen spitze Haken ragten. Ich konnte mir nicht vorstellen, daß es Fische in Gottes schönen Gewässern geben sollte, die auf diesen Plunder hereinfallen.

Wie auch immer, eines stand fest: In die Tasche eines Gentlemans gehören allenfalls ein Satz sauber gebundener Fliegen und drei, vier Köder aus Metall, mit ein paar Streifen versehen wie von Léger, einigen Punkten in den klaren Farben Poussins, Schluß, aus. Früher, in seinen besseren Zeiten, hatte Jarl sich ähnlich geäußert.

Allerdings – auch wenn ich schon einmal so tat und Einladungen zum Fischessen streute – noch war nicht ausgemacht, daß ich überhaupt jemals wirklich angeln wollte. Ich mußte ja nicht. Je länger ich vor diesem Ladenfenster stehen blieb, desto unwahrscheinlicher erschien mir das.

Und dann hatte Ginger mich verlassen.

Wir arbeiteten und dösten, liefen im Kreis oder folgten einer Geraden, wir scherzten und waren verdrossen, liebten und lechzten nach Liebe, aßen und tranken, schweiften aus und blieben stecken, gingen zum Friseur und besorgten unsere Wäsche. All das auch dann noch, als es nichts mehr bedeutete, seit Ginger tatsächlich nach Rom abgereist war, und Jarl mit ihr.

Als der erste Brief von ihr endlich im Kasten lag, wollte ich ihn nicht oben bei mir lesen, wo es nach mir selber roch. Am Ende der Pappelallee stand die Bank, auf der ich mit Ginger den Abend erwartet hatte. Eine Ratte setzte eben an, über den Weg zu schießen, dachte noch einmal nach und schlüpfte lieber zurück ins Gebüsch.

Die Stromdrähte, von denen die Weiden beidseits des Wegs eingezäunt wurden, waren festlich mit aschgrauem Hochwasser-Lametta geschmückt. Schwarzweiße Kühe in den eckigen, fellbezogenen Kästen ihrer jugendlichen

Knochen sahen mir träge in die Augen und pulten dabei mit langer, fleischiger Zunge in ihren Nasen. Die Wolken türmten sich am sonnigen Himmel zu gepolsterten Gebirgen. Über der Autobahnbrücke stand der Dauerton vorbeiflitzender Motoren und fistelnder Reifen, wie ein Brummkreisel singend tanzte er auf der Stelle.

Ich gelangte zu der Bank und klopfte unbewußt die Taschen meines Jacketts ab – erstmals seit Jahren bedauerte ich, das Rauchen einfach so aufgegeben zu haben. Erwartungsvoll zog ich Gingers Brief hervor. Er war wenige Tage alt, wie aus dem Stempel auf der Marke der Vatikanpost zu ersehen war – Ginger vergaß fast immer das Datum, wenn sie einem eine schriftliche Mitteilung zukommen ließ. Genießerisch strichen meine Finger über die erhabenen Rückseiten der Schriftzeichen, die Gingers Kugelschreiber in die Seite geprägt hatte. Gelegentlich drangen dunkle Sirenentöne vom Wasser heran. Überdimensionierte Schiffe glitten gulliverhaft durch die Kulissen der Stadt, eine Horde schwarzer Wellen im Gefolge, die herumtollten, bevor sie nach der Uferbefestigung schnappten. Der Wind fächerte mit dem kostbaren Papier, das ich fest in der Hand hielt.

Ich lehnte mich zurück. Sie denke viel an mich, dort in Rom, las ich mit beschleunigtem Herzschlag. Dann, zur Tarnung gewissermaßen, die konventionelle Frage nach meinem Wohlergehen und so weiter. Jetzt komme es ihr so vor, als wenn in letzter Zeit Unklarheiten zwischen uns entstanden seien, für die auch sie Mitverantwortung trage. Aus dem Abstand falle es ihr leichter, das zu erkennen. Sicherlich sei sie manchmal gereizt und sprunghaft gewesen, auch mir gegenüber, weil ihr alles zuviel geworden war. Aber nun sei sie ja für einige Wochen raus aus dem Kessel, weg aus der kleinen Stadt, und dafür in einer anderen, in Rom eben, und merke schon die Entspannung. Falls ich es wahrmache und auch dorthin führe, solange sie und Jarl dort wären, solle ich mich unbedingt bei ihnen melden.

So, wünschte ich, hätte sie mir geschrieben. In Wirklichkeit stand da irgend etwas von Hitze und Gewitter, von der Hochhaussiedlung, wo sie und Jarl wohnten, und daß sie keine Bilder finden könne, weil in Rom alles zu schön sei.

All das, was sie schrieb, verbarg nicht das, was in Wahrheit dahinterstand: Sie wollte, daß ich zu ihr kam. Die Sehnsucht sprengte mir beinahe die Brust.

Ungeduldig saß ich in dem verrauchten Laden, wo wie gewöhnlich kaum eine Waschmaschine funktionierte. Ihr Besitzer verstand einfach zu wenig von seinem Geschäft. Der überforderte Existenzgründer war in die Trommel einer seiner Maschinen gekrochen, wo er mit einem Werkzeug herumklapperte. Wie hypnotisiert starrte ich in das Bullauge, hinter dem meine Hemden Salto schlugen.

Ein Mann, der anscheinend nichts zu waschen hatte, legte das Groschenblatt auf eine Maschine, drückte den Filter seiner Zigarette im Folienaschenbecher platt und meinte bedächtig:

»Nun ist es aber richtig warm geworden. Und trocken.«

»Das geht hier zack-zack«, hörte ich es aus dem Inneren der Maschine. Eisen schrammte rappelnd über Blech.

»Ohne Übergang. Die ganze Zeit war es zwar nicht

kalt, aber jetzt ist es auf einmal wieder heiß«, bemerkte mit Singsang in der Stimme der redselige Kunde.

»Zack-zack geht das hier«, sagte der Waschsalonbesitzer im metallisch schillernden Jogging-Anzug, als er aus der Trommel hervorkam.

Ich stopfte meine Wäsche in einen Trockner und schob soviel Geld in den Schlitz, daß ich sie danach gleich in die Reisetasche falten konnte, mit der ich in den Nachtzug nach Rom stieg.

# 15

Die Fahrt hatte ich schlaflos in der Vorfreude darauf verbracht, beim Spaziergang mit Ginger am Tiberufer weder Jarl noch seinem Versteckspiel zu begegnen. Nun gab ich meine Reisetasche für 4000 Lire im Bahnhof in Verwahrung und mischte mich unter die Berufstätigen, die auf dem Weg zur Arbeit in einer Bar pausierten. Tramezzini, Marmor, Chrom. Es roch nach starkem Kaffee, Toast, Parfum und Zigaretten. Ich kaufte mir ein Päckchen *Nazionali*. Zwar war das Rauchen für sich genommen nichts wert. Aber es paßte zu dieser oder jener Gelegenheit, zum Espresso in der Arbeitspause, beim Telefonieren, in der Wirtschaft.

Aber worum ging es dabei wirklich – um den Rauch? Kappte man die Zusammenhänge, blieb nichts übrig als das Braun an den Fingern. Das konnte ich mir auch malen. Es ist nicht möglich, einfach irgend etwas, wie das Rauchen, zu isolieren. Alles eingewoben in die Muster, die uns umgeben, in Rapporte des Lebens, Geflechte, Abfolgen. Jetzt rauchte ich eben wieder.

Zwischen den Gleisen vor der Stazione Termini blühte der Mohn. In den Gärten der Stadt wölbten sich die Rosenmassive. Vor mir schlenderte eine Greisin mit gelbgefärbtem Haar und ließ ihren wie Apfelsinenschalen strahlenden Pullover in der Sonne trillern, während sie an ihrer Zigarette saugte und dann aus tiefer Brust hustete.

Ich zündete mir auch eine an und machte mich auf die Suche nach einem Hotel. Die Ritzen zwischen den Steinen zu meiden stellte kein besonderes Problem dar, es gab genügend unkontaminierte Fläche. Später wollte ich mich eventuell nach einer Wohnung umsehen, aber das hing davon ab, wie lang mein Aufenthalt werden würde. Zu diesem Zeitpunkt ließ sich das noch nicht abschätzen.

Ich entschied mich für eine gepflegte Pension im dritten Stock eines freundlich wirkenden Gebäudes. Das Haus von abgestandener Großartigkeit hatte man wohl hundert oder hundertzwanzig Jahre zuvor errichtet, zu der Zeit, als Rom zur Hauptstadt Italiens aufgerüstet wurde.

Nach örtlichem Maßstab war es als Neubau anzusehen, denn an jeder Ecke ragten abertausendjährige Mauern in die ungebrochene Bläue des Himmels (die wenig mit dem Farbton, der unter der Bezeichnung Cölinblau im Handel ist, gemein hat). In sein sattes Ultramarin stach überscharf ein Obelisk, bedeckt mit den Piktogrammen einer versunkenen Sprache. Er sah anders aus als die nachgegossenen, vollgepißten römischen Wegsteine an den Straßenecken bei uns zu Hause. Ich schaute mich um und war mir nicht sicher, was seine Jahrtausende besagten: das Alter der Stadt oder ihre Unfähigkeit zu altern?

Ginger hatte mir aufgeschrieben, wo sie und Jarl wohnen würden. Jarl mußte zwar wie stets daran herummäkeln, als er mitbekam, daß ich mich ebenfalls auf einen längeren Rom-Besuch einrichtete. Soweit, daß Jarl mir Zeit und

Dauer meines Aufenthalts irgendwo vorzuschreiben hatte, waren wir gottlob aber noch nicht.

Ein in Partituren vertiefter Musikstudent saß an der Rezeption und grüßte schon beim zweiten Mal, als seien wir Verbündete.

Ich rief an. Jarl nahm ab. Er war Feuer und Flamme, ich solle sie sofort aufsuchen, und wir würden den Abend zusammen verbringen.

Wie ausgetauscht. Vielleicht hatte er sich in der anderen Luft etwas erholt. Dann wollte ich nicht nachtragend sein und machte mich auf den Weg, den er mir beschrieben hatte.

Ein zuckender Lift verdiente Vertrauen und ersparte mir das Treppensteigen hinauf zum achten Stock eines nicht gerade massiv gebauten Mietshauses. Außerhalb der Stadt, wenn man die alten Schutzmauern als Grenze ansah – mittendrin, wie es mir vorgekommen war, als ich im überfüllten Bus hinausfuhr, wenn Rom nämlich das war, wo jene wohnten, von denen die Büros, Werkstätten, Bars, Krankenhäuser und Kasernen der Stadt ihr Leben bezogen.

Die Plattenbauten dieser Siedlung wirkten neu und alt zugleich, wahrscheinlich hatte man sie irgendwann in den siebziger Jahren hochgezogen und seither vergammeln lassen.

Jarl brachte eiskaltes Bier auf den Balkon heraus. Von dort hatten wir freien Blick auf das bröckelnde, schon brüchig erbaute Neubauviertel, das aus entgegengesetzten Gründen wie das antike Rom ohne Alter blieb, als Greis angetreten, hatte es keine Zukunft.

Die Kuppel des Petersdoms lag nicht in unserem Blickfeld, aber die Vibrationen, die von dort ausgingen, waren zu spüren, zusätzlich angefacht durch das unaufhaltsame Nahen eines neuen Jahrtausends. Ein Zahlenspiel nur, oder besser etwas Zahlenmystik, aber immerhin.

Unter uns, direkt vor dem Haus, raste mit viel Getöse ein epileptischer Fluß gischtschlagend vorbei. Ginger klagte über den Lärm, den er dabei verursachte, schwerer aber setzten ihr die Autos zu, die pausenlos über die nahegelegene Hauptstraße rauschten, auf der auch ich gekommen war. Etwas weiter, aber das war nicht mehr auszumachen von dort oben, krachte der Fluß (Aniene heißt er, teilte Jarl belehrend mit) in den seicht und breit vor sich hinsäuselnden Tiber. Ohne damit seiner Trägheit etwas anhaben zu können, wie der selbsterkorene Magister behauptete: »Soviel zur unüberwindlichen Macht zähen Trotts.«

Was sollte das heißen?

Das Bier tat gut, und wir ließen uns Zeit damit. Auch hatten die beiden sich noch nicht einigen können, ob wir ein Restaurant im Viertel aufsuchen sollten, sogar gleich gegenüber gab es eine Pizzeria, oder gescheiterweise in die Stadt hineinführen. So blieben wir auf dem Balkon sitzen, und um uns sank das Leben in Dunkelheit. Auch die Geräusche trübten sich ein.

Hinter dem Fluß schichteten sich Häuser und Gassen den Hang empor. Vor den Lichtern, die dort in den Fenstern und den Straßenlaternen glommen, zeichnete sich Gingers Umriss ab. Ich kam mir vor wie auf dem Olymp, wenn der Blick an ihr vorbei vom Balkon hinab über die Szenerie strich: ein gigantisches Puppentheater, eine belebte sommerliche Weihnachtskrippe. Ich spürte den Wind des Rades, mit dem sich die Zeit dreht, und meine Finger tasteten in der Finsternis zur Orientierung nach ein paar Kerben.

Blech mischte sich in das Tosen des reißenden Wassers, in der Ferne wurden Trommeln gerührt. Im Schein zappelnder Fackelflammen wankte hölzern die Mutter Gottes quer durch das Puppentheater. Knarrend krächzte der Priester sein Ave Maria durchs Megaphon.

»Ginevra! Mein Gott, Ginevra!« schrie ich stimmlos auf, als Jarl in die Küche verschwand, um Nachschub zu holen. Ich dachte, das ist gut, verschwinde, aber bleibe fort, bring kein weiteres Bier mehr. Erfaßt Jarl denn überhaupt die Lage, Ginevra?

Am nächsten Tag begann ich, durch die Stadt zu streifen. Die Pflastersteine hatte ich schnell im Griff: große Platten statt kleinlich zusammengewürfelten Durcheinanders. Lateinische Planer und Handwerker wissen (zeitübergreifend, wie sich erwies) auf gesunde Art mit den Fragen umzugehen, die sich aus der Pflasterung der Trottoirs einmal ergeben. Junge Frauen bevölkerten gebügelt die Boulevards, vollgepappt mit Schminke, und am Bändchen die Zierbrille. Ich sah den Leuten zu, die über den Corso zogen und nicht nur einander, sondern auch noch ihre Taschentelefone anbrüllten. Tauben pickten Pizzareste vom Boden. Neben ihnen, eingeklemmt von allen Seiten, rührte sich der Verkehr nicht vom Fleck. All das Brummen, Röhren, Rauchen stand auf der Stelle. Unendliche Energie akkumulierte sich in der Atmosphäre darüber wie das Wasser eines gestauten Stroms. Wann, fragte ich mich, bricht die immer stärker verdichtete Kraft hervor – und was wird danach übrig sein von allem hier?

Von jetzt an war Ginger nicht mehr allein mit Jarl. Kreuz und quer durchstreifte ich die Stadt. Genau das hatte ich zu leisten, soviel war mir vollständig klar. Und Ginger würde es wissen. Es gab nichts, worüber man hätte sprechen müssen. Sie konnte sich einfach auf mich verlassen. Überhaupt war hier nichts kompliziert zwischen uns. Alles ergab sich, wie es kommen mußte.

Wenn ich mich meiner Aufgabe stellen wollte, mußte dem alles andere unterordnet werden. Manches mochte sich ergeben, Altertümer unter freiem Himmel oder in Museen bildeten aber kein Ziel aus eigenem Gewicht für mich. Ich mußte mich einfach vom Gewoge der Menschenmassen mitnehmen lassen. Meine Grundwahrnehmung von Härte und Gefahr innerhalb der Stadt wurde durch die zahllosen Eindrücke, die ich vom ersten Tag an dort sammelte, untermauert. Oft waren es ziemlich versteckte, aber um so aufmerksamer zu beachtende Zeichen einer noch nicht zu definierenden, nichtsdestoweniger durchaus realen Bedrohung. Nahtlos schloß es an manches an, was ich vor der Reise in den Büchern über Rom gelesen hatte.

Ich kaufte mir ein Notizbuch und einen Bleistift, um bestimmte Beobachtungen festzuhalten, deren Bedeutung sich vielleicht erst später, im Zusammenhang, entfalten würde; übrigens auch, um gerüstet zu sein, falls mir eine Idee kam oder ich etwas von dem zeichnen wollte, was mir unterwegs begegnete.

Ich hatte um Gingers willen immerhin all meine Arbeit zu Hause liegen lassen. Aber das war es mir wert, keinen Augenblick lang zweifelte ich daran, das Richtige zu tun. Das Buch wog nicht viel und störte kaum in der Tasche. Als mir bewußt wurde, wie sehr es dem glich, das Jarl immer benutzte, konnte ich mich eines bitteren Lächelns nicht enthalten, das solcher Ironie des Schicksals am ehesten gerecht wird.

Ich zeichnete ein paar Spatzen. Daß es keine Vögel in Italien geben soll, weil sie alle im Bratrohr landen, entpuppte sich als eine der volkstümlichen Lügen, die so gerne weitergegeben werden, eben weil nichts daran wahr ist.

Die ganze grüne Weite der Villa Borghese gehörte morgens ihnen, den Vögeln. Aber nicht nur hier zwitscherten sie aus voller Kehle, auch in den Bäumen längs des Anienes. Wie war es möglich, daß sie sich auch dort durch all den Lärm Gehör verschafften? Vielleicht sangen Roms Vögel einfach lauter als andere, so wie sich die Menschen dort ja auch vernehmlicher bemerkbar machten. Nur das, was sie wirklich im Schild führten, das brüllten sie einem nicht ins Gesicht. Darauf mußte man selber kommen. Oder jemanden hinter sich haben, der darauf achtgibt, was mit einem geschieht. Ginger wußte mich im stillen wirken zu ihrem Schutz.

Jenes andere Ufer, die gegenüberliegende Seite dieses Flusses Aniene, die bereits am ersten Abend auf der Terrasse meine Aufmerksamkeit auf sich gezogen hatte, nahm ich mir nicht weniger als den Rest vor. Unauffällig schlenderte ich dort über einen runden Kirchplatz, der von kulissenartigen Gebäuden im folkloristischen Stil aus faschistischer Zeit eingerahmt wurde, und schaute hinüber zu dem Haus, in dem sie wohnte. Ob Ginevra gerade dort oben war? Ich versuchte mir vorzustellen, was sie in diesem Augenblick tun mochte.

Durch die sterilen Fassaden, die mich umgaben, fühlte ich mich an die Spielzeughäuschen meiner Kindheit erinnert, Kunststoffminiaturen, die ich mit äußerst gemischten Gefühlen zusammengeklebt und als triste Dekoration zur elektrischen Eisenbahn gestellt hatte, die mich schon vom ersten Tag an nur anödete, ohne daß ich deshalb zu dem Entschluß gelangt wäre, das ganze Zeug auf den Müll zu werfen. Montesacro, so hieß das Viertel.

Markttag in Montesacro. Ein noch im Tod majestätischer Schwertfisch, die blanke Waffe von der Länge eines römischen Prunkschwerts an der Nasenspitze, wurde scheibenweise kürzer. War keine Kundschaft zu bedienen, rissen die Händler, ohne hinzuschauen, in wassergefüllten Plastikbottichen Sardinen die Eingeweide heraus. Dann wurden die Fische durch den Saft ihrer eigenen Gedärme gezogen und auf den Haufen in einer anderen Wanne geworfen.

Der Balkon ließ sich allerdings von unten nicht einsehen. Er war überhaupt auch zu weit entfernt, um Genaueres mitzubekommen. Wenn Ginger ans Geländer träte, könnte ich sie aber schon erkennen, nahm ich an. An dem runden Kirchplatz gab es ein Café. Dort hielt ich mich immer auf und las die *Repubblica*. Italienisch konnte ich zwar nicht, aber das war gerade die Herausforderung dabei. Zu dem Sinn, den ich erkannte, mußte ich einen mehr oder weniger entscheidenden Rest aufspüren und erfinden.

Wenn ich nicht in Montesacro war, streifte ich durch die Innenstadt. Am Tiber rauchte ich in der Sonne eine Zigarre. Auf dem Weg dorthin hatte ich mir in einem piekfeinen Tabak-Laden auf der Via Condotti ein Schächtelchen gekauft, um nicht bei den Zigaretten hängenzubleiben. Nun also dieser Fluß, dachte ich mit dem Blick hinüber zur Engelsburg, statt jenes Stroms, der der Länge nach durch unsere Stadt zu Hause schneidet.

Flüsse ziehen einen an. Man muß aufpassen, daß sie einen nicht mit sich fortreißen. Achtgeben, daß die Dämme standhalten. Die *Repubblica* meldete, am Vortag hätte sich eine Frau in den Tiber gestürzt. Ihr waren die Kräfte versiegt, die es braucht, sich morgens neu zu erfinden. Unsere eigene Brücke zu Hause war keine Antiquität wie der Ponte Vittorio Emanuele II, aber auch eine altmodische Nachkriegsbrücke, die nicht hing, sondern mit gewölbtem Rükken auf Pfeilern lag. Von dort oben, erinnerte ich mich, hat man einen guten Blick auf die Stadt, die Ebene im Norden und die Hügel im Süden. Am Tag, als Ginger und Jarl nach Rom abgereist waren, war ebenda ein Mann über das Geländer gestiegen, in die Tiefe gesprungen und in dem Strom verschwunden, den wir täglich – und wie oft gemeinsam – überquert hatten.

Das Zeitrad dreht sich. Das Glücksrad. Die Zeit flieht, und man wird nicht ohne weiteres mitgenommen. Die Zeit läßt einen sitzen, aber die Flüsse ziehen einen mit, wenn man nicht aufpaßt. Die Frau, die sich hier in Rom in den Tiber geworfen hatte, erfuhr, wie in der Zeitung zu lesen war, ihre Rettung: Ein junger Römer im weißen Hemd, schlank, braungebrannt und mit goldenem Armband, hatte überflüssigerweise zunächst die Anzughose hochgekrempelt und sich dann neben sie ins Flachwasser gesetzt. Beide zusammen wurden dann von der Polizei geborgen.

Im wutentbrannten Aniene wäre die Sache anders ausgegangen. Zu späterer Stunde sah ich in der Regel sicherheitshalber nochmals in Montesacro vorbei. Dort, unterhalb der kahlen Hochebene von Gingers Balkon, brüllte der Fluß und der Verkehr toste. Unten war es vielleicht weniger laut als oben. Dort wurde Ginger Tag und Nacht ohne Hindernis von dieser Mixtur umspült. Hier stand ich und beobachtete den endlosen Autolindwurm, der sich fauchend ins Innere der Stadt quälte, Auge in Auge mit dem Drachen, der daraus hervorgekrochen kam.

Nur kurz setzte irgendwann nach Mitternacht der Motorenlärm aus. Dann war auch das Café auf dem runden Platz längst zugesperrt, und ich kauerte auf dem Mauerstück am Ufer, an das die Brücke schloß. Erst wenn es soweit war, auch die Vögel ruhten und die Megaphone der Priester schwiegen, tauchten aus der überwürzten Lärmsuppe des Verkehrs und des Flusses die entzündeten Stimmen der Hunde auf, die sich Nacht für Nacht heiser bellten.

Am Tag war es schwer auszumachen, wo diese Hunde eigentlich steckten. Ob sie nur nachts Posten bezogen? Vielleicht bildeten sie die Leibgarde der hölzernen Mutter Gottes und wohnten mit ihr in der Kirche. Und wenn alles schlief, trapsten sie heraus zum Klagegesang.

Immer wiederum tobte der Verkehr allmorgendlich die ganze Via Nomentana entlang, hinauf und hinab. Fraß sich ins Ohr. Ins Hirn. Ins Herz. Wundgeschmirgelt vom Getöse dieses Mahlstroms krächzender, trötender, fiepsender, scheppernder Vehikel auf der Einfallsstraße. Als ergösse sich über sie die ganze Vergangenheit, die der Tiegel der Porta Pia verschüttete, ins Land hinein und schwemmte dafür im Gegenzug das Heute ins Stadtzentrum, ohne Ende. Ginevra war in Gefahr. Ich spürte die Gefahr wie scharfe, hauchdünne Glasscherbenspitzen an meinen Fingerkuppen.

Einmal trat Jarl in das Café am runden Platz. Wir tranken einen Espresso zusammen, und nach einer halben Stunde trennten wir uns, um, wie wir uns gegenseitig versicherten, das noch zu schaffen, was wir uns vorgenommen hatten. Jarl fragte nicht, worin es für mich bestand und was mich überhaupt in ihre Gegend führte. Meine Pension lag doch in einer anderen Ecke der Stadt, aber wie ich ihn kannte, hatte er sich nicht einmal das gemerkt. Mir paßte es sogar ganz gut, wenn es so war, denn natürlich mußte ich mich ziemlich bedeckt halten, solange ich meine Aufgabe ernst nahm.

Zwischen Telefonaten oder sogar Treffen mit Ginger mußte reichlich Zeit vergehen, andernfalls würde Jarl die Zugbrücke hochziehen.

Unter der Sonne am Strand von Ostia rösteten sich ältere Männer schon in der Morgensonne. Zwischendurch beschmierten sie sich mit Niveacreme, so wie man einen Braten einpinselt, der knusprig werden soll. Nach und nach glichen sie ihren rotbraunen Schuhen, die als brave

Hündchen mit einer Socke im Maul während der endlosen Prozedur neben ihnen im Sand warteten. Wem diese Männer damit gefallen wollten, ob überhaupt jemandem, konnte ich mir nicht vorstellen. Eigentlich hatte ich auch eher den Eindruck, sie folgten einem autonomen Ideal. Einer verschlossenen Selbstverwirklichung in Mahagoni.

Hatte ich genug von der Sonne, floh ich in die Kellergewölbe unter der Stadt, beispielsweise unter der Kirche San Clemente. Man muß aufnahmefähig sein für die Mitteilungen, die aus den unterschiedlichen Schichten der Wirklichkeit strömen. Steine aus anderen Zeiten nahmen mich an wie einen alten Bekannten, als gehörte ich zu ihnen und in eine Geschichte, die schon vor tausend Jahren in die damalige Gegenwart implantiert worden war, wenn Überreste von Bauwerken einer ganz anderen Welt Teil ihrer Mauern wurden. Schwere Quader, vollgetankt mit Zeit. Verborgene Hallen mit den Zeichen einer Vorzeit, die nicht im Abseits versunken war, sondern eingeschrieben blieb in unser Leben. Irgendwo rauschte eine Quelle und trug ihr Teil zur Erzählung bei, die alles umfaßt, auch den Tod, nichts ausläßt. Selbst nicht den Tod von Göttern. Ihr konnte man dort unten lauschen.

# 16

In der seit hundert Jahren am selben Ort angesiedelten deutschen Buchhandlung stieß ich auf ein ziemlich vergilbtes Buch, eher ein Heft, mit ein paar abstrakten Zeichnungen, die mich an Kandinsky denken ließen, dazu kurze Texte, von der Antike an, die sich ums Fischen drehten. Ich steckte es ein, zumal es fast nichts kostete. Auch hingen dort Zettel aus, auf denen Zimmer und Wohnungen angeboten wurden, die man mieten konnte. Vorläufig kam ich allerdings noch ganz gut in meiner Pension zurecht.

Ich schlenderte durch die Straßen und sah mich um. Schatten huschten durchs Dunkel schmaler Gassen, in die kein Sonnenstrahl reichte, und über Mauergrate lenkten Katzen ihre Schritte mit somnambuler Gewandtheit.

Einmal verirrte ich mich in ein Museum, wo römische Kunst der Gegenwart gezeigt wurde. Ich zog wie gewohnt den Ausweis aus der Tasche, der in Berlin nichts bedeutet hatte, hoffend, diesmal um das Eintrittsgeld herumzukommen. Man präsentierte mir das Gästebuch, und dann wurde ich höflich gebeten einzutreten. Ältere Herren in dreiteiligen Anzügen schlugen mit sichtlichem Stolz die Vorhänge beiseite. Eine Dottoressa Soundso erschien, führte mich durch die Sammlung und gab dazu interessante Erläuterungen, wenn auch in der Landessprache.

Der Tiber floß spärlich dahin. Ich schaute mich um, ohne daran zu denken, welche Fische dort zu fangen sein mochten. Auch was ich zu Hause zurückgelassen hatte, meine Zeichnungen, die auf dem Tisch lagen und auf mich warteten, mit dem Versprechen, nichts wirklich Neues beginnen zu müssen, dort fortsetzen zu können, wo ich unterbrochen hatte, wenn es wieder weiterging, beschäftigte mich nicht. Im Gegenteil war ich heilfroh, daß ich nicht zu Hause war, abgehängt, bei meiner Arbeit zurückgeblieben, ohne jede Möglichkeit, Augen und Ohren offenzuhalten und aus dem Hintergrund heraus achtzugeben auf Ginevra.

In meiner Antwort auf ihren Brief, die ich ihr noch vor der Abreise per Expreßpost geschickt hatte, war der Fahrradfahrer erwähnt, der plötzlich in den Strom abgebogen war, immer weiterstrampelnd, bis man seinen Schopf nicht mehr sah. Natürlich!, als ob mir nicht bewußt gewesen wäre, daß auch bei uns, in dieser kleinen Stadt Gefahren lauerten. Nur zu viele. Die schlimmsten. Das Nichts. Eine endlose Pause, von der man geschluckt wird wie eine Ameise vom Spalt zwischen zwei Steinen auf dem Weg.

Rom – dessen Ewigkeit mit einer angenehmen Überschaubarkeit aus meinem Blickwinkel nicht kontrastierte, vielmehr logisch verbunden war – lag in Form des Plans aufgeklappt vor mir. Ich markierte wichtige Linien und Kraftpunkte, auf die zu achten sein würde. Nach und nach nahm ich alles in Augenschein. Ginger wußte nichts von meiner Feldforschung. Warum ihr diese Zeit beschweren, auf die sie solche Hoffnungen setzte? Hoffnungen auf

Erweiterung. Ich liebte Gingers Sehnsucht. Um so mehr mußte ich die Augen aufsperren.

Ich war dicht an ihr dran, auch wenn es niemand außer uns beiden mitbekam. Dichter vielleicht als jemals zuvor. Mit dieser Gewißheit zog ich durch die Stadt.

In einer Boutique sah ich besonders leichte Hemden, und ich kaufte mir gleich zwei, zweimal das gleiche rote Hemd, weil es mir so gut gefiel. Bald entdeckte ich, wo es das beste Eis gab und wer die Involtini so einrollte, daß man nicht von Betrug sprechen mußte. Im Kino sah ich mir Filme an, für die ich zu Hause niemals eine Karte gekauft hätte. All dies war Teil des Dienstes und mußte so sein.

Bei meinen Streifzügen betrachtete ich auch die Schaufenster der Läden eingehend. So blieb es nicht aus, daß mein Blick an einer Fischertasche hängenblieb. Nicht an irgendeiner. Es war die Angeltasche als solche, die jeder anderen die Daseinserlaubnis entzog. Der Preis entsprach diesem Eindruck, und im Laden tat man so, als sei sie eigentlich auch gar nicht verkäuflich. Wenn doch, so sei es entschieden eine Ehre, die englische Tasche aus dem Schaufenster kaufen zu dürfen, verdeutlichte man mir im distinguierten Dunkel des feinen Sattlergeschäfts am Ende eines winzigen Gäßchens hinter dem Pantheon, ein Privileg. Ich begann mich zu fragen, weshalb es gerade mir zugestanden werden sollte, aber da öffnete sich mit Klingelton die altertümlich ziselierte Kassenschublade, mit einem Lächeln wurde das Preisschild abgetrennt und die Fünf mit den vielen Nullen dahinter auf einen Quittungsblock übertragen.

Während ich in meinem roten Hemd dem Verkehrspolizisten zuschaute, der auf der Piazza Venezia seinen Kreiselritus zelebrierte, überdachte ich den Kauf, zu dem ich mich hatte hinreißen lassen. Die Tasche hatte mich eine Monatsmiete gekostet. Aber vielleicht, irgendwann, würde ich ja doch einmal fischen gehen. Und bis es soweit war, kam mein Skizzenbuch hinein, das andernfalls nur die Jackentasche ausbeulte.

Weiß leuchtete der Helm des Polizisten. Ihn gab es noch, der noch nicht entzaubert war vom bösen Blick der Ironie, der einen von außen nach innen, statt umgekehrt, sehen läßt. Er war ein Meister seines Fachs, der noch arglos aufging in seinem Dirigat, wenn er mit jedem Finger eine andere Autoschlange um das Rund streichelte, wie er nicht gefühlvoller sein Auge hätte tupfen können.

Bis trotzdem der Verkehr zusammenbrach und die unheilvolle Kraft, die über der Stadt aufzog, mit seinem Stillstand weiter fütterte. Der Grund wurde deutlich: Feuerwehrleute aus dem ganzen Land hatten ihre Schutzaufgabe im Stich gelassen, um aus allen Richtungen mit lautem Gebrüll durch die Straßen von Rom zu schwärmen. Brandmeister aus Sizilien rannten neben ihren Löschwagen voller Apfelsinen her, die sie als Werbung für ihre Zunft den Passanten am Weg schenkten, auch mir. Die ersten Fische in meiner neuen Angeltasche.

Und dann regnete es. Bei schlechtem Wetter breitete sich der Lido di Ostia unbegrenzt und menschenleer vor mir aus. Verschlafen dämmerten die Hotels vor sich hin. Grau schwappte das Mittelmeer hinter unbenutzten Umkleidebuden und Liegestuhlschuppen. Kannte Ginger den müden Zauber dieses Fleckens?

Ich suchte mir in Strandnähe ein Restaurant. Unsicher, ob es geschlossen hatte, zog ich die Tür einen Spalt weit auf und spähte ins Halbdunkel. Der Wirt hockte eingesunken auf einem Stuhl und stierte auf die Karos der Tischdecke. Müde drehte er sich um.

»Alle sette«, lallte er unfreundlich.

# 17

»Tomorrow stay?« erkundigte sich allabendlich die Alte, die mir den Zimmerschlüssel gab, wenn ich erst eintraf, nachdem der Musikstudent schon fort war, und zu ihrer Beruhigung lautete die Antwort bislang noch immer: »Yes.«

Ich hatte mir eine Art Dienstplan auferlegt. Einen – im Interesse der Unberechenbarkeit zeitlich wechselnden – Teil des Tages (einschließlich der Nacht) schob ich in Sichtkontakt mit dem Haus, in dem Ginger wohnte, Wache. Ich saß in dem Café auf dem Kirchplatz von Montesacro oder ging in ihrer Nachbarschaft Streife. Es ist ja bekannt, daß schon allein die Energie einer intensiven Aufmerksamkeit vieles verhütet.

So lernte ich das Quartier mit seinen unattraktiven Straßen voller prosaischer Architektur zu lesen, wie die Seiten der fremdsprachigen Zeitung auch. Wichtiger als die Details waren die Zusammenhänge. Sie galt es aufzudecken und mit dem Verstand zu durchdringen. Mich nicht in Einzelheiten zu verzetteln, sondern die ganze Lage, in die Ginger sich begeben hatte, im Auge zu behalten, darum ging es. Wobei mir die Tendenz der Wirklichkeit, in tausend kleine funkelnde Splitter zu zerfallen, sich auf diese Weise zu tarnen und vor den Blicken desjenigen zu verschleiern, der mitbekommt, was läuft, nicht neu war.

Mit dem Skizzenbuch auf dem Schoß saß ich bei jedem Wetter vor dem Café, auf der niedrigen Mauer, an der Bushaltestelle, wo auch immer. Die Umschlagfotos auf den Bildbänden, die stapelweise in den Buchhandlungen zu Hause herumgelegen hatten, zeigten alle denselben blauen Himmel hinter strahlend weißen Marmormauern. Wie sich erwies, wurde Roms Straßenbild weithin eher von rötlichen Häusern bestimmt, und oft genug war es dort auch kühl, grau, windig, immer aber laut. Ich kam mir auf der Mauer bei der Brücke, wenn unter mir der Aniene mit aller Kraft rumorte und mit Gischt um sich warf, wie auf dem Deck eines Ozeandampfers vor. Welche Meere steuerte er an? Wohin mochte die Fahrt gehen?

Der Lärm war wie eine gewaltige Halle, die mich überspannte und umgab, einzig vom Wetter mit seinen wechselnden Launen strukturiert. Ich saß dort beileibe nicht zum Vergnügen. Gelegentlich nahm ich oben auf dem Balkon einen Schatten hinter dem Geländer wahr, allerdings nur bei Sonne. Stand ihr Glutball gleißend am blanken Himmel, trumpfte darunter sofort eine maßlose, furchtbare Hitze auf. Mit stetem Zirpen machten Zikaden auf sich aufmerksam, meldeten, ohne sich zu zeigen, ihren Anspruch auf die sengenden Steine an.

Wie das lärmende Getöse der Gischt unter mir änderte sich auch ihr Erscheinungsbild nie, unbeeinflußt von den Schwankungen der Witterung: In gleichbleibend blinder Erregung wütete der Aniene schäumend in seinem engen Bett. Das Ergebnis war so leer, als gäbe es den Fluß überhaupt nicht und herrschte konstante Stille. Eine trügerische Stille. Betrügerische Scheinpause. Solange ich wachte, drohte Ginger von hier unten wenig Gefahr. Für oben konnte ich keine Garantie übernehmen. Nur hoffen, daß meine Wachsamkeit einen metaphysischen Schirm bildete, der sie nicht schutzlos allem ausgesetzt sein ließ, was die Luft bedrohlich versprach.

Mit der Aufgabe schärften sich meine Sinne auf ungekannte Weise. Ich nahm Differenzen wahr, die das Einerlei, das mich umspülte, in lauter so deutlich voneinander unterschiedene Fragmente zerfallen ließen, daß es mir nur schwer noch möglich war, aus ihnen die dichte graue Decke wieder zusammenzusetzen, die mir anfänglich das einzige zu sein schien, was die Situation dort charakterisierte. Der Lärm beispielsweise nahm überhaupt nicht ab, aber mein Ohr lernte, den Vorhang zu teilen und hinter ihn zu horchen.

Dadurch bemerkte ich nach einiger Zeit, daß sich in dem Getöse, auch dann, wenn die Vögel am Ufer schwiegen, ein zarter Gesang verbarg. Wie ein goldener Faden war das melodiöse Pfeifen eines Kanarienvogels in den graubraunen Krachkorb geflochten, der sich um alles schloß.

Nach einigen Tagen gelang es mir auszumachen, auf welchem der Balkone das Vögelchen trillerte, fast wie ein Apparat. Tatsächlich hatte sein Gesang, die fast mechanische Wiederholung immerselber Motive, etwas Unnatürliches, Nachgemachtes. Im 18. Jahrhundert, dachte ich, hättest du als falscher Vogel Karriere machen können, so wie jener Schachautomat, in dem in Wahrheit ein Mensch hockte.

Gleich wahnsinnig gewordenen Insekten näselten Mopeds und Motorroller durchs Viertel, das für ein paar Wochen zu meinem geworden war, auch wenn ich weiterhin zwischendurch in die Pension an der Villa Borghese zurückkehrte. Längst hatte ich in Fleisch und Blut – das war meine Lehre aus dem Leben, und es hatte sich in meiner Arbeit immer wieder als richtig erwiesen – wie schwer Aufmerksamkeit und Verständnis zur Deckung gebracht werden können. Aufmerksamkeit ist eine nie endende Aufgabe für jeden, der nicht nur Befehle entgegenzunehmen gewillt ist, sondern mitreden will, wie die Wirklichkeit aussieht. Etwas nicht gleich zu verstehen kann dabei von elementarer Bedeutung sein.

Am Kiosk neben der Bushaltestelle an der Via Nomentana erstand ich die *Repubblica* und setzte mich zum tagtäglichen Exerzitium des Gespürs, der Ahnung, der Wirklichkeitsphantasie, an meinen Platz auf der Mauer. Ich fühlte mich in die Artikel ein, dachte sie weiter, wo mein Sprachverständnis endete. Zwischen ein paar verbalen Fixpunkten ein Netz aus Lauten und Schemen zu spannen und in ihm zu spielen wie die Mücke im Nachmittagslicht, das, fühlte ich, ist ein anderes Unterfangen als etwas so mal eben zu klären und zu verstehen.

*Real Box da 1948* stand auf dem Schild an einer Holzbude gleich hinter der Brücke, wo ich saß und las, weil ich von dort einen einigermaßen guten Blick hinauf zum Balkon hatte. Manchmal setzte ich dabei die Brille auf, die mich besser aussehen ließ; leider hatte sie nicht mehr soviel Halt auf der Nase wie anfangs. Die Bügel waren schon ein wenig locker.

Meistens lungerte im Sand vor der Bude ein ausgemergeltes Kätzchen mit Hyänenfell. An der Tür klebte ein großes Foto, ein Mann mit schulterlangen weißen Locken, der neben seinem Schäferhund kniete. Dieser Mann lehnte nun, etwas älter geworden, aus dem Fenster, neben sich zwar nicht den Hund, aber dafür seine junge Assistentin. Männer aus dem Viertel kamen gerne mehr als einmal mit ihren Uhren, Brillen, Feuerzeugen, Rasierapparaten, und während der Mann gekonnt den Schraubenzieher ansetzte, untersuchten sie, wie weit sie bei der Gehilfin gehen konnten.

Auf seinem Balkon trällerte der Kanarienvogel metallisch aus dem Schatten heraus in die Mittagshitze. Sengte die scharfe Nachmittagssonne auf die Häuser, dann steigerte der dort gefangene Vogel sein Trillern ins Unwirkliche. Ich schüttelte die *Repubblica* plan.

Manchmal konnte ich nicht umhin, an meine Arbeit zu denken, die ich zurückgelassen hatte. Sie fehlte mir doch. Wenn ich aufrichtig war, konnte ich mir nicht vormachen, komplett zu sein. Bilder, das Denken in Bildern und die tägliche Arbeit an ihnen, lassen sich nicht ersetzen. Bilder zu machen bringt den Geist in schwingende Bewegung, anders als Begriffe, Folgerungen oder auch Wachgänge.

Eine Brise plusterte die Seiten der *Repubblica* auf. Mit einem Schlag aufs Papier versuchte ich nochmals, die Zeitung für einen Moment zur Ruhe zu bringen. Wenn die Buchstaben wie an diesem Tag wild im Wind tanzten, wurde die Lektüre zum Kunststück des jonglierenden Hirns.

Der Wahrheit auf die Spur zu kommen, gibt es nur die eine Möglichkeit – sie kongenial neu zu schaffen. Anders bekommt man nichts von ihr in sich hinein. So wie man das Brot, das man kaut, zuvor erfinden muß. Damit man es überhaupt wahrnimmt im Laden. Wiedererfinden muß, um von ihm gesättigt zu werden. Damit man es überhaupt hinunterwürgen kann durch den Schlund, den man sich zu diesem Zweck erfinden muß. So wie man den Arm erfinden muß, mit dem man es hält. Und sich selber von oben bis unten, innen und außen täglich neu erfinden muß, samt der Welt, die einen umgibt.

Ich quälte mich durch Seiten voller grünstichiger Aufnahmen von Männerbeinen. Irgendwo traten sie gerade wieder einmal um den einen oder anderen Meisterschaftstitel nach dem Ball. Das Blatt schenkte diesem länderübergreifenden Geschehen größte Beachtung.

Überall saßen Männer in Gruppen beieinander, studierten Sportzeitungen und diskutierten heiß darüber. Auch wenn mich das alles nichts anging: Auf diese Weise wurde meine Aufmerksamkeit auf den Pulsschlag der Stadt gelenkt. Und darum ging es doch, nicht um mich und meine literarischen Vorlieben. Dazu war ich in Rom. Um die Hand über Ginger zu halten.

Das konnte ich nur, wenn ich gut hinsah, was gespielt wurde. Am Forum Romanum hatten Männer in Overalls eine riesige Leinwand errichtet, und in hohen Pappbechern gab es gratis *Coca Cola*. Aber nur, bis Italien aus dem Turnier ausschied. Der Weißhaarige in seinem Büdchen voller Schrauben und Zangen verfolgte das Championat in einem schuhkartongroßen Schwarzweißfernseher, während seine treulose Assistentin mit sportlich weniger engagierten Männern aus der Nachbarschaft zugange war.

Nirgendwo sonst lagen Licht und Dunkelheit so dicht und hart beieinander wie in dieser Stadt. Ohne mildernde Umstände. Getrennt nur von einer schmalen Mauer, auf der man wenig sicher, weil man schließlich keine Katze ist, einen Fuß vor den anderen zu setzen versuchte, in der verzweifelten Hoffnung, nicht abzustürzen. Ich würde es nicht zulassen, daß Ginger daneben trat und den Boden unter den Füßen verlor.

In seltenen Fällen sah ich, wie sie das Haus verließ, alleine, ein paarmal auch mit Jarl. Manchmal folgte ich unauffällig. In sicherem Abstand zog ich hinter Ginger durch das Straßengewirr der Innenstadt. Jungs mit Sonnenbrillen und goldener Halskette zischten auf dem Motorroller vorbei. Gutgeschneiderte Anzüge in der Mittagshitze. Frauen mit harten Handtaschen. Via del Tritone. Piazza Barberini. Dort feixte ein koboldhafter Harlekin und verpaßte den Passanten mit seinen Zoten ein paar juckende Mückenstiche.

Mich äffte er auch nach, imitierte mit obszönem Bekkenschwung meinen Gang und hielt dabei die Hand über die Augen, während er in der Ferne Frauen anstierte. Ginger war schon weiter, ich sah zu, daß ich an ihr dranblieb.

Schwang mich als Letzter in den Bus, den sie genommen hatte, und fuhr mit derselben Bahn wie sie kreuz und quer durch die Umgebung. Wenn sie mich erkannte, setzten wir uns zusammen und unterhielten uns. Aber das tat ich nur, wenn es sein mußte, weil sie bemerkt hatte, daß sie nicht alleine war. Sooft es ging, blieb ich in der Deckung, um ihr von dort aus meinen Schutz zu leihen, ohne daß sie es überhaupt mitbekam.

Außerhalb der Stadt sahen die Menschen auf der Straße anders aus. Vorortbewohnerinnen in stolzem Schwarz waren auf dem Weg zum Milchmann, die Jüngeren im T-Shirt über dem kurzen Rock, die Alten mit dicken Strümpfen, langärmeliger Jacke und Kopftuch.

Auf der Straße drehte sich Ginger plötzlich um und kam gerade auf mich zu: »Was willst du, Rudi?«

Als ob sie es nicht genau gewußt hätte. Als wenn sie mir nicht den Dienstauftrag erteilt hätte. Aber ich verließ die Deckung nicht. Es gehörte dazu, daß wir unsere Liebe nicht zur Schau trugen. An Ginger war eine erstklassige Schauspielerin verlorengegangen. Ihr Zorn wirkte ziemlich echt, als sie mir sagte, sie sei auf dem Weg in den häßlichen Park an der Via Nomentana, und dorthin solle ich ihr nicht auch noch folgen. Aber dann?

Aus den Bäumen am Flußufer drang das Zwitschern gewisser Vögel unterschiedlicher Art, beantwortet vom nimmermüden falschen Kanarienvogel auf Gingers Nachbarbalkon. Machten freie Vögel sich die Mühe, so hoch oben, dort an ihrer Terrasse im achten Stock, vorbeizufliegen, handelte es sich stets um Tauben. Ein gutes Zeichen.

Ihnen allerdings die ganze Arbeit zu überlassen, sie dafür sorgen zu lassen, daß der Friede gewahrt blieb, erschien mir doch ein wenig zu gewagt. Es gab Gefahren in Rom. Das spürte ich genau. Natürlich nicht nur in Rom, auch bei uns zu Hause in der kleinen Stadt, am ungleich machtvolleren Strom. Denn ist es etwa unter einem Berg weichgespülter Trainingshosen nicht gefährlich?

# 18

Der Musikstudent in meiner Pension gab mir ein Notenblatt, auf dem er eine Nachricht von Jarl notiert hatte: Ein paar unserer Freunde seien ebenfalls in der Stadt, und wenn ich Lust hätte, könne ich am Abend dazustoßen. Freunde? Ebenfalls? Dazustoßen? Jarl hatte tatsächlich nicht die geringste Ahnung davon, was ich wirklich in Rom zu tun hatte.

Ich spürte, Gingers Blick verfolgte mich schon von drinnen, als ich von Montesacro her auf das Haus zuging. Plötzlich kam ich mir wie ein alter Mann vor, so schwerfällig, wie ich mich an den am Straßenrand geparkten Blechkisten und Mopeds vorbeischleppte. Hier in dieser lauten, staubigen, harten Stadt verlor sich auch das, was in mir an Zeitillusion zwischen den schwülen Weinbergen bislang überlebt hatte.

Rom verbot einem nicht nur jede trügerische Sicherheit, welche Jahreszeit gerade herrschte – die Stadt nährte Zweifel, um welches Jahr, welches Jahrhundert es sich eigentlich handelte. Aber besser als die inhaltslose Kulissenschieberei, mit der sich bei uns so mancher beruhigt, der nicht hinschauen kann oder will, was eigentlich der Fall ist. Dann war ich eben nicht mehr der Jüngste. Vermutlich hatte ich auch einfach schon zuviel gesehen – zuviel Licht und zuviel Dunkelheit, um etwas anderes zu sein als der Älteste. Und jetzt mußten auch die anderen noch auftauchen und alles komplizieren.

Als Paavos fremdartiges schwarzes Auto in die Straße einbog, wartete ich mit Jarl und Ginger bereits draußen auf dem Balkon. Wie wild trillerte nebenan der aufgedrehte Vogel, und ich fragte mich, wieso ich ihn nicht schon beim ersten Besuch registriert hatte. Aber Ginger sagte, vor dem Abend werde das Bauer abgehangen und ins Wohnungsinnere geholt. Auf den Fliesen lag Jarls Notizbuch, das peinlich an mein eigenes erinnerte. Aber ich hatte nicht vor, eine große Geschichte daraus zu machen. Das war nicht das einzige, womit Jarl sich mir anzugleichen versuchte.

Jarl, das fiel mir nicht zum erstenmal auf, sah genau hin und hörte gut zu: wie ich es machte. Und dann servierte er mir ein paar Tage später dasselbe in leicht anderer Tönung als seins, ich aber kam mir vor, als würde ich gezwungen, in einen Zerrspiegel zu gucken.

Vor uns zitterten zerrissene und geflickte, von Regen und Schmutz pelzig gewordene Plastikgitter im Wind. Jarl hatte gemeint, seine Versuche, sie zu zeichnen, seien unbefriedigend geblieben. Wiederzugeben, wie die Linien sich schnitten und zu Karos wuchsen, wie sie abrissen, sich verfehlten und doppelt übereinander lagen. Wie sich Draht um sie schlang, der rostend abbröckelte. Dem hätte beim Zeichnen seine Aufmerksamkeit gegolten. Das Muster, das Ornament im dämmernden Himmel über Rom, das kein Kunsthandwerker gedrechselt, sondern der Zahn der Zeit aus einem liederlichen schäbigen Draht- und Plastik-Flickwerk geknabbert hatte.

Gerade zeigte er mir ein paar Blätter. Aber es war tatsächlich nicht viel darauf zu sehen. Das alles hatte sich nicht von ihm zeichnen lassen, weil es selber schon in den Himmel gezeichnet war und kein Bedürfnis spürte, auf Jarls armseligem Papier zu landen, eingesperrt wie der sangesfreudige Vogel nebenan. Zur Pause degradiert. So etwas konnte er vielleicht am Landwehrkanal versuchen, aber nicht am Aniene.

Da vernahmen wir unvermittelt das scharfe Scharren vorwarnungslos in letzter Sekunde abrupt blockierter Reifen, dazu Mayos laute Stimme. Dort oben, im achten Stock und bei all dem Lärm, war nicht auszumachen, was er wollte, aber Paavo antwortete ihm im typischen Auf und Ab, das seinem Sprechen ähnlich gebärdenhaftes Gepräge verlieh wie es sein Auftreten bestimmte. Ich erkannte Sebastian und Luis, die ebenfalls aus dem *SIL* krochen.

Kurz darauf schwappten sie alle miteinander vom Treppenhaus ins Apartment wie eine Woge. Eine Welle, vorneweg Hans mit Baßstimme lachend. Laut, launig und vom Willen erfüllt, sich auf die müheloseste Weise unterhalten zu lassen.

»Zum Trevi-Brunnen! Meine glühenden Fußsohlen lechzen danach, von seinen femininen Wogen gehörig abgeschleckt zu werden«, gab Paavo in seinem pathetischen Singsang von sich.

Und Sebastian hatte nur im Sinn, so schnell wie möglich zu den Läden zu kommen, wo sich der Klerus ausstatten läßt. Aber Mayo hatte Durst.

»*Perroni*!« frohlockte Hans. In der Trattoria unten vorm Haus bediente uns mit unerschütterlicher Langsamkeit eine ziemlich alte Frau. Ihr graues Haar trug sie auf dem Rücken zusammengebunden. Sie hörte uns reden.

Ihr Sohn wohne in Stuttgart, erklärte sie uns, als sie die Bestellung aufnahm. Ihr Deutsch war falsch, aber trotzdem verständlich. Er sei Arbeiter bei Mercedes und habe dort den Verstand verloren. Bis er ihn wiederfinde, bleibe ihr Haar ungeschnitten.

Mayo sagte nichts, aber er blickte uns besorgt an: »Das Bier aber bringen Sie doch schon vorher?« fragte er vorsichtig.

»Woran erkennt man eigentlich, wie alt Häuser sind?« prüfte Sebastian seine unterwegs gesammelten Eindrücke, kam aber auf keine Lösung.

Hans schien gut gelaunt. Die letzten beiden Wochen hatte er als Chauffeur von zwei wohlhabenden Japanerinnen auf Italiens Straßen verbracht, Ehefrauen bedeutender Kunstsammler, wie er sagte, aus Kyoto. Sie seien davon zu überzeugen gewesen, daß Sammlungen ohne seine, Hansens, Werke unvollständig sein mußten: »Wer wähnte, sie kauften nicht, den lehrte ich, sie werden.«

»Was ist daran eigentlich so erstrebenswert«, sagte Jarl, »in Sammlungen vertreten zu sein? Haben Sammler nicht die Absicht, möglichst viel zusammenzutragen? Tendenziell streben sie doch etwas wie Vollständigkeit auf einem Gebiet an. Wäre es nicht wichtiger, zu unterscheiden? Das Besondere vom Rest zu trennen? Statt alles zusammenzuwerfen. Dem Außergewöhnlichen tut man Gewalt an, wenn es nicht für sich stehen bleiben darf, sondern in eine Sammlung eingegliedert wird.«

»Mir zu geschliffen«, sagte ich. »Hoffentlich haben sie nicht zu wenig bestellt«.

»Alle paar hundert Kilometer noch etwas Neues«, freute sich Hans, von Jarls Mäkelei unberührt.

Die Teller wurden gebracht. Vor mir stand meine Pizza, und ich hatte für einen Moment vergessen, was ich damit machen sollte, wozu Messer und Gabel herumlagen. Als ich sah, wie Luis seine Spaghetti um die Zinken wickelte, war ich längst selber wieder im Bild.

Hans besaß den Führerschein? Welche Überraschung. Wirklich kaum zu glauben war aber, daß er ihn noch immer hatte. Die Japanerinnen waren inzwischen wohl wieder zu Hause gelandet. Hans hatte sie noch zum Flugplatz gebracht, den Leihwagen abgegeben, dann war er zu den anderen gestoßen, wie Jarl sich neuerdings ausdrückte.

Und jetzt saßen sie also hier. In Rom. Ginger schaute etwas hilflos. Auch ich wußte eigentlich nicht, was man mit ihnen anfangen sollte. Das Auftauchen der anderen ließ unseren Aufenthalt als fröhlichen Urlaubstrip erscheinen und nicht mehr als komplizierte Angelegenheit.

Sie wurde dadurch nicht einfacher, daß alles, worum es in Wahrheit ging, unausgesprochen zu bleiben hatte: der Dienst. Mein Schutz, den ich Ginevra leihen mußte. Weil es gilt, die Zeichen rechtzeitig zu erkennen, nicht erst, wenn es zu spät ist. Die Bedrohung, dachte ich, während die anderen wild durcheinanderplappernd um mich herum ihre Ahnungslosigkeit zelebrierten. Die Gefahr, die überall lauerte. Und ich mußte sie beschützen, ohne daß irgend jemand es bemerkte. So, wie die Gefahr sie belauerte, jederzeit und überall konnte sie von der Möglichkeit in furchtbare Wirklichkeit umschlagen, so mußte ich unausgesetzt dafür sorgen, daß es nicht dazu kam. Mich hineindenken, einfühlen, jede Gefahr nacherfinden. Als ob ich selber nicht der Schutz, sondern die Bedrohung wäre.

Also ließen wir uns das oberflächliche Geplapper unserer Freunde, die mit ihrer übertriebenen Begeisterung uns wiederzusehen nicht hinter dem Berg hielten, wohl oder übel gefallen. Jarl übrigens lachte am lautesten.

Die fünf entschieden zu meiner Erleichterung, der dampfenden Stadt schon am nächsten Morgen wieder den Rücken zu kehren und sich unterwegs lieber noch einige Tage am Meer zu gönnen. Wir hatten uns nichts zu sagen.

Als ich mittags wieder am Aniene saß und wachend die *Repubblica* durchblätterte, waren sie fort, aber ihr Krach und ihre unentwegte, unmotivierte Fröhlichkeit, von der sie vielleicht nicht wissen konnten, wie unpassend und quälend sie wirkte, sie spukte mir noch im Kopf herum.

Auf halber Strecke zur Innenstadt liegt an der Via Nomentana der Park, den Ginger gelegentlich auch mit Jarl aufsuchte. Ein wenig anheimelndes Stück Erde. Mittendrin gammelte harsch und unlyrisch ein Palast im staubigen Sonnenschein vor sich hin. Hinter einem Fenster raschelte ein Transistorradio, und für einen Moment glaubte ich, Mussolini brüllen zu hören. Palmen standen wie unrasierte Soldaten aufgereiht in dem drahtigen Gras.

Einmal zog Jarl sein Skizzenbuch heraus. Ich blieb in sicherem Abstand und fragte mich, was es da für ihn zu zeichnen gab. Was außer Gedanken, Moral, Vernunft, wohligem Schauer, verlotterter Exotik. Worin besteht der Wert dieser Dinge?

Mich interessierte nur noch Salz, das Salz ist, sonst nichts. Das muß man finden, herausfinden. Sich selbst herauserfinden lassen. Das muß man durch die Wahrnehmung herausfiltern und in die schützenden Hände nehmen. Um dann zu sehen, daß man eher selber in den Händen dieser sogenannten Zufälligkeit kauert wie ein Fundevogel, mit zitternder Brust. Die Ideen zerschlagen, diese müden Trottel, die alles einzupacken und zuzudecken trachten, damit man sich nicht die Finger schmutzig mache. Damit man nie das Ornament des Schmutzes auf der Hand sehe und nicht höre, wie die Erinnerung an vergangene Ideen knisternd verdorrt, nach nichts riechend und nichts gewesen als eine störende Pause.

Ich saß im Wind und sah, wie die Männer des Viertels sich an das blondgefärbte Mädchen beim Weißhaarigen im Wagen heranmachten. Auf dem Balkon oben trällerte der Vogel mit automatischer Emphase, seine Stimme schnitt durch den Gischtbrodem des wutentbrannten Flüßchens. Der Balkon daneben, auf dem ich mit Ginger gesessen hatte, lag leer in der Nachmittagsglut. Ich konnte ihn zwar nicht überschauen, aber trotzdem, er wirkte unbelebt.

Bloß nicht inmitten all der Trümmer hier, kaputtgeschlagenen, von Jahrtausenden zermalmten, aufrecht trotzenden, verstreut herumliegenden, all den Tonnen von Geschichte, die mich nichts angeht, unsere eigene Geschichte, die nicht der Vergangenheit und ihrer Schwärze angehört, abbrechen lassen, sagte ich mir immer neu: Um keinen Preis darf das geschehen, ich muß sie herausfiltern aus Meeren von Krach. Geschichten wie unsere werden von irgendwem irgendwo gelispelt, stecken zwischen wispernden Blättern, der Muskelmusik von Fischen im Wasser und dem Herzschlag von Geckos auf sonnenheißen Mauern. Eingewoben ins milliardenfache feinmechanische Bohren von Mücken, Fliegen und Wespen. In Ahnungswäldern und Spinnwebwelten.

Donnergetöse durchbebte den Himmel. Der Wind bog meine Haare hin und her. Dienst ist Dienst. Nur einen Kaffee in der Bar am runden Kirchplatz, dann hielt ich weiter Wache. Sogar der Vogel auf dem Balkon gegenüber hatte seinen Trillermechanismus abgeschaltet. Das Wetter war so schlecht geworden, daß keine Ginger und noch nicht einmal ein Jarl sich vor die Tür begaben.

Es dauerte zwei oder drei Wochen, bis ich sie wiedersah. Gerade bemerkte ich noch, wie Ginger das Haus verließ und in den Bus sprang, der zufällig in dieser Sekunde dort hielt. Weil jeder von ihnen stadteinwärts fuhr, war es überflüssig, auf die Nummer zu achten. Mir gelang es zwar nicht, selber auch noch hineinzukommen, aber schon machte der nächste Halt, und so folgte ich Ginger noch unauffälliger im Bus dahinter.

An der Piazza Barberini stieg sie aus. Das zotige Schwarzkasperle war wieder dort und machte seine Faxen, aber für so etwas fehlte mir die Zeit. Ich wußte nicht, wieso, aber in ihrem neuen Mantel, den sie sich wegen des anhaltend schlechten Wetters offensichtlich gekauft hatte, sah Ginger von hinten nicht gerade glücklich aus. Ich machte mir Sorgen.

Mit schnellen Schritten stieg sie die Via Veneto hinauf in Richtung Villa Borghese. Pompöse Hotels und bescheidenere Pensionen, in einer davon, wußte sie, ein Stück weiter oben, logierte ich. Die Straße schlängelte sich in die Höhe. Wollte Ginevra zu mir …?

Plötzlich war sie fort. Ich hatte Ginger aus den Augen verloren. Verzweifelt blickte ich mich um. Wo konnte sie geblieben sein? Gerade hier, in diesem Straßenabschnitt, fehlten Hotels oder Restaurants.

Rastlos fuhren meine Blicke die Häuser am Straßenrand ab. Eine deutsche Schulklasse kam in loser Ordnung heran, vom Lehrer angewiesen, sich zu benehmen, und dann verschwanden die Kinder der Reihe nach in einem unscheinbaren, oberhalb der Straße gelegenen Eingang. War Ginger auch dort drinnen?

Wie aus dem Jenseits zu Besuch, hatte sich hinter der Pforte ein greisenhafter Mönch postiert, dessen Kutte aussah wie in Staub gewälzt. Wortlos nahm er einen in Empfang. Seine vertrockneten Hände steckten das Eintrittsgeld in den Ärmel. Von einem langen Gang mit Fenstern auf der einen Seite führten gegenüberliegend nacheinander mehrere Zimmer ab. Es sah aus wie eine luxuriöse Wohnung im ersten Stock des barocken Hauses, vom Tageslicht durchflutet. Reicher Stuck war an den Wänden und Decken, unter Spiegeln waren Konsolen an die Wand gebaut. Irgendwo hörte ich die Schulklasse mit dem Lehrer, von Ginger aber keine Spur.

Ich trat in einen Raum, um mich genauer umzusehen. Es dauerte, bis ich erfaßte, was es mit den Stukkaturen der

Decken, den Wanduhren und Kaminen auf sich hatte: Leichenteile, alles Überreste menschlicher Körper. Die Kinder stapften betreten herum oder warfen sich verängstigt Scherze zu und lachten dann überzogen. Ginger zeigte sich nicht.

Panisch rannte ich durch die ganze grauenerregende Wohnung. Alles, der ganze barocke Wandschmuck, war aus Ellen, Speichen und Kniescheiben zusammengefügt. Nichts als Gebeine, von abgründigem Mißbrauch zu Ornamenten, Zierrat und Möbeln zusammengefügt. Ginger, wo war sie denn nur?

So nah am Tod hatte ich mich nie gefühlt. Nicht an meinem eigenen, nicht am Tod als Teil des Weltganzen, dem ich als einzelner viel zu gering war, sich mehr als einen Sensenschwung lang mit mir abzugeben. Und nirgendwo Ginger, auch nicht im letzten Zimmer. Ich drehte mich um, ging nochmals durch alle Säle: nichts.

Draußen ging das Leben weiter wie zuvor. Ich war zu bestürzt, um viel davon wahrzunehmen.

Als sich das Wetter wieder stabilisierte und wochenlang kein Tropfen mehr vom Himmel fiel, wurde es auf meinem Posten mit den heißen Steinen bequemer. Sogar der Fluß und der Straßenverkehr schienen sich beruhigt zu haben. Mit der Zeitung in der Hand sicherte ich das Terrain. Ginger hatte sich eingelebt, nahm ich an, und war inzwischen doch in ihre Arbeit vertieft. Ich freute mich schon, daß sie mir eines Tages zu Hause im Konsortium die römischen Kästen mit ihren Fotos darin zeigen würde. Ohne Hast.

Auf der Straße hatte ich sie nicht mehr bemerkt, und der Balkon war von unten nicht einzusehen. Die Steine der Brücke über den Aniene heizten sich in der Nachmittagssonne so auf, daß sie nicht einmal nachts wieder auskühlten, ich spürte die Restwärme, wenn ich dort saß und das heisere Bellen der Hunde die Luft schmirgelte. Tagsüber zirpten im Verborgenen die Zikaden in einem fort. Zeigen wollten sie sich nie. Oder nahm ich sie nur nicht wahr?

Plötzlich stand am Gitter von Gingers Balkon eine schwarzhaarige Frau, und neben ihr reckte ein Junge den Kopf über den Rand. Ich schmiß die Zeitung weg und machte mich panisch auf den Weg hinüber. Das Klingelschild war neu beschriftet: Fulci. Die Haustür stand offen. Ich fuhr hinauf und läutete. Der Junge stand in der Tür und staunte mich an. Seine Mutter kam vom Balkon und sagte lächelnd zwei, drei Mal etwas, das ich nicht verstand, und zog dann ihren Sohn hinter die Tür, die ins Schloß fiel. Unter der Telefonnummer, die ich bislang gewählt hatte, wenn ich Ginger sprechen wollte, meldete sich nun dieselbe freundliche Stimme und sagte: »Pronto?«

Ich legte auf, ohne zu antworten.

# 19

Weit und weich spannte sich der Himmel über dem Talkessel, als ich zu Hause aus dem Bahnhof trat. Rom war überstanden. Mir war klar, ich hatte wirklich Sinnvolles geleistet. Der Beweis war erbracht, daß man der Gefahr nicht einfach ausgeliefert ist. Ginger hatte unter meinem Schutz gestanden, und wenn das außer mir niemand mitbekommen hatte, war das nur von Nutzen gewesen.

Vom Bahnhof aus schlenderte ich die Uferpromenade entlang, die Augen strichen übers Wasser, das schlammig Richtung Meer schwappte. Die Brücke, zu der ich hinaufstieg, war nun wieder die alte, und sie spannte sich nicht über den Tiber, sondern über unser fünfmal so breites, sechsmal so tiefes und unendlich viel kraftvoller dahinziehendes Wasser. Das Seitenflüßchen im Norden der Stadt ergoß sich nach wie vor hinein, so wie in den Tiber der Aniene, aber dabei endete schon die Ähnlichkeit, denn nicht wildschäumend, sondern mildgestimmt und lautlos zog es mit feiner Schwermut durch die Wiesen dem Strom entgegen.

Hier erhob sich dahinter kein Puppentheater, so wie in Montesacro, sondern Auen streckten sich hin, in denen allenfalls Hans mit federndem Schritt zu sehen war. Angler, die der Aniene umstandslos aus den Stiefeln geschlagen hätte, wateten im seichten Wasser mit ihren Fliegenruten durch die Morgensonne.

Nicht einer von ihnen besaß eine Tasche so prachtvoll wie jene, die ich Ginevra verdankte. Keiner ahnte auch bloß, daß mir durch sie die schönste und wertvollste Angeltasche von allen gehörte. Alles war so wie immer.

Ein paar Tage später ging das Leben hier weiter, als ob es nie unterbrochen worden wäre. Sein Pausenblödsinn erlitt einen schweren Rückschlag, falls Jarl noch irgend etwas mitbekam. Ginger war wieder hier. Sie ging morgens über die Brücke, unterwegs zum Konsortium. Ich saß am Tisch, sah mit einer Zigarre im Mund meine vor Rom angefangenen Zeichnungen durch und hielt die Balkontür geöffnet. Meist dauerte es nicht allzulange, bis der Kater über die Dächer kam, um mir kurz mitzuteilen, daß ich für ihn von keinerlei Interesse war. Alle waren wir wieder hier, sogar Hans. Nur Parkland blieb in Berlin. Aber Parkland war bekanntlich keiner von uns.

Der Crémant kam mir fast schon zu kalt vor. Es war falsch, ihn im Supermarkt zu kaufen, wo man sich zu träge zeigte, gekühlten bereitzuhalten. Ich wußte inzwischen, wo es kalten gab. Es würde Spaß machen, ihn an diesem warmen Nachmittag mit Ginger zu trinken und mir ihre Kästen mit den Fotos aus Rom anzusehen. Sie hatte gesagt, daß kein einziges Bild außerhalb der Wohnung entstanden war.

Die Ulmen auf dem leeren Parkplatz wiegten sich im warmen Wind, und das Tor zum Hof stand offen. Trotzdem verharrte die heiße Luft unter dem Glasdach. Es war still. Nirgendwo hörte man Arbeitsgeräusche, kein Radio lief. Nur von der Straße kam ab und zu leise etwas herüber, wenn ein Auto vorbeirauschte.

Gingers Tür war geschlossen, und ich hoffte, daß sie überhaupt da war. Ich mochte nicht hineinplatzen, falls sie noch nicht mit der Arbeit fertig wäre. Also ging ich zurück zu dem Fenster in der Einfahrt, das nicht mit Papier abgeklebt war und versuchte etwas zu erkennen. Erst hatte ich den Eindruck, niemand sei dort. Ich wollte gerade gehen und ihr den Sekt an einem anderen Tag bringen, da nahm ich drinnen eine Bewegung wahr. Schatten bewegten sich rhythmisch. Meine Augen hatten sich jetzt so weit auf das Halbdunkel eingestellt, daß es wehtat. Ich sah Ginger, wie ich sie noch nie gesehen hatte. Unter ihr saß Jarl auf dem Grafikschrank. Sie waren wie die Elemente eines kubistischen Gemäldes ineinander verschränkt, vollständig eins, außer ihnen existierte nichts.

Ruhig zeichnete das Riesenrad in all dem Trubel seinen glitzernden Hundertmeterkreis in die von Bratwürsten und kandierten Äpfeln klebrige Luft. Aus meiner Gondel sah ich auf unsere vom Strom durch einen sauberen Schnitt geteilte Stadt hinab. Konvulsivisch zuckte das in Schlingen beieinanderliegende Gedärm. Man darf nicht erwarten, daß es in einem Seziersaal nach Hibiskus duftet.
Als schwebte eine Lupe über dem Operationsfeld, wirkte der Rummel unter mir größer als der Rest der Stadt. Rechts ging es bald los mit der Ödnis, die bis zum Meer reicht. Links von mir die sieben Hügel, kaum zu ahnen, schon gar nicht zu sehen. Einen Steinwurf entfernt krümmen sich die ersten Rebstöcke aus dem Steilhang. Anheimelnd, aber nichts für Klaustrophobiker.

Das Glücksrad drehte sich. Wer konnte sagen, was Zukunft, was Vergangenheit war? Es hob mich empor und ließ mich sinken. Ich wischte zwischen Trauben von Menschen hindurch, die sich gegenseitig über die Gassen des Rummelplatzes schoben, Lebkuchenherzen um den Hals, monströse Plüschtiere und Topfpflanzen im Arm. Vernuschelte Sprüche aus dröhnenden Lautsprechern forderten sie auf, in die *Horror-Dschunke* zu klettern oder kopfunter durch die Schleifen der Looping-Bahn zu schießen. Das Rad hob mich in die Luft, ich fegte über Geräusche und Gerüche hinweg, immer weiter hinauf in den Nachthimmel, dessen Schwärze bestickt war mit den Pailletten Tausender buntflimmernder Lichter. Hier oben weht eine kühlere Luft. Irgendwo dort hinten stand das Haus, in dem Ginger wohnte.

Außerstande, dem Rot zu trotzen, kaufte ich mir einen kandierten Apfel. Nur Zucker, und das Fruchtfleisch Mehl. Verdaute und ließ mich verdauen, schob andere und ließ mich selber schieben durch die vielköpfig wogende Masse.

Am Fuß eines gewöhnlichen, schmucklosen Baukrans war ein muskelbepackter Zuchthäusler gerade dabei, dem Mädchen, das an der Reihe war, ein Korsett umzuschnallen. Erregt glühte das kindliche Gesicht vor ihm, als der Hüne prüfte, ob das Ledergeschirr richtig griff. Er sperrte sie in einen engen Lift, der den Kran hinauffuhr, wo man sie auf ein windiges Brett bugsierte. Ein dickes Seil wurde in ihr Korsett eingeklinkt. Sie zögerte. Dann trat sie vor, dicht an den Rand, hielt noch einmal inne – und stürzte sich hinab. Ihre Arme ruderten durch den Fallwind. Das elastische Seil fing sie irgendwo zwischen Himmel und

Erde ab, katapultierte sie trudelnd in die Höhe. Das wiederholte sich abgeschwächt zwei, drei Mal, man seilte sie ab, und sie hatte wieder Boden unter den Füßen, eine Mischung aus Elektrisierung, Verstörtheit und Kräftigung auf ihren lachend zerrissenen Zügen. Alles nur halb so schlimm.

Am liebsten zog ich alleine über den Rummel. Ein Schattenreich, wo andere Gesetze gelten, denen man sich überläßt, ohne ganz zu wissen, was geschieht. Ist das noch unsere Wirklichkeit, oder verkehren sich die Dinge, und Pappkulissen werden so schwer wie Mauern aus Stein? Ginger hätte ich wohl doch gerne einmal alles gezeigt, aber sie interessierte sich nicht für diese Welt. Wollte auch nicht viel davon hören. Sie wußte also gar nicht, was ihr entging.

Einzig Spaß und Leichtigkeit war es ja auch für mich nicht. Es steckte etwas dahinter, was ich am liebsten als philosophischen Ansatz bezeichnet hätte, wenn ich mir dabei nicht lächerlich vorgekommen wäre. Worum es dabei ging, das war Vertrauen. Vertrauen, wie ich es zum Beispiel brauchte, als ich auf Ginger aufgepaßt hatte. Ohne Vertrauen kann man nicht unterscheiden, wann Gefahr im Anzug ist und wann nicht.

Ich ließ mich über den Rummel treiben und schaute mir alles an. Aus einem tonnenartigen Haus ohne Dach, dessen hölzerne Wände etwa sieben, acht Meter senkrecht aufragten, drang Motorenlärm. Um den oberen Rand verlief eine Galerie, dort warteten schon Zuschauer. Ich zahlte und stellte mich zu ihnen. Unten, am Boden, blubberten die Motorräder.

Burschen mit mehr Falten auf der Stirn als Zähnen im Mund drehten gezügelt erste Runden. Sobald sie am Gas spielten, brüllten ihre Motoren vor Kraft auf. Die Maschinen begannen zu steigen. Kreisend sägten sich die Reifen immer höher in die steil aufragende Innenseite der Tonne. Aufs Blut gereizt zitterte das Holz. Die Galerie bebte, als wäre der Zuber eine gewaltige Bestie, bereit, uns entweder alle zu verschlingen oder selber vernichtet in sich zusammenzustürzen.

Einer der Fahrer, ein Wahnsinniger mit einem Cowboyhut, nahm nun auch noch die Hände vom Lenker. Er ritt in Wellen auf und ab, bis an den Rand der Tonne, wo wir standen und Angst hatten, um uns, um ihn. Als langte das nicht, als sei man nicht schon längst zu weit gegangen, schob sich jetzt dicht dahinter eine zweite, noch schwerere Maschine in die Steilwand. In ihrem Sattel saß eine zierliche Frau, und den Lenker hielt sie nicht etwa in den Händen, ihre Füße hatte sie auf die Griffe gesetzt, die Fransen der abgewetzten Stiefel flatterten im Fahrtwind. Das stachelte den Cowboy endgültig an. Wie auf dem Rücken eines bockigen, wilden Hengstes hielt er seinen Hut in der freien Hand und winkte mit ihm zwei Mädchen zu, die mit aufgerissenen Augen an der Balustrade hingen.

Und während die Planken noch zitterten, warfen wir unser Geld in die Tiefe, wo die Artisten unsere Bravos entgegennahmen. Scheine waren auch dabei. Der Cowboy steckte die Banknoten als Trophäe unter das Lederband seines Huts und drehte das Gas nun erst richtig auf. Aus dem Gurgeln des Motors wurde ein Dröhnen, ein Gewitter. Und in noch kühneren Wellen als irgendwann ritt der Cowboy immer auf und ab, bis an den Rand, eigentlich darüber hinaus, dort, wo die beiden Mädchen zu atmen wagten: Und dann ließ er los, fuhr freihändig, erhob sich aus dem Sattel, stand in den Steigbügeln, während sein Rappe in der Höhe den Horizont über den senkrechten Planken entlangdonnerte, jetzt schwenkte er dazu seinen Hut, unter dessen Band Zehn- und Zwanzigmarkscheine flatterten.

# 20

Im Hintergrund von Granaders Lager saß Hans. Ein Spiegel lehnte an einer Flasche. Gerade prüfte Hans den Sitz der Kappe mit dem ausgestopften Perlhuhn obendrauf. Hans saß mit dem Vogel auf dem Kopf da. Zwischen seinen Lippen klemmte eine Zigarette, und ihr Rauch stieg in zwei dünnen Bändern gekräuselt auf, um seine dunkelglänzenden Augäpfel zu streicheln. Hans ließ sich von Luis ein paar zusätzliche Flaschen Bier anreichen. Damit blieb er blinzelnd auf seinem Platz, um seine Nervosität wenn schon nicht zu besiegen, dann vielleicht einzuzingeln.

Horst, der draußen im Garten mit den Freundinnen von Paavo zusammenstand, hatte wohl etwas sehr Witziges gesagt. Jedenfalls schüttelten sich alle vor Lachen. Und wenn es nicht ganz so komisch gewesen sein sollte, taten sie eben so viel selber hinzu, daß sie auf ihre Kosten kamen, denn das gehört unzweifelhaft dazu, wenn man sich amüsieren will. Überall dasselbe, nur wir hier halten den Kopf hin, nennen das Kind beim Namen und rufen es, je nachdem, Kunst oder Karneval.

Hans stolzierte mit wenig Bodenberührung wie auf rohen Eiern in die Leere des großen Ausstellungsraums. Mayo folgte ihm. Hans blieb in Knien und Hüfte wippend mit schwebenden Armen stehen und blickte aus schwarzen Augen unter der Perlhuhnkappe selbst wie ein verträumter Vogel. Als Gegengewicht zu Hans mit seiner Schwerelosigkeit suchte Mayos Gestalt einen möglichst massiven Ausdruck, seine Wangenmuskeln schwollen an, und er bemühte sich, energisch zu erscheinen. Aber er war nur ein Titan aus hauchdünnem Blech.

Den weichen Mayo aus der Wirklichkeit fand Ginger eindrucksvoller, wie sie leise bemerkte, als ich mit ihr unter dem Nußbaum frische Luft schnappte. Jarl kam dazu, um zu stören.

»Wo gibt es eigentlich diese einzigartigen Schundpralinen?« fragte er höhnisch. Damit hatte ich nicht gerechnet. Ginger konnte also unfair sein.

Drinnen baumelte Hans inzwischen kopfunter an einem Tau, das von der Decke hing. Er hatte eine Schlaufe daraus gewunden und sich mit den Beinen eingehängt; die Arme waren frei und tanzten lose in den Gelenken. Mayo rief über unsere Köpfe hinweg:

»Salamander!«

Hans retournierte sofort die Umkehrung: »Rednamalas.« Er schaukelte hin und her, leise strichen dabei die Perlhuhnfedern, die von seinem Kopf abstanden, über die Dielen. An der Wand wechselten Fotoprojektionen, nach einem Widderschädel kamen zwei Brezeln, und dann ging es mit einer Kinderzeichnung in einem Hinterhof weiter. Ihr buntes Licht überzog uns alle mit blasser Farbigkeit.

Die beiden hatten etwas zu bieten, auch wer sich nicht viel daraus machte, erwärmte sich unweigerlich, und es war zu spüren, daß nach einiger Zeit die allgemeine Temperatur anstieg. Dichtgedrängt standen wir mit Bierflaschen und Weinbechern in Händen beieinander, die Luft war wie Suppe, und wie viele setzte ich mich wieder in den Garten ab, wo dann zum Ärger der Nachbarschaft noch lauter gelacht und noch mehr getrunken wurde. Hinter mir hörte ich Ritter Paavo ein paar Töne pfeifen, und solange er noch die Klinge seiner Waffe schliff, machte ich, daß ich in Sicherheit kam, bevor er sie zückte und das Lied begann.

In großer Runde zogen wir in Ottos Restaurant. Ich bestellte einen Macon. Neben mir saß Ginevra. Wenn mein Bein ihren Schenkel berührte, stand es unter Strom.

Sebastian holte einen Karton hervor und zeigte Fotos herum, auf denen seine jüngsten Werke zu sehen waren, die sich einmal mehr mit Batmans Sexleben befaßten. Paavos Freundinnen quiekten vor Begeisterung.

Gegen die Terrine ließ sich wenig sagen. Otto kam selber strahlend an unseren Tisch, um sich Lob abzuholen. Er bat Hans, die Perlhuhnkappe abzusetzen, so etwas gehe nicht in einem Lokal wie diesem, seine Gäste seien vornehm, gab er zu verstehen. Mayo hielt das für einen Scherz und lachte darüber. Aber Ottos finstere Miene verriet, wie ernst es ihm war.

»Wer dächte, ich scherte mich drum, den lehrte ich sich trollen«, sagte Hans laut, und seine Ader am Hals pulsierte. Otto stand breitbeinig vor unserem Tisch und befahl Hans, die Kappe abzunehmen. Hans verlangte ein Bier. Ginger sah Otto scharf an. Was denn in ihn gefahren sei. Und nun spürte ich ihren Schenkel an meinem Bein, der es nicht zufällig berührte. Ich sagte Otto, er solle sich nicht aufspielen und uns lieber zwei Flaschen Macon bringen.

Als er kam, schob sich gerade in einer hautengen Motorradmontur aus Nappaleder der pralle Bauch eines Hauptstadt-Korrespondenten durch die Tür und plazierte sich separat an der Theke. Der rasierte Nacken des Journalisten warnte davor, ihn zu behelligen. Er bestellte sich knapp ein Bier und gleich eines dazu für den stadtbekannten ehemaligen Fremdenlegionär, der wie jeden Abend um diese Zeit ein Stück weiter am Tresen lehnte und seit Jahr und Tag als Blumenverkäufer zum Bild gehörte. So wie er selber auch – noch. Komme, was wolle: Wenn die Regierung wegging, verschwand er eben mit. So einfach war das.

Auf der anderen Seite hatte sich einer von den Männern am Nebentisch an die Theke begeben und schwärmte Paavo von den hübschen Mädchen vor, die im Bordell hinterm Schlachthof arbeiteten. Als sich dann herausstellte, daß er nur sein eigenes Bier zu zahlen beabsichtigte, hatte Paavo sich instinktsicher längst mit seinen Freundinnen in die Nacht abgesetzt.

»In einer Pause steckt mehr Geschichte als im ganzen Œuvre Jack the Rippers«, sagte Jarl.

Sebastian sah ihn müde an. »Was ist eigentlich mit dir los, Jarl?« fragte er.

»1.19 h, ich sitze in einer Kneipe, das ist los. Das Jahrhundert läuft langsam auf die Tischkante zu, und mit ihm das ganze Jahrtausend. Plumps, gleich sind sie weg. Das ist los. Mein Jahrhundert, verflixt! Das mit den Lumpensammlern, die mit ihren Pferdefuhrwerken über die Kopfsteinstraßen rumpelten, auf denen ich zur Schule ging. Mit den Straßen, von denen Krüppel die Zigarettenkippen pulten.« Jarl war ausnahmsweise nicht mehr nüchtern.

»Unmerklich treiben unsere Wurzeln durch die Jahrzehnte abwärts bis hin zu Goethe, bis zur ersten Eisenbahn.« So Jarl. »Noch ist ja jenes Jahrhundert das letzte. Man möge sich gedulden! Denn schon einen Augenblick später nimmt es an der Seite von Casanova und Montgolfier Platz. Und unser Hier und Heute wird das letzte sein. Nur eine kleine Pause, einatmen, ausatmen, mein Jahrhundert hat sich erledigt. 1.20 Uhr.«

Ginger konnte einem wirklich leid tun.

Als Otto die Flaschen auf dem Spiegelbord zum dritten Mal abstaubte, gaben wir nach und bestellten die Rechnung. Der Kellner strich genervt den Haufen Kleingeld ein, den wir zusammenwarfen. Weshalb freute er sich nicht, vor der Einführung des neuen Phantasiegeldes noch einmal ausgiebig in Groschen und Pfennigen zu baden?

Eines Morgens war ich sehr früh aufgestanden und zum Fluß hinuntergegangen. Auch wenn ich noch immer keine Angel hatte. Etwas in mir sträubte sich dagegen, eine zu kaufen. Mir fehlte grundsätzlich die richtige Lust, fischen zu gehen. Nachdem ich allerdings im Traum mit einem kapitalen Lachs bei Ginger Eindruck gemacht hatte, zog es mich trotzdem ans Wasser.

Die Sonne war noch nicht am Himmel, und es schien fraglich, ob sie sich überhaupt je zeigen würde. Im Geäst der Uferbäume hatte sich Nebel verfangen. Ich fühlte mich unwohl dort draußen. Eine Atmosphäre der Feindlichkeit hatte mich empfangen, die sich nicht auflöste, sondern mit dem Glucksen des Wassers auf den Steinen und dem sinnlosen Herumstehen des Grases neben dem Weg jede Sekunde bestätigte.

Wie mußte das Gemüt von Leuten beschaffen sein, die das Angeln als harmlose Beschäftigung empfanden? Ging es nicht um Leben und Tod dabei? Was daran war harmlos? Nichts in der Natur ist harmlos. Das Morgengrauen!, die Wolken!, schwärmen solche Leute und fühlen sich so richtig wohl dabei. Sie spüren nicht, was los ist. Mir war, als schlügen sie auf mich ein, diese wunderbaren Wolken.

Rom hatte meine Nerven scharf geschliffen. Sie nahmen die Spannungen in der Natur wahr, die an allem ziehen und zerren. Locker lassen sie erst, wenn es ganz vorbei ist.

Schon bei Tagesanbruch stockte der Dunst schwül, die Mücken standen in ihm wie festgeleimt, und ich wußte, daß es für mich keine Geborgenheit geben würde. Nirgendwo.

# 21

Am Nachmittag ging ich hinüber zu Ginger und fragte sie, ob sie sich vor mir verstecke, warum sie seltener im Konsortium war als früher, vor dem Rom-Aufenthalt. Nein, alles wie immer, sagte sie knapp. Und ich ließ es dabei. Rom hatte es scheinbar nicht gegeben.

Ich sortierte bei mir unter dem Dach meine Gedanken. Was hatte das zu bedeuten? Diese Geheimnistuerei – mir gegenüber. Konnte sie sich einbilden, ich sei imstande, irgend etwas zu vergessen? War es nicht eher so, daß jederzeit eine ähnliche Gefahrensituation (sogar hier) entstehen konnte? Und dann?

Der Wels ist ein märchenhafter Fisch, der badende Kinder zu sich in die Tiefe zieht, um sie dort zu frühstücken. Dazu paßt der Name Schaden, wie er in dem Büchlein hieß, das ich aus Rom mitgebracht hatte.

Tief unten im trüben Wasser wird er größer und größer, während sich auf dem Strom die Containerschiffe und Schrottkähne hin- und herschieben. Bis er vier oder fünf Meter lang ist und sechs Zentner wiegt. Rastlos spüren seine langen Barteln tastend durch den Schlamm seines Reviers, nichts ist vor ihm sicher.

Schlaflos stand ich in der Finsternis unterhalb des Hafens und beschloß, demnächst doch eine von diesen besonderen Angelruten zu kaufen und einen Wels zu fangen. Mit einem prallen Bündel dicker Tauwürmer. Auf meine Rolle würde ich die stärkste Schnur ziehen lassen. Im Frühdunst sah ich unter mir graubraune Wellen an der steinernen Uferwand lecken. Öl hing in der Luft, beißender Rauchgeruch. Die Eisenstränge der Geleise hinter mir zogen sich wie zurückgelassen von einer versunkenen Zeit als lange Ritzen parallel durchs Straßenpflaster, Überbleibsel seiner Epoche, der Welt des Welses, dort irgendwo tief unter mir.

Stehende Luft umfing mich am Abend im Konsortium, als ich das eiserne Tor aufdrückte. Mayos Tür ließ sich nicht öffnen, auch die übrigen Arbeitsräume schienen verwaist. Draußen fegte ein leiser Wind, aber hier im Innern der Hofanlage stockte die Hitze. Trägheit und Stille.

Ich blickte nach oben. Über dem Glasdach wedelten die Ulmen vom Parkplatz vor Gingers hinterem Fenster mit den Blättern. Mit leisem, noch sehr fernem Donnern näherte sich ein Gewitter. Dann war, unklar wo eigentlich, leise etwas zu hören, ein leichtes Stöhnen, ein heftiges Atmen, das nicht zu orten war.

Ich stahl mich fort.

Als ich ein paar Tage darauf vorbeikam, war alles wie immer. Ginger plauderte mit Sebastian, im Hintergrund lief noch die wie ein Haufen Lanzen in alle Richtungen zugespitzte Musik Alfred Schnittkes, die sie bei der Arbeit gehört hatte, vielleicht um sich dort etwas für die Scharfkantigkeit ihrer Kompositionen abzuhören, und bot mir grünen Tee an.

Ich wollte meine Tasse auf ihrem Planschrank aus lakkiertem Blech absetzen. Ginger meinte aber, daß es keinen dümmeren Platz gab, denn in ihm lagen unzählige Entwürfe und Negative für die Kästen, ihre Arbeit von Jahren.

Ich behielt sie also in der Hand.

Sebastian redete wie eh und je nur von seinen seltsamen lederbezogenen Schnörkelschwüngen und den Bildern, in denen er sich immer näher an das heranzutasten versuche, was in ihm an geheimen Wünschen verschüttet lag.

Ginger war eine oberflächliche Zuhörerin. Im Grund war es nur Arroganz, die sie ausharren ließ. Sie versprach ihm sogar, vorbeizukommen, um sich anzusehen, wovon er so viel Wind machte. Im Unterschied zu mir, und sie dachte nicht daran, mich einmal zu besuchen und sich dann meine Arbeit zeigen zu lassen. War ihr überhaupt klar, daß ich besser war und mehr konnte als irgendein anderer?

Wenn wir von Paavos Bude aus zu Mayo ins Konsortium zogen oder, nachdem wir bei Ginger gefeiert hatten, den Scherenschnitt entfalteten, der die Straßen bordierte, ruhte die Stadt dunkel, klein und vertraut unter unseren Füßen. Der Dunst legte sich um Augen und Ohren. Irgendwo schwirrten leise Vibraphontöne. Ach ja, der zimmerartige Marktplatz. Auf ihm, wie ein dickes Federbett, eine weiche Nebelwolke.

Über sein Instrument gebeugt, ließ der Musiker die Hämmerchen tanzen. Sein Begleiter wischte zusammengekauert auf einem Klappstuhl trockene Akkorde von der

Gitarre. Bunte Lichter im Schaufenster hinter den beiden aquarellierten den Nebel, und die Töne schienen einen Augenblick in ihm zu warten, bevor sie verflogen. Offenbar hatten sie mehr zu bieten als all die anderen Straßenmusiker in dieser Stadt, denn Hans und Mayo konnten sich kaum davon losreißen.

Als ich später mit Ginger und Jarl über die Brücke zurück auf unsere Seite ging, wälzte sich wie immer der Fluß kaum wahrnehmbar unter uns auberginefarben und schwer durch die Nacht. Er tat so harmlos. Aber er war es nicht.

# 22

Ich hatte unterdessen begriffen, daß Gingers Vorsicht, die sich darin zeigte, daß sie seltener im Konsortium erschien und sich generell abkapselte, begründet war. Nach längerer Zeit, in der sich bei ihm fast alles um seine Vorbereitungen in Berlin zu drehen schien (die auch nach seinen eigenen, von außen kaum zu beurteilenden Kriterien wohl kaum von der Stelle kamen), hielt sich Jarl deutlich mehr hier in der Stadt auf.

Auf einmal beanspruchte er seinen Wagen für sich selber und richtete sich auch sonst offensichtlich darauf ein, erst einmal hierzubleiben. Er lungerte jetzt auch häufig im Konsortium herum, um zu stören. Wenn ich Pech hatte, fand ich dort ihn vor, wo ich Ginger anzutreffen hoffte.

So wie eines drückenden Abends. Hinter der Glasfront von Ginevras Arbeitsraum war es dunkel. Jarl stand im Hof, zusammen mit Mayo und Tycho Thron. Thron, der Narr, war damit beschäftigt, den Lärm zu ermöglichen, vor dem Ginger geflohen war, wie mir niemand zu erklären brauchte.

In den Löchern, wenn das Tohuwabohu kurzzeitig aussetzte, hörte man den Nieselregen auf das Glasdach plinkern. Wo der Chinese seine Zeit damit zugebracht hatte, das Nichts herbeizustieren, stand die Tür offen; er hatte es geschafft und war auf seine Insel im Ozean vor Shanghai zurückgekehrt. Nun herrschte dort die reine Leere. Jarl mußte doch begeistert sein.

Das Tröpfeln schwoll an, bald wurde ein Wolkenbruch daraus, der sich zum Unwetter auswuchs, das mit solcher Gewalt auf das Dach eindrosch, daß unter ihm noch so lautes Proben sinnlos wurde.

Wir zogen uns in Mayos Höhle zurück. Tranken unser Bier und fröstelten dazu in der nassen Abendluft. Auch Thron, der es aus technischem Fanatismus am längsten im Hof bei seinen Kabeln ausgehalten hatte, rauchte drinnen weiter.

Auf einem Stativ stand Mayos elektrische Gitarre. Jarl kurbelte die Feder eines uralten Reisegrammophons auf und las mit monotoner Stimme Gedichte aus seinem Notizbuch vor, während die Nadel sich kratzend durch die Rillen einer Schellackplatte mit der Zithermusik für Harry Lime fraß. Mayo projizierte in rätselhafte Halbgegenständlichkeit zerfallende Dias an die Verstrebungen der Eisenkonstruktion, auf der das Glasdach des Hofes lag. Wozu sie die Batterien von Lautsprechern benötigen konnten, die Thron in Stellung gebracht hatte, war mir ein Rätsel. Es beeindruckte mich, wie wenig vom Zauber des Konsortiums übrigblieb. Nichts eigentlich – ohne Ginevra.

Die Probe hatte sie sich erspart. Als es soweit war, prikkelte wieder alles von Gingers Anwesenheit, egal ob Mayo einzelne Töne aus seiner Gitarre holte, Jarl seine hinkenden Verse ins Mikrophon krächzte oder das Grammophon eiern ließ, wozu Mayo dann einen alten Teppich im Hof mit einem Stock bearbeitete, oder es später darum ging, Paavos Weinflaschen zu leeren. Alles wäre absolut sinnlos gewesen ohne Ginger. Aber jetzt brannten in ihrer Loge die Lichter wie in einer großen Laterne. Und Throns Kabelsalat wurde mit richtiger Musik gefüttert.

Wenn die ersten Vorräte geleert waren, setzte sich einer von uns ins Auto und besorgte an der nächsten Tankstelle Nachschub. Obwohl dies das Zeichen war, das den Schläfer weckte: Denn nun eroberte, in einer Pose, die nichts neben sich duldete, Paavo das Zentrum des Hofes, wo er inbrünstig die feierlich-prangende Langfassung seines Lieds vortrug. Auch daran stieß sich an solchen Abenden niemand, an denen ich mein Glück nicht fassen konnte, wenn Ginevras *Dior*-Lippenstift einen doppelten Baum auf die Wand zeichnete, zwei Stämme, und unser beider Wurzeln griffen unentwirrbar ineinander. Fast erschreckte mich ihr Mut zum Bekenntnis.

Doch Paavo, der irgendwann mit allen Strophen durch war, nahm ihr die goldene Hülse mit dem roten Stift darin aus der Hand und warf umstandslos die Umrisse einer nackten Frau auf die knallig weiße Wand.

Zwar schienen am nächsten Tag die beiden Zeichnungen bereits etwas verblaßt zwischen den leeren Bierkästen. Und mit der Zeit wuchsen sie weiter in den Putz, tarnten sich mit Staub und Abrieb. Aber verbergen kann sich nur, was vorhanden ist.

Zu Hause fand ich einen Anruf von Janka auf dem Band vor. Im Hintergrund lief laut eine Beethoven-Sonate. Am Vorabend, sagte sie, habe sie ein Konzert ausgerichtet, mit einem Star am Piano, dem jungen João Ferreira, der ganz bescheiden geblieben sei, von keinerlei Allüren angekränkelt.

Überhaupt seien in Lissabon alle restlos begeistert von dem Schwung, mit dem sie ihren Job erledige. Mehr als einer habe ihr versichert, bereits jetzt, da sie doch eben erst gekommen sei, fürchte man den Tag, an dem sie wieder zurückginge nach Deutschland. Wer könne denn fortführen, was sie kulturell bereits in dieser kurzen Zeit angestoßen habe? Schön und gut, dachte ich.

Nachdem die Fischerprüfung hinter mir lag, hätte ich natürlich angeln gehen können. Aber das hatte keine Eile. Jarl spottete, zum Nichtangeln hätte ich ja keinen Angelschein benötigt. Gerade er. Der Unterschied zwischen uns, meinte er schlau, sei der zwischen Preisgabe und Zukurzkommen: »Irgendwann heißt es immer, wohlgemerkt nach dem Essen und nicht davor: Das wars.« Vielleicht für ihn. Meine Zeit kam noch, soviel stand fest.

Ginger machte mich mit ihrer Unentschiedenheit langsam wahnsinnig. Sie hatte Jarl und Mayo Efeuranken auf den nackten Rücken geklebt, Polaroids von ihnen gemacht, die sie in einen ihrer Kästen montierte.

»Mich hättest du auch fragen können, hätte mir nichts ausgemacht«, sagte ich.

Meiner Gesundheit war die letzte Zeit leider nicht sehr zuträglich gewesen. Manchmal, wenn mir beim Treppensteigen der kalte Schweiß über die Brust lief und erst das eine, dann das andere Bein so schmerzte, daß ich mich kaum rühren konnte, machte ich mir Sorgen um meine physische Verfassung. Gerade jetzt, da ich gebraucht wurde, zeigten sich Risse in der so unerschütterlich geglaubten Architektur meines Lebens.

Wie ein leises Gift nahm die Sorge um meinen Körper von mir Besitz. Das Pochen in meiner linken Wange verwies mit einem Mal auf eine andere Ebene. Seine wahre Natur zeigte sich nicht im vordergründigen Schmerz, mochte er auch noch so unangenehm sein. Die Peinigung durch ihn drohte mir doch bloß an, was an Furchtbarem erst bevorstand. Das galt es schnell und gründlich wieder zu vergessen.

Schmerzen sind bekanntlich anders als alles andere. Vielleicht kann man sich deshalb nicht an sie erinnern, sobald man sie los ist. Wie es war, als sich ihre Tinte in alles mischte, um es zu verderben. Sind sie da, die Schmerzen, läßt sich keinen Moment davon absehen. Sogar wenn es sich nur um Zahnweh handelt, das piesackt, aber nicht geeignet ist, einen tief zu verängstigen. Denn schon das natürliche, gewachsene Gebiß ist ja fast eher ein Gegenstand, mit dem man versehen ist und der gelegentlich einer Reparatur bedarf, wie andere Dinge des täglichen Gebrauchs.

Es gab keinen Aufschub, ich mußte zum Zahnarzt und meldete mich bei Dr. Donovan an.

Ein hilfloser Blick in seine Augen, die so befremdlich nah über mir hingen, gab meiner Furcht weitere Nahrung. Was nun, wenn der Zahn in seiner Zerstörtheit nur die Spitze eines Eisbergs an Krankheit war? Wenn er anzeigte, daß sich weit Schlimmeres in meinem Organismus tat. Welche

Gefahren umgekehrt von Entzündungen wie solchen, von vereiterten Zähnen sogar besonders, ausgingen. Herzbeutelentzündungen und so weiter. Ich schwitzte und fand im Gesicht hinter dem Mundschutz keine Antwort, die mich beruhigt hätte, während das Wasser am Bohrer vorbei in meine Augen spritzte.

Früher war meine Gesundheit durch nichts zu erschüttern gewesen. In letzter Zeit aber trat immer wieder Kopfweh auf. Es hämmerte und stach mir von hinten in die Augen, daß mir ganz schlecht wurde. Wenn ich etwas Falsches zu mir genommen hatte, wollte mir am Tag danach der Kopf zerspringen.

Regelmäßig war das auch so, wenn wir beim Spanier gewesen waren. Nie hatten mir sein Wein oder die Paella zu schaffen gemacht. Jetzt auf einmal doch. Und die ekelhafte Übelkeit, mit der mein Zustand hinterlegt war, der Bauchschmerz, der sie oft begleitete, waren auch neu. Zwar hatten die Spiegelungen, mit denen ich meinen Leib von Zeit zu Zeit inwendig untersuchen ließ, nichts Schlimmes ergeben. Aber irgendeine Ursache mußten die Beschwerden ja haben.

Und wenn ich darüber nachdachte, schlug mein Herz schneller. So schnell, daß es aus dem Tritt kam. Das hatte begonnen, wenn ich die Stufen hinauf zu mir mit zuviel Hast genommen hatte. Schweiß trat mir dann sogar zwischen die Haare, aber er war kalt. Das EKG bewies, daß noch keine Löcher ins Gewebe gefressen waren, aber der Arzt gab mir beruhigende Medikamente.

Im Konsortium hatte ich Ginger die letzten Male wieder nicht angetroffen. Ich vermutete sie zwar hinter der abgeschlossenen Tür, aber Mayo konnte oder wollte mir nicht klar sagen, ob sie sich nun dort aufhielt oder nicht. Er ließ sich lieber von ihr mit nacktem Rücken abbilden, als mir weiterzuhelfen. Wobei es in Wahrheit ja nicht um mich, sondern um Ginger ging, doch davon hatte der Tropf natürlich keine Vorstellung.

Durch einen Schlitz, der entstanden war, weil sich das opake Papier vor den Fenstern an einigen Stellen wellte, konnte ich sehen, daß auf ihrem Schreibtisch einige der ausladenden, flachen Schachteln lagen, in denen sie einen Teil ihrer Bilder verwahrte. Außerdem zwei Steine. Vom Ufer des Stroms, das war vielleicht einige Zeit her, oder auch nicht, solche Kategorien hatten sich ja aufgelöst in diesem Jahr, das kein Vorher oder Danach, keinen Sommer oder Winter aufwies, nur Dauer – solange es währte.

Am Hofdach pickte der Regen. Ich stellte mich darunter und sah hinauf. Bei Ginger drinnen rührte sich nichts. Nach einigem Warten wandte ich mich verärgert ab und ging. Am Straßenrand ein Auto nach dem anderen, eine einzige durchlaufende Bordsteinborte aus Blech. So viele Autobesitzer konnten hier doch gar nicht wohnen. Als hätte es nicht gereicht, wenn die Blechkisten aus der Stadt hier die Straßen verstopften, rollten sie obendrein aus all den miesen Nestern heran, die wie Akne das Gesicht der Umgebung entstellen. Sie würgten ihre Vorortautos vor den Häusern ab, in denen wir wohnten, und dann fuhren sie von dort neben einem in der Straßenbahn zur Fußgängerzone.

Sebastian brauchte keinen Bus und keine Bahn. Er setzte sich aufs Fahrrad. Schüttelte den Regen von der Pellerine, band sein silbernes Sportrad vor dem Konsortium mit einem Stahlseil an die Laterne und nahm die Lampen ab, bevor er mit starken, krummen Beinen in den Hof stapfte.

Wenn Sebastian kam, war Ginger stets anwesend, fiel mir auf. Einmal hörte ich sein Geleier durchs Glas, als ich zu ihr wollte: »Ich lasse nie einen Arzt an mich heran. Lieber krümme ich mich vor Schmerzen. Angehende Mediziner werden in der Ausbildung systematisch verroht wie Landsknechte, um diesen Beruf überhaupt ausüben zu können. Wenn sie im Seziersaal üben müssen, legen sie den Oberärztinnen zum Spaß die gekappten Glieder männlicher Leichen in die Handtasche.«

Und da verzichtete ich lieber.

# 23

Der Dirigent trug einen Gehrock und hüpfte begeistert vor seinen Chorsängern in die Luft. *He's allmighty, halleluja!*, jubelten beglückt lächelnde Frauen in langen Kleidern aus dunkelblauem Samt im Einklang mit Männern in weißen Rollkragenpullovern, allesamt Angehörige des Auswärtigen Amts.

Wenig entfernt erregte sich ein orthodoxer Würdenträger in sein Taschentelefon hinein. Gleich daneben, an eine Säule der Wandelhalle gelehnt, stand Parkland mit der Kamera vorm Auge. Parkland war jetzt häufig im Fernsehen zu erleben, einer aus der stetig wachsenden Zahl von Fotografen, die alle die gleichen Bilder machten, was die Vereinfachung nahegelegt hätte, sie von einem einzigen machen zu lassen und dann zu verteilen, aber keiner konnte sich dazu durchringen, zu Hause zu bleiben.

Manchmal sah Parkland etwas abgespannt aus. Ließ er hin und wieder noch einmal die hohen Bäume Brandenburgs zurück, mit all dem Platz drum herum und der Luft dazwischen, um besuchsweise bei uns im Flußtal vorbeizusehen, wo sich alles kleinteilig drängt, hob er hervor, daß er in Berlin viel weniger zum Schlafen komme, ohne deshalb jemals noch so müde zu sein wie früher. Was im übrigen auch nicht hingenommen werde in der Hauptstadt.

»Dann komm doch wieder her zu uns«, schlug Luis vor, als Parkland ein paar alte Fotos aus der Tasche zog, die ihm kürzlich beim Aussortieren in die Finger gefallen waren. Sie zeigten Mayo und Hans. Statt Luis zu antworten, legte Parkland den Umschlag mit den Bildern auf den Tisch und schob ihn Mayo hinüber: »Die brauche ich nicht mehr. Hast du dafür Verwendung? Sonst gib sie Hans.«

Mayo dankte unsicher und schob verletzt das Kinn vor. Parkland aber war rundum zufrieden.

In Rom hatte ich das Buch mit den Zeichnungen und den zusammengetragenen Texten übers Fischen gleich wieder vergessen. Nun blätterte ich gelegentlich darin; die Zeichnungen lehnten sich wirklich zu stark an Kandinsky an. Wie war so etwas möglich? Ich stellte mir ein Leben, das keine unverwechselbare Einzigartigkeit zum Inhalt hat, unerträglich traurig vor. Die Texte gaben mehr her. Ein paar Verse Wolfram von Eschenbachs aus dem *Titurel* hatte ich mir abgeschrieben und an die Wand gehängt:

*Schionatulander mit einem Vederangel*
*vienc äschen unde vörhem*
*die wile sie las*
*und der fröude den mangel*

*Schionatulander die grozen und die kleinen*
*vische mit dem angel vienc*
*da er stoont uf blozen beinen*
*durch die küele in luter snellen bache*

Und darunter lehnte meine Angel, die ich mir nun endlich angeschafft hatte. In einem schwarzen Futteral aus dünnem Stoff, das (so ähnlich wie meine Leinwandrollen) mit Bändchen zusammengeschnürt war. Deshalb stand die Gerte auch bei den Leinwänden. Sie hatte mich einiges gekostet. Auch die Fischertasche aus Rom war ja maßlos teuer gewesen. Aber Ginger hatte mich überredet: »Worauf es ankommt, das kostet alles oder gar nichts.«

Um an Material für meine Collagen zu gelangen, besorgte ich mir jede Menge Zeitschriften, hauptsächlich medizinische. Mit der Schere und dem Klebstoff unter der Lampe zu sitzen, grub jene Gedanken aus, die sonst nicht ans Licht stiegen. Meine Arbeit legte mir alle Fäden in die Hand, denen ich folgen konnte. Fäden, auf die sich aufziehen ließ, was mir wichtig war, und dann konnte ich alles durch die Finger gleiten lassen, sicher im Gespür für das, was es besagte, ohne daß es eines Worts bedurft hätte: Keine Angst, Ginger, habe verstanden.

Stockfisch war nicht das Schlechteste, was man beim falschen Spanier essen konnte, und Luis bestellte dazu für alle *Fundador*, was Paavo sich nicht zweimal sagen ließ, bevor er eine mittellange Fassung des Lieds vom Hirtenjungen anstimmte. Auch dort im Lokal zählte es längst zum Eingemachten, das manche Gäste, gerade jene, die den Wein in Flaschen orderten, statt sich mit dem zu begnügen, was die dicken Ballons unter der Theke hergaben, gleich mitbestellen wollten. Doch da mußte der Portugiese passen, denn Paavo gehörte nicht zu seinem Bestand, zu niemandes, er war frei.

Aus freien Stücken denn nahm Paavo vom Mittelpunkt der Kaschemme Besitz, gab sich den Anschein, als ob er einen der Bumerangs aus seiner Hosenschnürung über uns hinwegtrudeln lassen wollte, und hob mit aufgepumpter Brust an.

Wenn ich ins Konsortium kam und um die Ecke spähte, klopfte ich an ihre Tür. Ich brachte ihr ein paar von meinen Zeitschriften mit, die wir uns zusammen ansehen konnten, bevor ich sie zerschnitt, um über die Bilder und die Themen, die sich daraus ergaben, zu plaudern – so wie sie es mit Sebastian tat, wenn er ihr englische Trendzeitschriften zeigte, die er gerade gekauft hatte. Aber Ginevra war zu vorsichtig geworden. Sie sagte nicht, ob sie auch manchmal Kopfschmerzen hatte, und wollte nichts wissen von meinem letzten Elektrokardiogramm. Sie bot mir nicht einmal Tee an. Vielleicht war es besser so. Nach außen hielten wir weiterhin Abstand, sogar eher mehr als früher.

Sebastian freilich strich fortwährend dort herum, fast als besäße er Wohnrecht bei ihr. Er hatte eine Art, Ginger vollzuplappern, die mich ärgerte. Er konnte sagen, was er wollte, sie nahm es immer in der denkbar günstigsten Variante auf. Sein Wortschatz war recht begrenzt, aber er benötigte auch keinen größeren. Mit Sex und einer Handvoll Füllwörtern kam er bestens hin. Wenn ich gelegentlich auch noch einmal in den Genuß gelangte, zu ihr vorgelassen zu werden, war immer Sebastian da, und ich mußte mir Sebastians Probleme, warum er noch zu gehemmt war und so weiter, auch mit anhören.

Ginger hatte damit keine Schwierigkeiten. Sie stellte den Wasserkocher an und goß Tee auf, den Sebastian dann zu stark für sein leicht erregbares Herz fand, während er sich überlegte, mit welchen Grundierungen und Lasuren er seine Bilder aufdonnern wollte. Warum konnte er partout nicht einsehen, daß es viel besser ist, alla prima zu malen? Daß man diese durchsichtigen Farbsaucen besser fortlassen sollte, mit denen er Stimmungen herbeischwindeln wollte.

Maltechnik, Farbwirkungen und dergleichen, das waren jedenfalls Themen, zu denen dann hin und wieder auch ich etwas sagte. Obwohl ich mir das gut überlegte, weil ich nicht abwarten konnte, daß er endlich verschwand. Ich hoffte inständig, er hätte noch etwas anderes vor, und ich könnte dann mit Ginger alleine sein, bevor die anderen dazukamen und es wieder losging mit dem Abend, dem Vergnügen, der Laune und der großartigen Zeit, die wir miteinander verbrachten.

An Sebastian störte Ginger nichts, er konnte machen, was er wollte. Allenfalls, wenn er seine Ahnungslosigkeit allzu blindwütig gegen jedwedes Wissen irgendeines Sachverhalts verteidigte und dabei dafür sorgte, daß auch sie nichts von ihren Kenntnissen einsetzen konnte, und so verhinderte, daß Gestalt annahm, was ihr durch den Kopf ging. Nur wenn sie sich vollständig in seine Niederungen begab, begriff Sebastian bruchstückhaft, wovon sie sprach. Wieso sie sich darauf einließ, war mir eines der Rätsel, die sie nicht aufgab, damit ich sie löste.

Wie sähe Sebastian gebaut aus, was wäre Sebastian als Architektur, fragte ich mich, konnte mich aber nicht zwischen der Berliner Kongreßhalle und dem Supermarkt an der Ecke entscheiden. Er war für mich absurderweise die

Brücke geworden, über die ich Kontakt halten konnte zu Ginger (eine seelisch-geheime Brücke zwar, aber besser als nichts).

Als ich das nächste Mal bei ihm vorbeiging, hockte er auf dem Fußboden und zeichnete Reitstiefel. Reitstiefel an Beinen, die Frauen gehörten, und einfach nur Reitstiefel. Als Modell dienten die neben dem Radio thronenden, nach Pferd duftenden Stiefel seiner Freundin. Ihre Beine steckten auch drin. Auf der Zeichnung stand *Liebesdienst.*

»Alles muß von Herzen kommen«, murmelte Sebastian und schenkte uns Bourbon nach, »dann ist es eigentlich egal, was es ist, ob ein Bild oder Sex oder Braten oder Schuh.«

Seine Freundin hatte genug vom Modellstehen, verschwand im Schlafzimmer und schaltete den Fernsehapparat ein.

»Du solltest mehr Verdi hören«, empfahl ich, »das könnte dich beflügeln.«

»Kenne ich. Sehr gute Opern. Aber lang und ziemlich unverständlich.«

Ich sah aus dem Fenster in den Regen und fragte mich: Was mache ich hier eigentlich? Wozu rede ich mit ihm über Dinge, die ihn nicht berühren? Darf ich denn von ihm verlangen, was er beim besten Willen nicht verstehen könnte?

Der Whisky schmeckte wie Karamell. Ich fühlte Dankbarkeit in mir Platz greifen. Sebastian, Hans, Mayo, Luis, Paavo – meine Freunde. Ginger, wimmerte es in mir, meine Güte, Ginger!

Das Band unserer Schatten zog sich wieder zwischen den Laternen hindurch, wenn es uns nachts aus dem Konsortium trieb. Wo ich Ginger immer seltener antraf. Jarl, den niemand vermißte, hielt sich die meiste Zeit in Berlin auf. Ginger begann, ihn dort zu besuchen. Ganze Wochen blieb sie fort.

Ich stand vor der Brüstung des Altans, horchte auf das Schnurren des Katers in seinem Korbstuhl und wollte sehen, wie die Rosen immer noch praller knospten. Plötzlich stürzte neben mir ein Star auf die Fliesen. Wie ein Stein aus dem Himmel. Tot vom Aufprall oder schon vorher vom Zusammenstoß mit einem dieser meckernden kleinen Flugzeuge, die über unseren Köpfen nur so zum Spaß herumkurvten. In Finnland, hatte Paavo uns einmal geschildert, drehen die Jungs mit ihren Autos am Abend die Runde um den Marktplatz der Nester, denen sie nicht entkommen.

Der Kater erschrak furchtbar, als der Vogel aufschlug, panisch suchte er über die Dächer das Weite. Ich war ärgerlich, oder doch eher traurig. Es gab wenig Angenehmeres, als in meinem Rücken den schlafenden Kater zu wissen und zur Bekräftigung dieses Wissens sein Schnurren zu hören. Es tat gut, hielt die Sorgen in Schach.

Der Star vor mir auf den Fliesen hatte nicht aufgepaßt, einen Moment lang nicht aufgepaßt. Oder hatte er einfach nicht mehr Platz machen wollen, war er geradewegs auf das Flugzeug zugeschossen? Und dann war er abgestürzt, von oben nach unten. Unwillkürlich legte sich mir meine Hand in den Nacken.

Ich besaß nun also eine Angelrute, hatte aber noch keinen Gebrauch von ihr gemacht und vielleicht ein, zwei Zander damit aus dem Wasser geholt. Aber das konnte ja noch geschehen, wenn ich den Kopf freier haben würde. Dort war kein Raum für Angelhaken, es herrschte drangvolle Platznot. Ginevra stand in jeder Größe und Form auf alle Windungen und Auslappungen meines Hirns geschrieben, wie ich sie in den Zeitschriften dargestellt fand, die ich für meine Collagen brauchte.

Gegen Abend, wenn die Laternen die dunstwattierten Straßen mit gelber Tinktur beträufelten, arbeitete ich mich irgendwann zwischen aufgestellten Krägen und klappvisierartig ins Haar hinaufgeschobenen Sonnenbrillen, vorbei an unzähligen Auspuffrohren, die Schwaden ausspuckten und damit die Luft noch weiter eindickten, zu dem kleinen Laden vor, in dem ich die geeigneten Periodika kaufte und der sich auf meinen Bedarf mit ausreichenden Bestellungen eingerichtet hatte.

Ich staunte über die Banknoten, die zwischen Magenbitterfläschchen und aufgestapelten Groschenromanen über die Theke wanderten, weil die Leute nicht mehr eine Illustrierte, sondern zehn verschiedene kauften, die sich glichen wie unterschiedlich bemalte Ostereier. In den Zigarettenschachteln waren längst nicht mehr vier Stück, zwölf oder zwanzig, sondern 25, 30. Von diesen Vorratspakkungen kaufte man aber nicht etwa einzelne, man erwarb sie (wie Thron) stangenweise.

Vor mir stand ein hagerer, röchelnder Mann mit faltiger, grauer Haut, der einen Pudel an der Leine führte und mir irgendwoher bekannt vorkam. Ohne seinen Cordsamthut abzusetzen, legte er einen Hunderter hin und bekam zwei

Stangen *Juno* in eine Plastiktüte gesteckt. Als Präsent obendrein ein Plastikfeuerzeug mit Werbeaufdruck.

Ich habe nichts gegen die Menschen, nichts gegen sie, wo sie einfach nur die Leute sind, zueinander hingezogen. Es ist nichts einzuwenden gegen Aufläufe und Massenvergnügungen. Sonst wären Volksfeste ja nicht so sensationell. Auch beim falschen Spanier wurde es erst warm, wenn es richtig voll war, alles drunter und drüber ging und ein Durcheinander herrschte wie beim Trödler.

Oder Karneval, ich mache mir nichts daraus, aber wenn Luis sich einen Adventskranz aufsetzte, weil er zur Ehre des Konsortiums im Rosenmontagszug als Van Gogh mittrottete, bekam das seinen Sinn nur durch die anderen Menschen, die ihren diversen Gewerben nachgingen und von denen jeder sein eigenes, von allen übrigen verschiedenes Leben führte.

Die Leute, das waren wir selber. Oder der blinde Neger, der das Flußufer vor sich mit dem langen weißen Stock abwedelte, wenn er im Dauerlauf dahinpreschend seine Muskulatur in Form brachte. Vor den Schaufenstern in der Innenstadt drängelten wir Leute uns noch dichter als sonntags im Wald. Wir Leute sollen getrost unseren Leute-Leidenschaften frönen.

Trotzdem wurde auch mir immer öfter schwarz vor Augen. Wie ein Vorhang aus dichtem Kohlegekrakel fiel es vor meinen Augen nieder, und dann fand ich mich einige Zeit später am Tisch wieder, den Kopf auf den physiologischen Zeitungen liegend und mit einem Bewußtseinsleck, das sich nicht schließen ließ.

Es war an der Zeit, endlich einen Wels zu landen, um mir seine Gallenblase auf die Augen zu legen, wie es die Heilige Hildegard in solchen Fällen empfiehlt. Doch warnte sie dringend davor, die Blase noch nach Mitternacht aufliegen zu haben, sonst durchsticht sie einem die Augäpfel.

Ganz so fühlte es sich morgens an. Meine Tischleuchte flimmerte jetzt schon um diese Zeit. Den Espresso trank ich wegen des Kopfwehs ungezuckert, garstig wie Apothekerlakritze. Es mußte langsam etwas geschehen!

Sicher, das Lasten des Nebels auf den Gärten war auch als Geschehnis anzusehen. Es war hier nicht um Expressionismus zu tun. Selbstzweckhafte Aktivitäten halfen nicht weiter. Soviel verstand ich und verzehrte mich nach Ginger.

Ich wartete vergeblich auf neue Zeichen von ihr, wie es weitergehen sollte. Doch nicht einmal ein Anruf, ein Brief zwischendurch. Die Tropfen heißen Kaffees erwärmten mich weniger durch ihre Temperatur als die belebende Wirkung, die jedoch auch nur langte, meinen Kummer wachzuhalten. Lediglich die vordersten Rippen des Heizkörpers neben dem Sessel gaben noch etwas Wärme ab, die anderen blieben so kalt wie die Skelette in den Ärztezeitungen.

Wehmütig erinnerte ich mich der Jahre, in denen ich selbst winters niemals gefroren hatte, weil mein Blut mit Schwung durch die vielen langen, dünnen Stränge gepulst war, nachdem ich morgens beim Aufspannen der großen Leinwände so ins Schwitzen geraten war, daß es für den Rest des Tages reichte.

Unterdessen war ich dünnhäutig, verfroren und ausgetrocknet. Meine Inspiration reichte nicht mal mehr für Bilder, die auf ein Taschentuch paßten.

Wieso fahren wir nicht einfach zusammen zurück nach Rom, Ginger, aber jetzt ohne Versteckspiel, ganz frank und frei?

Seit mir die Einfälle ausblieben, hatte ich ein Schachbrett am Tischrand stehen, darauf eine angefangene Partie, die ich gegen mich selber spielte. Aber die Figuren interessierten mich nicht. Sie tanzten kein Wunder, so wie es damals vor dem Schloß geschehen war, als Ginger mich in den Kampf schickte.

Ich faßte durchs Fenster graue Dächer und kahle Bäume in den Blick. Auf dem Handrücken bog sich die stumpfe Klinge meines Palettmessers. Mir Wärme und Licht vergangener Tage wieder fühlbar zu machen wollte leider nicht gelingen. Wie legte sich so eine Atmosphäre auf die Haut, fragte ich mich mit der Stirn an der fahlen Glasscheibe. So ein Tag, an dem man einfach draußen herumlaufen konnte und baltische Schachmeister mit Appetit auf Simultanwettkämpfe in den Ecken der Stadt herumstanden wie jetzt die Weihnachtsmänner.

Damals war Ginger noch nicht so vorsichtig gewesen, nicht so voller Angst vor sich selber, und wir hatten einen stillen Pakt geschlossen, der niemals rückgängig zu machen war. Ob sie sich ebenfalls noch an meinen Kampf gegen den Großmeister erinnerte? Selbstverständlich tat sie das.

Aber unser Schicksal läßt sich nicht umschreiben. Da mochte sie fortlaufen. Wir konnten uns von keinem der

Erlebnisse lösen, die uns verbanden, ob es schöne oder bittere waren. Auf meine Weise lag ich immer bei ihr, in Rom, in Berlin oder hier.

Solange sie weg war, ging ich, um mich irgendwie näher an Ginger zu fühlen, zwischendurch immer wieder bei Sebastian vorbei. Ich turnte durchs Treppenhaus, wo Eimer und bekleckerte Leitern darauf zu warten schienen, daß der Slapstick losging, ohne daß Laurel und Hardy sich zeigten, hangelte mich, entlang an aufgeklopften Mauern und abmontierten Treppengeländern, hinauf. Er war alleine in dem eiskalten Zimmer, die Heizung war kaputt, hockte in mehrere Jacken und einen Schal verpackt auf dem Fußboden und zeichnete einen goldenen Rokoko-Sandkasten, um sich all die Schnörkel und Förmchen, in denen seine Gelüste bis zu ihrer Erweckung schlummerten. Das nahm mich dann wieder für ihn ein. Statt sich so hineinzuknien wie Sebastian, gaben die anderen sich lieber den Anschein von suchenden Stümpern selbst dort, wo es sich in Wahrheit nur um Handwerk und perfekte Wiederholung handelte.

Kalter Wind trieb mir die Schneeflocken ins Gesicht, als ich über die Brücke heimging. Nicht einmal fünf, und schon dunkel. Was ist denn das wieder für ein Witz, wunderte ich mich. Auf dem Fensterglas meiner Brille schmolzen die Sterne, die Tropfen fingen das Licht der mir entgegenschleichenden Autos ein.

Ginger war weg, und mir war schlecht. Ich hätte ihr so gerne die Collagen gezeigt. Wir wollten doch als Seiltänzer leben, die besser nicht daneben treten.

Armselige Seiltänzer, die keine Kunststücke mehr vorführen, weil wir vergessen haben, wer wir sind, woher wir kommen: daß wir Gaukler sind, die ihre ganze Hoffnung darauf setzen, ein Kunststück besser vorzuführen als alle anderen. Ritter sind, die man nicht erst am Wappenschild erkennt, sondern an der Inbrunst, mit der sie sich ihrer Sache verschrieben haben.

Wenn Ginevra zurück war aus Berlin, würde ich ihr alles zeigen, was mir zu Gebote stand.

# 24

*The Red Fly. Orange Rat's Tail. Greenwell's Glory. Olive Dun. The Blue Dun. The Red Spinner. The White Moth. Orange Quill. The Black Ant. The Grey Wulff. The Water Cricket. The Great Dark Drone. The March Brown. The Great Red Spinner. The Stone Fly. The Yellow Dun (Mornell Fly). The Fern-Fly or Soldier. The Green Drake or May Flay. The July Dun. The Sharpe's Sedge Pupa. The Tandem Sweeny Todd. Blue Charm. Thunder and Lightning. The Zonker. The Coachman. Hofland's Fancy. The Governor. The Soldier Palmer. The Francis. The Standard, the Black, the White and the Orange Mudler* – meine Angel wischte durch die Luft, und ich stellte mir vor, wie ich eines Tages all die berühmten Fliegen binden lernen würde, um Ginger zu beeindrucken. Und zwar so, daß ich sie endlich flachlegen durfte.

Ich versuchte Luis zu erklären, daß ich nur die eine Möglichkeit sah, mit dem besten und klassischsten Equipment fischen zu gehen. Es gibt keine Alternative zur nüchternen Feierlichkeit der Qualität. Man ginge ja auch nicht im silbernen Jogginganzug zu einer Beerdigung, sagte ich. Nicht allein um die Würde des Toten zu wahren, sondern um die eigene Integrität nicht zu verschleudern. Luis verzog nicht einmal den Mund. Sein Filzstift folgte den auf die Leinwand projizierten Konturen einer Vorgartenwiese mit Liegestuhl.

Das Rad der Zeit drehte sich, wo war sein Ende, wo die Mitte, wo der Anfang? Das Wetter ließ schon lange keine Rückschlüsse auf die Jahreszeit mehr zu, schwül und kalt schlossen sich die Tage zum Kreis. Die Belastung durch meine angeschlagene Physis lag auf mir wie eine nasse Decke.

Am Himmel trieben im Schwarm, hoch oben über dem Gartenkarree, in das ich hinausblickte, die Krähen. Oder waren es Mücken, direkt vor der Scheibe?

Meine Nerven signalisierten, was es bedeutete, der Natur so nahe zu kommen, wie das beim Fischen unausweichlich ist: zielgerichteter Ernst, auf den man vollständig vorbereitet sein muß. Ich zögerte – wie weit war ich? Es würde mir nichts ausmachen, einen Fisch zu fangen, ihm in die hilflosen Augen zu blicken und dann das Messer in sein Herz zu stoßen.

Mayos Ratte hatte Schnupfen. Er zeigte mir einen Brief von Parkland. Der bot ihm eine Wohnung an, falls Mayo ihm nach Berlin folgen wollte. Mayo war entschlossen, das Angebot anzunehmen. Eine kleine Wohnung in Schöneberg, mit seinem Büro darin.

»Was für ein Büro?« fragte ich. Was willst du in Berlin, hätte ich auch sagen können, oder war sein Platz nicht hier, bei uns?

»Ich mache keine Installationen mehr aus Fundstükken. Zukünftig entwickle ich meine Projekte am Schreibtisch, in Berlin. Kannst du eine Ratte gebrauchen?«

Aber ich erzählte ihm von dem Kater auf meinem Balkon.

Mayo machte noch ein paar Bemerkungen über unsere Stadt, der wir früher oder später entkommen müßten, sofern wir uns nicht abschließend aufgegeben hätten. Die Nähe zu Belgien, Holland, Frankreich sei ja ganz schön, aber Berlin war nicht in der Nähe von irgend etwas, sondern selber das, worum es geht.

Unter einem Himmel aus Schiefer wälzte sich der Fluß wie eine dicke, moorfarbene Schlange aus dem Tal heraus. Niemand konnte wissen, wie weit das Glücksrad sich bereits mit einem in die Höhe geschraubt hatte – und wann es dann abwärts ging.

Am Silvesternachmittag war der Kater über die Dächer gestiegen, hatte an der Tür gekratzt und wollte vom Altan ins Zimmer gelassen werden. Als mit Ahnung begabtes Tier suchte er Schutz, bevor es zu spät war, ehe ihm die Raketen und Kanonenschläge bereits um die feinen Öhrchen flogen. Zum Jahreswechsel kehrte Ginger aus Berlin zurück.

Mayo lud uns alle zu sich ins Konsortium ein. Seine letzte Silvesterparty, die er hier feiern wollte, und einmal hatte er seine große, dunkle Höhle tatsächlich warm bekommen. Die Ratte sah ungeachtet ihrer triefenden Nase glücklich aus. Falls sie sich schon auf den Tegeler See freute, wußte sie noch nicht, daß sie hierbleiben sollte.

Ginevra war da. Mit erregender Trägheit nahm sie sich von dem Wein, der auf dem langen Tisch stand, wo wir all die Flaschen abgeladen hatten. Dazu Hummer, Pasteten – was so zusammenkam, nachdem jeder einkaufte, was ihm einfiel, und nichts abgesprochen war.

Ginger erschien bei Mayo nicht mit Jarl, sondern alleine. Ich war elektrisiert, als ich in ihre alles versprechenden Augen sah. Aber sie sagte, er werde im Lauf des Abends nachkommen, weil er noch mit jemandem sprechen müsse, der nach Neujahr für längere Zeit unerreichbar sein werde, möglicherweise jedoch sehr wichtige Hinweise für Jarls Pausenfilm zu geben hätte – nun, wer wollte das so genau wissen. Hauptsache, er war verhindert.

Statt dessen kam Mayos neue Freundin Assia aus Estland zurück, wo sie über Weihnachten ihre Familie besucht hatte. Paavo fixierte sie mit zusammengekniffenen Augen und probierte, sie auf Finnisch anzusprechen, aber sie verstand seine Worte nicht. Seine Absichten schon. Auf Mayo nahm Paavo keine Rücksicht. Assia sprach besser Deutsch als er und sagte, daß sie Krankenschwester sei, seit acht Jahren in unserer Stadt lebe, an dem und dem Krankenhaus arbeite, und sie bleibe auch hier.

Einmal noch waren wir alle zusammengekommen, bis auf Horst. Mayo meinte, er wisse nicht, ob mit Horst noch zu rechnen sei, er hatte nichts von sich hören lassen. Aber sogar Parkland fand kurzzeitig zurück zu uns. Sicherlich auch zum letztenmal.

»Ist die Zeit der freundlichen Gegenden eigentlich erst einmal abgelaufen?« sagte Luis. »Italien, Österreich, England – passé? Wird von jetzt an ausschließlich in Oman und Singkiang bestimmt, wie es in unseren Museen aussieht?«

Hans warf ein, die besten Sammlungen entständen derzeit in Städten wie Kyoto.

Wieviel Stimme in so einem zierlichen Brustkorb Platz hat, dachte ich wieder einmal, und dann mit stets neuem Staunen: Und wieviel Bier erst in seinen dürren Leib paßt. Sicherlich war er keine Marionette aus Pappmaché, sondern innen hohl, aus Zelluloid. Vielleicht konnte sein Vater, der Kinobesitzer, dazu etwas sagen.

Aber irgendwann verschwand Hans wieder hinter der Klotür, und als er zurückkam, funkelten seine Augen wie zwei schwarzglänzende Dolche. Er verharrte auf halbem Weg. Reglos. Doch dann begann er zu brüllen. Mit Knall und noch einem und noch einem schwang seine Stimme dröhnend die Silbenpeitsche über unseren Köpfen durch den Rauch der Zigaretten.

»Macher!« schrie Hans. Wie eine dunkle Offenbarung immer weiter nur: »Macher!«

Jarl kam nicht. Um acht klingelte das Telefon. Er hatte den Zug verpaßt. Ginger war wütend. Sie sagte, das werde sie nicht daran hindern, ins nächste Jahr hineinzufeiern, und ich bekam Herzklopfen bei dem Gedanken, was das für mich bedeuten konnte. Es raste so, daß es sich zu überschlagen schien, und ich nahm einige meiner Tropfen. Die Party hatte aber erst begonnen. Noch lag ein langer Abend in Gesellschaft der anderen vor uns. Sebastian setzte sich neben sie und begann ihr umständlich Fotos von all den Schnörkeln und Bildern aus dem Karton zu zeigen, den er in einer Tasche mit sich herumtrug.

Gingers Gegenwart verlieh meinem Esprit Flügel. Alles, was ich sagte, machte ihr Vergnügen. Überhaupt war sie sehr ausgelassen. Ihre Scherze waren von anderer Qualität als Jarls. Hans lachte in der Ecke meckernd, und dabei wurde aus seinem Kontrabaß schnell ein Rasenmäher.

Parkland hatte seine Kamera erfreulicherweise im Auto gelassen, weil es hier nichts mehr zu fotografieren gab für ihn. Er machte Mayo den Mund wässrig mit seinen Aussichten in Berlin, und Paavo war mit Mayos Freundin schon besser bekannt.

Eine halbe Stunde vor Mitternacht griffen wir uns den Rest Crémant und zogen hinüber zur Brücke. Fast alle, die jetzt auf den Beinen waren, hatten wie wir Getränke dabei, manche auch noch Gläser. Immer mehr Menschen sammelten sich über dem Fluß.

Und noch immer mehr strömten zusammen. Es war ein einziges Gewoge, das den Abstand nach und nach aufhob, der einen von den anderen, auch den ganz fremden Menschen, noch trennte. Vor mir stand Ginger, ich fühlte durch die Kleidung ihre Wärme, ihren Körper.

Überall wurde gelacht und getrunken. Jeder schaute hinauf zu den Sternen, zu denen schon voreilige Raketen aufstiegen, die dann in die Schwärze eintauchten. Noch mehr Menschen drängten heran, und ich merkte, wie sich eine Lähmung in mir breitmachte, die jede Zelle in Besitz nahm und taub werden ließ. In meinem Kopf hallte das Gejohle der Menge leise wider, wie von ferne, ich fühlte mich mitten im Getöse aus allem herausgelöst, was mich bedrängte. Es gab nur mich und die pochenden Schläfen, die mich in der Zange hielten. Ginger, auch wenn sie dicht vor mir stand, war weit weg. Es krachte und zischte, aber mir kam es vor, als trüge ich ein dickes Handtuch um die Ohren gewickelt.

Ginger drehte sich um und trank mir und den anderen zu. Ich sah, wie alle einander etwas zuriefen oder sich um den Hals fielen. Und jetzt ging das Feuerwerk erst richtig los. Über der ganzen Stadt zischten die Raketen zum Himmel. Auf meinem Gaumen lag das ungute Aroma von Metall. Ich hörte mit stumpfen Ohren wie von sehr weit weg die Glocken der Kirchtürme. Die Schiffe auf dem Strom ließen leise die Sirenen dröhnen.

Ginger schien froh zu sein, daß ein neues Jahr begann. Ihre Ohren saugten den Krach ein, ihre Nase den Pulvergeruch. Ich nahm einen tiefen, langen Schluck. Einen Paavo-Schluck. Weinen in umgekehrter Richtung.

Das Feuerwerk ebbte ab. Aber immer wenn ich dachte, nun sei es wirklich vorbei, knallte es neben uns, oder es zischte eine Rakete aus der Altstadt hinauf in den Himmel.

Der Menschenknoten auf der Brücke lockerte sich, nach und nach löste sich ein Grüppchen ums andere, und dazwischen sah man einzelne ziehen, die mit einer Flasche in der Hand gekommen waren, um Teil der großen Traube zu werden, die jetzt zerfiel.

Der Fluß stand sehr niedrig. Auf dem Wasser schoß plötzlich eine Flamme in die Höhe. Ein Knall, anders als alles, was die ganze Zeit zu hören gewesen war, und dann eine hohe Flamme, die aus dem Fluß selber zu kommen schien. Ginger meinte jedoch, es sei etwas unter der Flamme, schwer auszumachen, von der Farbe der Wellen. Und so war es auch. Aber ich erkannte ebenfalls nicht, was das sein konnte. Nach einigen Minuten sackte das Feuer in sich zusammen und verschwand.

Immer noch fühlte ich mich wie betäubt. Ich sah an mir hinab und vermied es, auf die Ritzen im Trottoir zu geraten, während ich schwerfällig wie in Filz eingenäht neben Ginger und den anderen herging und die letzten Raketen noch zwischen den Häusern der Stadt emporstiegen.

Bei Mayo im Konsortium wurde weitergefeiert, obwohl niemand mehr Lust dazu hatte. Das Telefon klingelte in unsere immer konturloser werdenden Unterhaltungen hinein. Mayo nahm ab, und nach einiger Zeit hörte ich ihn nur sagen: »Wo bist du jetzt genau?«

Dann kam er blaß zu uns an den Tisch zurück: »Es war Parkland, vom Römerhafen. Horst ist tot.«

»Was hat Horst gewußt, das ich nicht weiß«, murmelte Hans.

Entgeistert starrte Mayo in die Runde.

»Tot–«, sagte Ginger leise. »Was ist nur los?«

Parkland war nicht mit uns anderen zurückgegangen. Mir war das gar nicht aufgefallen. Ich hatte ihn auf der Brücke schon vorher nicht mehr gesehen. Parkland, sagte Mayo, hatte sich sofort abgesetzt, als die Flamme vom Fluß hochgeschossen war. Er war Reporter, spürte das Ereignis. Mit seinem Presseausweis hatte er Polizisten auf der Straße angesprochen und von ihnen erfahren, daß ein ausgebranntes Ruderboot mit den Überresten einer männlichen Leiche am Ufer lag, und dann hatten sie ihm die Stelle genannt, wo das war.

Mayo goß Wein in ein Glas und bot es Ginger an. Als sie nichts wollte, trank er ihn selbst. Auch Hans schüttete etwas in sich hinein, und dann gingen wir los. Die Luft, fiel mir auf, war noch genauso mild wie auf der Brücke, als sei zu erwarten, daß das, was geschehen war, einen Temperatursturz nach sich zog.

Vom Konsortium zum Ufer war es nicht weit. Nach zehn Minuten sahen wir das farbige Licht der Tankstelle, wo noch tief in der Nacht reger Betrieb herrschte. Eine Schlange von Kunden stand vor der Kasse, um Getränke und Chips zu bezahlen. Am Anfang des Hohlwegs erhob sich der Holzkran, der angeblich so aussah wie jene, die von den römischen Kolonisatoren benutzt wurden, als sie unsere Stadt vor zweitausend Jahren zum Leben erweckten.

Wir kannten die Stelle genau, wo Parkland uns jetzt erwartete. Polizei, Feuerwehr und Ambulanz hatten mit zuckendem Blaulicht auf den Dächern ihrer Autos das Ufer besetzt und waren von weitem zu sehen. Der Fluß stand für diese Jahreszeit tief, weil es lange nicht geregnet hatte und der Schnee im Süden noch nicht schmolz. Scheinwerfer auf hohen Stativen leuchteten die ersten zehn Meter des Flußbetts aus. Die Geometrie der Hafenanlage, die von den Römern damals angelegt worden war, zeichnete sich klar in der Kieselwüste ab. Hier und dort lag eine abgeschabte Plastikflasche dazwischen herum, oder die Aluminiumschale, in der eine Lasagne gewesen war.

Horsts Boot sah aus wie ein toter Vogel, der auf dem Rükken liegt. Das verrußte kleine Ruderboot, von dem die

Ausleger schwarz wie erstarrte Krallen abstanden. Das Innere des Boots war mit einer amorphen Masse überzogen, die silbern schimmerte. Blei, sagte Parkland später, das in der Hitze unter den Flammen geschmolzen war. Horsts Überreste lagen in Blei gefaßt schwarz auf dem Boden des Boots. Er hatte alles genau durchdacht, das Schild aus Messing, in das sein Name eingraviert war, von der Klingel geschraubt und es sich an einer Kette um den Hals gehängt.

# 25

Die ersten Tage des neuen Jahres zeigte Ginger sich nicht. Als ich anrief, um mich zu erkundigen, womit ich ihr dienlich sein konnte, war nur Jarl am Apparat und versicherte, es sei alles in Ordnung.

Man konnte bei mir hin und wieder von Gedankenlosigkeit sprechen. Das war so. Aber nicht aus Oberflächlichkeit oder mangelnder Wahrnehmung dessen, was mich umgab. Gedankenlosigkeit, oder wie man es nennen will, man könnte auch von Gedankendurchstoßung sprechen, kann übrigens sogar von höchstem Wert sein, dort nämlich, wo Gedanken in ihrer Vordergründigkeit nur stören.

Es gibt Gefühle, die man durch Gedanken bloß in ein falsches Licht setzt. Genauigkeiten des Gefühls, die keine Grübelei jemals erreichen kann.

Beim Malen ist das eine Tatsache, die jeder kennt, der überhaupt weiß, was wirklich Malen heißt – was das eigentlich ist, Farbe, ein Pinsel, worin die sinnliche Wucht der nüchternen Stoffe besteht, aus denen man Bilder macht.

Mayo, Hans, Luis, Paavo – keiner von ihnen ahnte etwas vom richtigen Grad an Klebrigkeit der Farbe, die den Schmelz ermöglicht. Wenn man sich darauf versteht. Aber damit war ich allein, niemand konnte so mit der Farbe umgehen, nur ich. Was scherte es die anderen, wie ein Farbauftrag beschaffen sein muß, der sich bei ihnen aus allem, nur nicht aus einer Einfühlung in die Materie, mit der sie umgingen, ergab. Einfälle, Motive, das war das Äußerste, was in ihren Köpfchen Platz hatte.

Besonders viel bildete ich mir gar nicht darauf ein, und Renommee war damit ohnehin nicht zu erwerben, es war einfach ein Faktum, daß ich anders malen konnte als sie alle, weil ich weitergehend begriffen, oder vielmehr eben auch befühlt hatte, was Malerei wirklich ausmacht.

Allerdings hatte ich vielleicht eine Zeitlang ohne Nachdenken traumwandlerisch sicher die Komponenten einer Farbe zusammengerührt in eben dem Verhältnis und auf genau die Weise, daß das Resultat exakt dem entsprach, was ich wollte.

Und dann war das von einem auf den anderen Tag einfach unauffindbar in mir. Fortgeweht meine somnambule Fertigkeit, ein lange und gründlich erworbenes Vermögen, das nur scheinbar endgültig in mir Platz genommen hatte, war zerstoben, futsch, spurlos entschwebt.

Die Spannung war nahezu unerträglich geworden, an wirkliche Arbeit ohnehin schon lange nicht mehr zu denken. Eine einzige Frage kreiste sägend in meiner Hirnschale wie ein Steilwandfahrer, und wenn ich glaubte, schneller und betäubender geht es nicht mehr, doppelt so blubbernd und brüllend: Wann ist es endlich soweit, Ginger? Aber sie hatte ja recht, brauchte es gar nicht erst auszusprechen – machten wir nur einen einzigen Fehler, war alles verspielt. Und dazu waren wir uns nicht begegnet, um zu spielen. Jetzt, so nah dem Ziel all unserer Wünsche, die nicht ausgesprochen, aber alles andere als geheim waren. Ein kühler Kopf, darauf kam es mehr an denn je.

Spazierengehen. Bei jedem Schritt gab ich acht, den Fuß nicht auf eine Ritze der Steinplatten zu setzen, und tat eigentlich auch mehr, als ginge ich zur Entspannung spazieren, denn mein Hirn arbeitete dabei die ganze Zeit unter Hochdruck. Was war zu tun, um endlich Ginger zu gewinnen? Wenn sie das nächste Mal hierher zurückkam, mußte rasch und entschieden gehandelt werden. Es mußte etwas geschehen.

Mayo war noch immer hier und träumte von seinem Büro in Berlin. Als Hans wieder mal aus dem Wald zu Besuch kam, legte er Mayo den Arm um die Schulter. »Falls es für dich von Interesse ist, ich habe erst vor einigen Tagen mit einem der führenden Galeristen Hollands telefoniert. Er ist sehr an mir interessiert. Aber wenn du willst, Mayo, können wir dort demnächst auch einmal zusammen auftreten.«

Geld sollte es nicht dafür geben, aber wenigstens freie Getränke.

»In der Galerie ist genug Platz. Man kann dort auch übernachten«, sagte Hans, der in solchen Zusammenhängen immer pragmatisch wurde.

»Aber was wollen wir denn überhaupt machen?« zweifelte Mayo.

»Greifen wir aufs Repertoire zurück. Wie wärs mit der Paternoster-Performance? Die kennt dort niemand.«

»Die machst du doch allein. Was sollte dabei meine Aufgabe sein?«

»Uns fällt schon das Richtige ein. Wir trinken ein paar Glas und sammeln Einfälle. Ganz zarte, genaue Ideen, die man kaum als solche wahrnimmt. So, wie wir es sonst auch machen. Du wirst sehen, es wird eine schöne Sache. Sehr verträumt und trotzdem ganz trocken, pfeilgerade der Paternoster, aber vollständig anders wird er sein. Wer dächte, wir variierten nicht, den lehrten wir, wir tuns.«

»Am Schluß sollten wir vielleicht synchron die Pistole im Mund abfeuern«, erwog Mayo, der begann, Geschmack daran zu finden. Hans lächelte überrascht.

Mir fiel Horst ein, wie er damals singend an uns vorbeiruderte.

Wenige Tage später machten wir uns auf den Weg. Ginger war ja ohnehin kaum noch hier, dann fuhr ich eben auch mit nach Amsterdam. Weil in Paavos Staatslimousine kein Platz mehr für mich war, sondern nur noch in Throns Lieferwagen (dank seiner teuflischen Hilfsbereitschaft natürlich wieder mit Lautsprechern und Lampen dabei), setzte ich mich zu ihm und rauchte seine *Navy Cuts* mit.

Paavo hatte den *SIL* bis unter den fleckigen Flanellhimmel mit Kumpanen gefüllt, und unbekannte Gesichter sah ich dann auch wenige in der Galerie, wo Hans und Mayo ihre Vorstellung gaben. Daß wir uns in einem anderen Land befanden, fiel nicht weiter auf, denn Holländisch war kaum zu hören. Es erschien fast dasselbe Publikum wie immer, auch Granader war angereist.

Tatsächlich erwies sich die Behauptung, die Getränke gingen aufs Konto des Galeristen, ein Junge mit schwermütigen Kalbsaugen, als Übertreibung. Denn kaum hatte Hans die paar Aperitifs wegprobiert, gewahrte er verbittert, daß die eigentlichen Flaschen nicht vorhanden waren. Ein Kasten Wasser stand in der Ecke eines Hinterzimmers, wo sie sich dann auch zum Schlafen aufs Linoleum legen sollten.

Das Rad der Zeit drehte sich, und bald konnte Mayo bloß noch davon träumen, wie wir dann alle gegen sieben Uhr auf dem Hausboot eines Pornofilmers gelandet waren, der die Wodkaflasche jedesmal in die aufgehende Sonne hielt, bevor er einschenkte, wobei er blinzelnd zu sich selber – oder zu wem? – sagte: »Schau mir in die Augen, Kleines!« was Paavo zu immer neuen Strophen seines Liedes vom Wald und dem Hirtenknaben angeregt hatte, ohne daß er dabei die geringste Spur alkoholisierter Sentimentalität zu erkennen gab.

So, wie wir hier in unserer Stadt lebten, nährte sich unser Prestige aus allem, aus Geltung wie aus Versagen, Anspruch und Genügsamkeit, aus Kraft und Schwäche, aus Vitalität und Müdigkeit, aus Jugendlichkeit und Erfahrung. All das ergab eine Mischung, die den Treibsatz enthielt, der einen unabhängig machen konnte.

Wir taten, als amüsierten wir uns leicht, Leichtfüßigkeit gab uns zumindest den Anschein, vermutlich hatte es damit zu tun, daß wir eigentlich alle auf dem Absprung waren, uns schon, ohne zu ahnen, wie sehr wir hier waren, nicht mehr ganz am Ort fühlten. Vielleicht geriet uns daher alles zum Ornament, zum Tanz, den wir miteinander tanzten, einander nah und fern zugleich.

Aber wenn wir uns nun trafen und uns zum schwarzen Reigen reihten, war die Leichtigkeit nur noch schwer zu erzeugen. Unser Schatten, der sich durch die Straßen wand, sah verschlissen aus. Und Ginger war kaum noch zu erreichen.

Amsterdam hatte Mayos karge Rücklagen soweit aufgezehrt, daß er erst einmal Briefkästen leeren fuhr, statt nach Schöneberg zu ziehen oder auch nur im Konsortium zu frieren.

Als ich das nächste Mal in Ginevras Glasloge spähte, sie dort aber wieder nicht antraf, stand auf der anderen Seite des Hofs Mayos Tür offen. Ich legte es nicht darauf an, doch die weichen Sohlen der Turnschuhe schluckten das Geräusch meiner Schritte.

Vorsichtig reckte ich den Kopf ins Dunkel. Mit dem Rücken zum Eingang saß Mayo auf seinem Sperrmüllsessel. Er hatte mich nicht bemerkt. Die Ratte schaute mich von seiner Schulter an, während Mayo zart und leise vor sich hinweinte.

Unverdrossen rief in Abständen Janka aus Portugal an. Vermutlich nahm sie den knappen Stil meiner Antworten am Telefon nicht als Abfuhr, sondern interpretierte ihn als Zurückhaltung, hinter der sich Neid verbergen mußte. Und dann legte sie erst recht los. Breitete eine Prahlerei aus, die weit über alles hinausging, was ich in der Zeit mit ihr auf diesem Gebiet kennengelernt hatte.

Ab und zu versuchte sie es auch mit der entgegengesetzten Masche: Dann war sie unversehens das naive Mädchen, dem alle übel mitspielten und dessen Hilflosigkeit allenfalls noch von seiner Arglosigkeit überboten wurde.

»Wann kommst du endlich mal her?« fragte sie süßlich. »Du kannst auch hier arbeiten. Ich habe in der Villa eine ganze Etage, wo du wohnen und tun kannst, was du willst, ganz ungestört. Überleg es dir.«

Sie erwartete wenig an Reaktion. Wenn sie anrief, wollte sie selber sprechen. Dann hörte sie meine Schere ins rauhe Papier des alten Anatomielehrbuchs schneiden.

»Du bastelst?« sagte sie abrupt. »Träum schön weiter.«

Und das war es dann bis zum nächsten Mal.

Etwas regte sich zwischen den vergilbten Seiten. Was da raschelte, war meine Hand. Für einen Augenblick waren mir die Bewegungen meiner Finger so fremd wie die eines Wiesels gewesen.

# 26

Seit Wochen konnte ich nicht in Erfahrung bringen, wo Ginger steckte, und sie deshalb auch nicht fragen, was nun weiter geschehen sollte. Eben noch hatte ich in der Warteschlange der Lebensmittelabteilung gestanden und darüber nachgedacht, wie es kam, daß ich mich stets vor eben jener Kasse anstellte, wo es dann von diesem Moment an nicht vorwärtsging, da zeigte sich der überdimensionierte Kopf des inzwischen ergrauten Faktotums hinter der Kasse, das jedem in der Stadt bekannt war, weil es seit Jahr und Tag zum Kaufhaus gehörte wie niemand sonst. In seine müden Augen war das Bemühen geschrieben, zu verstehen, was um ihn herum vorging und was von ihm erwartet wurde. Er übergab der Kassiererin in Papier verpackte Münzrollen, die er für sie geholt hatte, und suchte in seinem Kittel noch etwas, das zu fehlen schien. Die Frau an der Kasse behielt die Ruhe und sprach scherzend auf ihn ein, so wie alle Frauen, die im Kaufhaus arbeiteten, mit ihm umgingen. Die Kunden akzeptierten Ewalds Sonderrechte.

Ich nahm die Rolltreppe hinauf ins Parterre. Durch die Glastür grüßte das Münster. Auch dort gingen die Menschen ein und aus, wie im Kaufhaus. Da kam ein Mann an mir vorbei, der unbegreiflicherweise genau so aussah wie ich.

Und noch während ich ihn anstaunte, erfaßte ich: Dieser Mann dort, mein Doppelgänger, fiel vollständig heraus aus dem bei allen Unterschieden zwischen Alt und Jung, Arm und Reich letztlich doch in sich geschlossenen Bild, das Kaufhauskunden abgeben. Er war keiner, der lallend, orientierungslos und verkommen den ihm zugewiesenen Platz im Abseits eingenommen hätte. In jenem Abseits, das doch ein Teil des Ganzen ist.

Der falsche Rudi dort jedoch balancierte genau auf der Grenze, mitten auf der Spalte, die sich wie die Schneide eines Rasiermessers durch unser Leben zieht, ohne daß wir den Schnitt registrieren, weil sie so scharf ist. Wie wir den Strom nicht mehr spürten, wenn er mit kaltem Streich durchs Leben der Stadt fuhr. Das Drama der Auffälligkeit seiner Unauffälligkeit machte unübersehbar, daß dort jemand war, der einfach nicht dazugehörte.

Ich, stach es wie ein glühendes Eisen in mein Hirn, zähle auch nicht dazu.

Irgendwann Anfang Februar kam Sebastian plötzlich dahinter, daß gute Bilder schlecht gemalt sein müssen. Und weil er die Technik, bei allem, was gegen sie einzuwenden war, im Griff hatte, konnte er seine Malerei von einem Tag auf den anderen gründlich verhunzen.

Sebastian mochte von mir aus tun und lassen, was er wollte, seine Fähigkeiten nutzen oder verraten, das war seine persönliche Angelegenheit. Und er selber trat ja so auf, als wüchsen seine Ambitionen noch, wo er sie in meinen Augen sukzessive preisgab.

Sebastian wußte nichts von seiner Bedeutung als Mittler, solange Ginger unerreichbar für mich war. Nun hatte ich den Eindruck, er werde jeden Tag unglücklicher, und ich fragte mich, was dabei Ursache und was Folge war. Sonst ließ es mich kalt. Es zählte nur, wieweit er noch seiner Aufgabe gerecht werden konnte, die ihm vom Schicksal zugewiesen war, nämlich ein Medium zu sein, durch das ich mich Ginger nahe fühlen konnte, weil sie ihn immer gerne um sich hatte. Sebastian wußte mehr von Ginger als Mayo, Hans oder Luis.

Jetzt aber war er dabei, alles zu zerstören und sich selbst zu verrohen. Undenkbar, daß er noch einmal auf so etwas kommen würde, wie einen Strauß schwarzroter Rosen auf einem Postament ins Herz seiner Ausstellung zu setzen.

Er verlor vollends seine Beweglichkeit und wurde krumm. Schmerzgebeugt quälte sich Sebastian durchs Leben und kam wochenlang nicht mehr aus seiner Wohnung hervor. Und die Silhouette unseres nächtlichen Reigens wurde immer noch löchriger.

Auf der Staffelei, die Sebastian sich zulegte, nachdem sein Rücken ihm zu schaffen machte und es ihm nicht mehr möglich war, sich von allen Seiten über die auf den Boden gelegten Bilder zu beugen, standen, wenn ich ihn besuchte, Mal um Mal bemüht schlechtere und abermals schlechtere Bilder. Konsequenz seelischer Qualen, verzweifelter Obsessionen, funktionaler Leere.

Der fatale Fehler, der Sebastian zum Abgrund lenkte, war, daß er sich des Unheils glaubte bedienen zu können. Er schien sich für Faust zu halten. Sebastian sah in Wahrheit nur sich und glaubte, mit anderen Menschen beliebig schalten zu können, damit sie seinen eigenen Interessen dienten. Nicht mit dem Bösen leider, wie er es sich vielleicht einbildete, paktierte er, sondern lediglich mit dem Minderen.

Doch vielleicht veranlaßte ihn ja auch ganz etwas Anderes, gegen seine Natur zu leben. Wer konnte das wissen? Denn wir kannten einander in Wahrheit bloß wenig.

Ginger und ich standen alleine – nur wir hatten uns richtig wahrgenommen. In Wirklichkeit gab es in diesem Jahr nichts als uns, mich und sie. Ginevra.

Ginger war fort, irgendwo in Berlin. Wieder hatte Jarl sie überredet, und dann waren sie in den *Volvo* gestiegen. Sebastian wußte auch nicht, wo man sie erreichen konnte. Es schien ihm aber auch egal zu sein.

Der Lindwurm war wieder fett, der Strom hatte sich aufs neue mit Wasser prall gefüllt – immer noch mehr. Eines Morgens lag die kleine Fähre, zu der man sonst hinabkletterte, irgendwo im Himmel vor Anker.

Der Fluß verleibte sich erst die Promenaden ein, dann schwappte er müde in die Straßen. Die Ecke, an der ich wohnte, war davon nicht betroffen, doch langte ein Blick aus dem Flurfenster, um die schwärzliche Suppe in den Kanälen zu betrachten, durch die sonst der Straßenverkehr rollte.

Für das Haus, in dem Gingers und Jarls Wohnung lag, wurde es allerdings langsam bedrohlich. Ginger zuliebe ging ich einmal am Tag hinüber in ihre Wohnung und goß die zahllosen Blumen, die Jarl ohne weiteres hätte verdorren lassen. Ginger hatte ihr Schlüsselbund wie stets bei Thron hinterlegt, wo ich es abholen konnte.

Mit der Zinkkanne in der Hand arbeitete ich mich durch das Labyrinth tönerner Töpfe. In der Wohnung hing der Duft von Gingers Parfum. Nach getaner Arbeit setzte ich mich zum Ausruhen in einen Sessel und erholte mich mit tiefen Atemzügen.

Aber dafür war jetzt keine Zeit. Es mußte gehandelt werden. Durch die Keller der meisten Nachbarhäuser fraß sich bereits das Wasser. Auch in Throns Garten sammelte es sich bedrohlich, und wenn sich der Spiegel des Tümpels auf dem Rasen weiter hob, würde man zusehen können, wie er ins Haus zu rieseln begänne. Ginger lagerte einen Teil ihrer Kästen im Keller, das hatte sie mir erzählt.

Ich war nicht abwesend, wenn es darauf ankam.

Wir stiegen in Throns Lieferwagen, und dann schafften wir mit Sand gefüllte Nylonsäcke heran. Männer in groben Uniformen hatten vor dem Bezirksrathaus ihre Lastwagen in Stellung gebracht. Sie schaufelten Sand und tranken aus Blechtassen dampfenden Tee, bevor sie bei Tag und dann weiter im Lichtkegel hoher Scheinwerfer, die von lärmenden Generatoren mit Strom versorgt wurden, Säcke zu füllen fortfuhren. Ein Zelt war aufgeschlagen, in dem einige Feldbetten mit akkurat ausgerichteten Decken auf erste Opfer warteten. Die ganze Welt der Hilfe war hingebreitet.

Als wir zurückkamen, stand das Wasser dicht am Haus. Die Zigarette eingeklemmt zwischen den Lippenstrichen, schichtete Thron die Sandsäcke, die ich hinunterschleppte, vor dem Kellereingang auf. Gingers Fotos wären vom Wasser zerstört worden, aber wir hatten alles fest im Griff.

Ab und zu klingelte oben in Throns Wohnung das Telefon, weil irgend jemand wissen wollte, wie der Kampf gegen das Hochwasser stand. Hoffnungslos?, lautete die Antwort, die sie selber mitlieferten und von der sie nur schwer enttäuscht abzubringen waren. Wenn er hinaufgesprungen war und gelassen mitteilte, daß es nichts zu erzählen gab, weil nichts besonderes vorfiel, hielt das niemanden davon ab, sich weiter dieselben unterhaltsamen Sorgen zu machen und es einige Stunden darauf nochmals zu versuchen.

Jahr für Jahr war es übrigens ungefähr das gleiche. Deswegen war es auch befremdlich, wenn Jarl Ginger gerade zu dieser Zeit fortschleppte. Beide waren sich doch bewußt, daß mit der Schneeschmelze in den Alpen hier bei uns das Hochwasser ins Haus stand. Ihr Haus. Doch wahrscheinlich ging es Ginger genau darum: dieses Haus und das Leben, das sie dort führte, zu untergraben.

Einmal hatte Jarl im Konsortium, als wir über das letzte Hochwasser sprachen, das Maul aufgerissen, ziemlich gereizt, wieviel Wind um all das gemacht werde. Was hatte er für eine Ahnung?

»Das gehört einfach dazu«, machte Mayo ihm klar, obwohl er selber nie direkt am Fluß gelebt hatte, aber vielleicht war mit der Ratte, die auf seiner Schulter saß und am Saum des Sweatshirts knabberte, Sachverstand bei ihm eingezogen. Jedenfalls hatte er recht.

Eines Morgens, Ginger zeigte sich noch immer nicht, schwappte der Strom nicht mehr ganz so hoch übers harte Ufer, am nächsten Tag blieb er von vorneherein in seinem

Bett. In den Straßen verkehrten wieder Autos statt der Schlauchboote, und längs des Flusses hing eine kilometerlange, graubraune Bortengirlande im Gras. Sie zog sich über Busch und Zaun, bestickt mit verkohltem Holz, Putzmittelflaschen aus Plastik und vergammelten Schuhen, deren Beulen keine Geschichte erzählten.

Ich konnte wieder auf den gewohnten Wegen spazierengehen und mich freuen, wenn mir dabei erneut all die Leute entgegenkamen, von denen keiner Jarl war, sondern eine Frau auf dem Fahrrad, die emphatisch die Klingel betätigte, nachdem ich sie längst wahrgenommen hatte, oder ein dreizehnjähriger Junge, der den Familienhund ausführte, um unterwegs eine zu rauchen. Der Hund sprang jaulend vor Glück eine Schraube, doch der Knabe gönnte ihm keinen Blick. Er fischte mit gespielter Routine in seinem Anorak nach dem Feuer.

Ich spazierte durch den angeschwemmten Müll, vor dem das Gras strammstand und Meldung zu machen schien, diesen Karneval ginge es in grauen Schlamm verkleidet als Katastrophenschutz.

Die kleine Stadt unterscheidet sich von der großen dadurch, daß die Leute herumsitzen und davon träumen, was sie wohl gerade in New York täten. Und dann war allen wieder klar, was sie festhielt. Die Zufriedenheit damit sah allerdings genauso aus wie Scham. Man hätte doch zum Beispiel sagen können: Einen Frühling wie unseren, den kann man ja auf der ganzen Welt nicht kaufen, aber wir haben ihn, haben ihn sowieso, einfach weil wir hier sind.

Aber das war eben die Schwierigkeit, daß ich dort war. Und Ginger in Berlin. Ich dachte an sie, stellte mir vor, wie wir uns auf die Bank unter die Pappeln legen würden und alles andere vergessen. Ich spürte ihre Haut geradezu auf den Lippen, atmete schon den Duft ihrer Leidenschaft.

Jarl hatte seine fortwährende Abwesenheit mit der Notwendigkeit begründet, in Berlin an seinem Film weiterzuarbeiten. Und immer noch hatte niemand außer ihm die leiseste Vorstellung, wovon er eigentlich handeln sollte. Jarl war ein wirklichkeitsblinder Träumer mit einem uninteressanten Notizbuch, der Ginger immer häufiger versteckt hielt.

Tatsächlich war es eines von den Jahren, in denen man zu Karneval infolge der Hitze keinen Pullover mehr bräuchte.

Und nach Aschermittwoch wurde sowieso generell irgendwo hinter der Bühne ein Schalter umgelegt: Klack – Sommer an! Nicht immer so entschieden wie diesmal, stets aber kam der Frühling von einem Tag auf den anderen, und Frühling bei uns hieß dann auch bereits Sommer.

Sofort standen wieder die Tische vor den Gaststätten und Cafés, die einem schon drinnen nichts Gutes servierten, aber das störte auch draußen niemanden. So wenig wie in der Saison davor. Sobald die Tische auf der Straße waren, blieb kein Stuhl unbesetzt. Die Luft war mit einem Mal nur noch weich, alles schien mit dem Rest versöhnt. Eine trügerische Weichheit, eine unheilschwangere Versöhnung, denn die Blase, deren Haut so zart und nachgiebig wirkte, konnte jeden Augenblick platzen, wenn nicht bald etwas geschah, das Ginger und mir die Freiheit gab.

Für uns alle lautete die Frage doch, was wir weiterhin noch machen konnten in dieser, unserer Stadt. Was uns hier eigentlich entgegenkam außer der altbekannten Enge. Wie dachten wir dann hier über uns selber, über unser Leben – Sebastian, Luis, Mayo, Paavo, ich, Ginger, wir alle? Die, mit denen wir es zu tun hatten, weil wir wollten, und die, mit denen wir es zu tun hatten, ob wir wollten oder nicht.

# 27

Neben der Realität war kein Zentimeter Platz geblieben, auf den Jarl hätte ausweichen können. Armer Jarl. Aber was konnte ich tun? Die Wirklichkeit ließ sich nicht abschütteln, nicht unterbrechen für eine kurze Pause und nicht ignorieren.

Denn Ginger war zurückgekommen. Wir konnten erneut unseren Reigen bilden, und es war Frühling, das machte den Unterschied.

Der Kessel, in dem die Stadt liegt, war so warm und lieblich. Aber davon wurde er nicht größer. Und in der kleinen Stadt meine kleine Wohnung unter dem Dach auch nicht. Sie roch nach Klebstoff und dem bedruckten Papier der Zeitschriften und antiquarischen Bücher, die ich zerschnitt. Sie kam mir groß vor, weil soviel Emotion darin Platz hatte, auch wenn Braque der Ansicht gewesen war, es ginge gar nicht um sie, sondern um die Regeln, von denen sie in die Schranken gewiesen wird. Wenn man die Decke im Louvre ausmalt, vielleicht.

Ginger zeigte sich auch wieder einmal im Konsortium. Da ich täglich nachsah, entging mir das nicht. Auch sie nahm mich bestimmt wahr, lud mich jedoch nicht zu sich hinein. Und von der Regel, sie von mir aus um keinen Preis zu stören, wich selbst ich nicht ab.

Die Verhärtung in meinem Leib hatte kaum merklich begonnen. Aber mit jedem Tag war es schlimmer geworden. Ich brühte mir bittere Kräuter chinesischer Herkunft auf und schluckte die Tabletten, die mir die Ärzte einer nach dem anderen verordneten. Ich saß am Tisch, grübelnd. An Arbeit war nicht zu denken. Es war lange her, daß mir die Einfälle nur so vor die Füße gepurzelt waren, abgeworfen von den Vögeln, die kollegial um die Dächer, meinen Altan und mein Fenster kreisten.

Nun hockte ich müde mit Bauchweh und stolperndem Herzen da, starrte abwechselnd die vor mir auf dem Tisch ausgebreiteten Zeitschriftenschnipsel und mein Schachbrett an, und bei der Vorstellung, mich erheben zu müssen, um den Klebstoff aus der Schublade zu nehmen oder nur die Hand zu bewegen, um das Damengambit zu vollziehen, zuckte ich resigniert mit der Schulter.

Zäh quietschend drehte sich das Rad der Zeit weiter, auf das wir alle geflochten waren. Das Glücksrad. Der echte Frühling kam. Die Tische blieben draußen, an denen die Leute saßen und vom Weggehen träumten. Mit dem Kater sah ich den Krähen zu, die sich mit ausgebreiteten Flügeln in Zeitlupe vom Wind tragen ließen, bevor sie auf einmal aneinander vorbeischossen wie als Nonnen gewandete Drag-Queens.

Hielt ich es zu Hause nicht mehr aus, machte ich mich auf den Weg hinüber ins Konsortium, wo Ginger allerdings, wie sich nun zeigte, auch nach ihrer Rückkehr immer seltener anzutreffen war. Jedenfalls war die Tür stets geschlossen. Ich versuchte es immer wieder. Und dann wandte ich mich unverrichteter Dinge ab, weil sie vielleicht nicht zugegen war, gerade nachdachte, in der Hinterkammer zu tun hatte oder aus einem anderen Grund Angst hatte, mich hineinzulassen und mir in die Augen zu sehen.

Mayo steckte den Kopf aus seiner Tür und schaute mich an. Ich zog weiter.

Manchmal trank ich unterwegs einen Espresso, aber das kam selten vor. Das Platzsuchen, Bestellen, Warten, Serviertbekommen, Bezahlen ermüdete mich. Und die Pfütze Brackwasser im Täßchen erst recht. So vergingen die Tage im Schleichgang. Und dann faßte ich den naheliegenden, aber für mich eben doch nur als notwendigen Befreiungsschlag denkbaren Entschluß, Ginger anzurufen und sie endlich zur Rede zu stellen – mit all den Konsequenzen, die das für mich haben würde.

Als ich das Telefon vor mich auf den Tisch gelegt hatte, klingelte es, vielmehr wäre ich froh gewesen, wenn es wenigstens geklingelt hätte, statt dessen gab es nur ein Zirpen von sich, das mir klar signalisierte, am besten nicht abzunehmen. Aber ich drückte auf die grüne Taste. Janka sprach los, ohne mein »Hallo« abzuwarten.

Ich ließ mich wirklich nicht gerne auf diese Weise stören. Man ist in Gedanken, und dann bricht etwas ganz anderes in den Kopf ein. Manche Menschen leben unausgesetzt mit dem Hörer am Ohr und akzeptieren eine fremde Stimme in sich drin, aber für mich war das Telefon noch immer ein Technik gewordener Surrealismus. Ein brutaler Köter, der es auf den Unterschied zwischen meinem Inneren und dem Rest abgesehen hat.

Und jetzt war er nicht einmal mehr ans Kabel gelegt, sondern lief frei herum. Mit der Miene purer Harmlosigkeit wurde einfach kurzgeschlossen, was sich de facto nicht vereinbaren läßt – Orte, Zeiten, Personen, Stimmungen –, man wird herausgerissen aus sich und den Umständen, in die man sich begeben hat, dann liegt alles brach, und man selber findet sich im Niemandsland unwirklicher Verbindungen wieder. Nur der Bauch schmerzt noch etwas stärker als zuvor und weist einen darauf hin, daß alles weiter so ist, bloß noch etwas problematischer.

Janka saß wieder einmal im Schatten ihrer Villa, weil draußen, zwischen den Feigen und Callas, die Sonne so unerträglich vom Himmel knalle. Ich gab nicht vor, daß mich ihre Stimmungsmalerei interessiere.

»Ich habe ein paar Kataloge von dir dem besten Galeristen in Lissabon gezeigt, und er ist sehr interessiert. Wenn ihr euch einigt, kannst du hier draußen bei mir wohnen.«

Was war das nun wieder?

»Welchem Galeristen?« fragte ich.

»Dem Galeristen in Lissabon. Dem besten. Joaquim de Guerra Gomes.«

»Was soll das?« krächzte ich hustend.

Aber sie diktierte mir nur die Nummer, und wir verabredeten, daß ich mich bei ihr melden würde, falls es tatsächlich zu einem Arrangement mit diesem Gomes kommen würde.

»Gomes«, sagte Janka, und ich sah sie förmlich zwischen den Callas mit dem Telefon fächeln. »Geschorener Schädel. Leider nicht mein Typ.«

Meine Empfindungen, was sie und alles, was mit ihr

zusammenhing, betraf, waren schon lange recht gemischt. Jetzt kam also auch noch Dankbarkeit dazu.

Ich setzte mich auf den Altan hinaus, rauchte eine Zigarre und versuchte wieder Ordnung in meine Gedanken zu bringen, damit ich Ginger anrufen konnte. Nicht gleich, aber am frühen Abend, wenn sie vom Konsortium, wo sie kein Telefon hatte, zurück in der Wohnung war. Ich überlegte mir, was ich sagen mußte, um Klarheit zu schaffen und damit sie endlich merkte, wie es um mich stand.

Wieder zirpte das Telefon. Wenn Janka diese Ausstellungsgeschichte in die Wege leiten wollte, damit sie in einem fort anrufen konnte, wann immer sie sich langweilte, würde ich ihr gleich das Nötige dazu sagen.

Aber es meldete sich Ginger. Endlich hätte sie Zeit, sich meine neuen Bilder anzusehen.

»Komm vorbei«, sagte ich. »Komm, wann du willst.«

Sie kündigte sich für den Abend an. Endlich.

Ich besorgte den Crémant, den sie am liebsten trank, und legte ihn ins Eisfach. Dann räumte ich die Wohnung auf. Ich duschte extra heiß, um meinen Bauch zu entspannen, und zog mir meinen neuen schwarzen Kaschmirpullover an. Danach hatte ich noch eine Stunde, bis Ginger kommen würde. Ich setzte mich mit einem Glas Whisky draußen in den Liegestuhl und atmete tief durch.

Als ich aufwachte, war es dunkel. Wie ein Streithammer fuhr die Erkenntnis auf mich nieder. Mein Inneres zog sich schlagartig zusammen. Ich schoß aus dem Liegestuhl. In großen Sprüngen stürzte ich die Stufen abwärts, als stünde Ginger dort noch immer vor der Tür auf der Straße, um zu warten, daß ich sie einließe. Vor zwei Stunden hatte sie hier sein wollen, und ich war eingeschlafen. Vernichtet spähten meine taumelnden Blicke in die Dunkelheit, als wollten sie sich gegen den Hammer der Wahrheit auflehnen.

Am anderen Morgen kam sie nicht ins Konsortium. Ich schob einen Brief unter ihre Tür, aber der blieb die nächsten Tage dort liegen. Mayo oder einer der anderen wußte auch nicht, wo sie war. Granader wollte ihren neuen Kästen demnächst eine Ausstellung widmen, also ging ich zu ihm, um dort etwas zu erfahren.

»Die ist jetzt wieder in Berlin«, sagte er mit seiner gewohnten Umstandslosigkeit. Und noch irgend etwas darüber, daß sie und Jarl dort schon vor Monaten eine Wohnung gemietet hätten, wo Ginger auch arbeiten könne.

Kaffee und Streuselkuchen ließ ich stehen und ging. Gedanken ohne Anfang und Ende wanden sich um das dumpfe Gefühl von endloser Leere. Wo der Nebenfluß in den Strom mündet, verließ ich den Weg und zog quer über die Auen. Ich erinnerte mich an den Aniene. Mit wieviel Kraft er schäumend durch Montesacro raste. Hier war alles still. Ein Fliegenfischer in hüfthohen Stiefeln stand im trägen Wasser. Seine Angel fegte einige Male wie eine Peitsche durch die Luft, dann ließ er die Leine fahren, und der Köder setzte sich sanft auf die Wellen. Immer wieder. Warum ließ er den Unfug nicht einfach sein?

# 28

Zwischen den Wolken schrieben Zeppeline und Montgolfieren ihre Kreise in die Luft über der Stadt. Sie sollten für irgend etwas Reklame machen, erreichten aber das Gegenteil, wenn sie knatternd und fauchend mit dem Wind über uns hinwegzogen.

Mein altes Märchenbuch fiel mir ein, das sechs oder sieben Geschichten enthielt. Die Seiten waren so miteinander verbunden, daß sich zwischen ihnen, wenn man sie aufschlug, auf wundersame Weise eine komplizierte, teilweise bewegliche, dreidimensionale Szenerie auftat. Sicherlich gibt es einen Fachausdruck dafür, aber ich kenne ihn nicht und will nicht wissen, wie er lautet. Für jedes Märchen langte ein Bild. Wenn es stimmt, erzählt es mehr als jede Langatmigkeit.

Im innersten Kern der Welt wird alles unfaßbar zusammengepreßt. In dieser Dichte, ihrem unermeßlichen Gewicht, liegt eine andere Weite als hinter fernen Horizonten. Oder, wer weiß, vielleicht ist es doch dasselbe Geheimnis da wie dort – das Geheimnis? Ginger hatte einmal ihr Ohr an eine Buche gelegt, deren Wipfel hoch über ihr sang, als wir nächtens unseren Scherenschnitt ausführten.

Ich kam mir vor, als sei ich selber in mein altes Märchenbuch versetzt. Wo war die Papierlasche, an der man zog, damit der Koch dem Küchenjungen eine herunterhaute? Wo die für den Schneider auf dem Tisch, damit seine Nadel durch den Stoff flog? Wo jene, die Ginger und mich noch einmal im himmelblauen *Volvo* durch unsere Täler fahren ließ, mit all den Verheißungen und Chancen, die sich nie wiederholen würden?

Paavo strahlte noch immer in den grauen Hof, wenn er mit leuchtender Narbe zu gellenden Pfiffen, drei bis fünf Bumerangs in den Schnürungen seiner Lederjeans, im Arm eine Kiste halbgeleerter Weinflaschen, angestiefelt kam. Probierflaschen, er konnte nicht nur die bei Ladenschluß mitnehmen, die er entkorkt hatte, um selber zu probieren, sondern auch jene, aus denen der Kundschaft eingeschenkt worden war, falls sie noch etwas enthielten.

Paavo mit genähter Stirn. In begeistertem Rausch hatte er eines Nachts zu weit ausgeholt und war, statt seinen Bumerang abheben zu lassen, selber gegen die Mauer gekracht.

Eines Tages hatte er hier im Hof gestanden, ein zerfledderter blonder Beau, der aussah, als wäre er die letzten Monate durch die Tundra geirrt, und dann begann er lauthals sein endloses finnisches Märchenlied vorzutragen. Aber was verriet es uns über Paavo? Was wußte ich von ihm, er von mir?

Es gab mehrere Gründe dafür, als ich mich kurzerhand entschloß, Paavo zu Hause einen Besuch abzustatten. Nach der Schweinerei mit dem Blut aus der aufgeschlagenen Stirn (nicht nur im ganzen Zimmer, sondern auch im Treppenhaus, wie Paavo selber berichtete) hatte er sich etwas Neues suchen müssen.

Aber Hans durfte trotzdem nicht in sein Apartment zurückkehren. Paavo ging das nicht sehr nahe. Am schmerzhaftesten nahm er die Wunde an der Stirn wahr, sechs scharlachrote Stiche zurrten das Fleisch wieder zusammen.

Hans blieb also in seinen Sträuchern, Paavo aber bewohnte unterdessen ein Holzhaus in einem Hinterhof, das aussah wie etwas Kaputtes in Skandinavien. Dabei stand es bei uns, mitten in der Innenstadt. Niemals hätte man es, ramponiert oder nicht, dort vermutet. Aber wenn man die Augen aufmachte, gab es hier eben alles. Sogar Paavo und das Haus, das zu ihm paßte. Und Ginger, war mir eines Abends beim falschen Spanier bewußt geworden, hatte eher als ich hingesehen. Sie wußte, wo Paavo wohnte und wie es drinnen bei ihm aussah. Wieso? Mein Herz pochte bang schneller. Ich mußte mir ein Bild der Lage machen.

Unten gammelte irgendein Geschäftslager vor sich hin, angefüllt mit so verdrecktem Zeug, daß ich mir beim besten Willen nicht vorstellen konnte, worum es sich einmal gehandelt haben mochte.

Paavos Wohnung erreichte ich über eine brüchige Holztreppe, die in eine Balustrade überging, grau vor Alter und voller Gerümpel. Von oben überblickte ich den Hof. Ein paar verbeulte Autos standen herum, eines davon war mir bekannt: der endlose, stumpflackige *SIL*.

Ich klopfte an Paavos Tür und wartete. Nichts geschah, nur das Dröhnen einer Kirchenglocke wehte aus der Nachbarschaft herüber und bronzierte die dicke Luft. Ein weiteres Mal suchte ich vergebens nach einer Klingel und klopfte dann energischer.

Endlich war hinter der Tür zaghafte Bewegung auszumachen, dann wurde sie mit einem Mal schwungvoll aufgerissen.

Paavo trat dem Tageslicht entgegen wie der Torero dem Stier. Er bat mich in eine Düsternis, der man ansah, genau sie – nicht mehr, nicht weniger – war die Helligkeit in dieser Wohnung, etwa so, wie die Wärme im Innern eines Kühlschranks eben sieben Grad beträgt. Der Müll, mit dem Paavo seine beiden Zimmer möbliert hatte, war von derselben Farbe wie das Halbdunkel.

Auf Paavos grauen Wangen standen rostfarbene Bartstoppeln, zusammen mit der Narbe auf der Stirn schimmerten sie rot aus dem Schatten. Er kämpfte sich ein Lächeln ab. Aus seinen immer noch funkelnden Augen kam wenig Blick. Das hintere Zimmer erschien mir nun größer und höher, als man es von außen erwartet hätte. Anscheinend reichte es bis unter das Dach.

Als meine Augen sich an die Dunkelheit gewöhnt hatten, sah ich etwas, das mich an Gingers schwarzes Kleid mit dem cremefarbenen Blumenmuster erinnerte. Eine Täuschung. Ich machte zwei Männer aus, die zu schlafen schienen. Jedenfalls nahmen sie keinerlei Notiz von mir. Einer hing mit einer Hängematte durch, der andere hatte sich einem zerfetzten Sessel angepaßt. Unmöglich, ihr Alter zu schätzen.

»Zwei neue Bekannte. Sie ruhen noch. Wir haben gestern zu intensiv über meine Arbeit diskutiert, so daß ich sie aufgefordert habe, hier zu übernachten. Sie zeigten großes Interesse an den letzten Bumerangs, weißt du.«

Paavos Hand schrieb mit lässigem Schnörkel eine Kurve in die Luft, die einen Wurf andeuten mochte. »Ich weiß nicht, wie du es betrachtest. Ich finde, man sollte immer daran denken, wie man den Kontakt zur Kundschaft ausbaut!«

Die Penner im Hintergrund rochen scharf. Paavos weites Hemd war vielleicht auch nicht besonders sauber, aber um ihn selber lag wie stets der Tauduft einer morgendlichen Bergwiese.

Was haben wir für eine gute Zeit geteilt, dachte ich, und ich genoß es, von jedem zu lernen, sogar – Unsinn: gerade auch von ihm, von Paavo.

An immer mehr Abenden blieben jetzt einfach die Singvögel weg. Kein Rufen und Antworten und kein Kampf um das letzte Wort. Dafür röchelten Krähen, wenn sie miteinander in der Dämmerung über unseren Gärten tanzten.

Wieder hatte kaum jemand von der kleinen Kirmes am Ufer des Stroms Notiz genommen, nur die schwarzen Silhouetten der Vögel flatterten wie klatschende Hände darüber weg, bis die Schausteller soweit waren und ihr der Enttäuschung abgetrotztes Schlußfeuerwerk in den Nachthimmel jagten. Die Krähen hatten sich dann schon verzogen. Schliefen irgendwo, eins mit dem Schwarz des Himmels.

# 29

Wenn es regnete, hieß das warten, mit allem warten. Warten. Unser Jahr war von dem Rest abgelöst worden. Von einer Zeit des Wartens, und es bedeutete nicht viel, wie lange das so gehen mußte. Nun gab es nur noch Warten. Warten, was geschehen konnte. Warten, daß wenigstens der Druck im Schädel endlich nachließ. Meine Herzschmerzen traten jetzt gleichzeitig mit Schwindelattacken auf. Dann mußte ich mich sofort hinlegen, weil ich es ins Krankenhaus nicht mehr geschafft hätte.

Meist blieb ich in meiner Stube. Wenn der Regen nachließ, kam selten einer von uns noch hervorgekrochen, um zu schnuppern, was in der Luft lag. Nur Sebastian, zur Feier seines wiedergesundeten Rückens, zischte auf dem Fahrrad bereits vorher silbern durch die Gischt, weil er fand, etwas wie schlechtes Wetter existiere gar nicht, und noch nicht einmal falsche Kleidung. Was das Wetter mit einem anstellt, hielt er in jedem Fall für ein Fest, das man auf zwei Rädern tanzend zelebriert. Worauf warten, fragten seine Kükenhärchen, wenn sie sich in den Regen reckten, um sich von ihm flachlegen zu lassen.

Ich saß an meinem Tisch, dachte über Schachprobleme aus der Zeitung nach, als ob ich sie lösen könne, und sah zu, wie Windböen die Blätter von den Rosenblüten rupften und auf dem Altan verteilten.

Mein Schachspiel verbesserte sich fortlaufend durchs Studium lehrreicher Probleme, wie sie in berühmten Partien der Schachgeschichte aufgetaucht waren. Die Zeitung veröffentlichte sie und gab vor, wie viele Züge zur Lösung der Aufgabe zugelassen seien. Ich schnitt die karierten Bildchen aus und schichtete sie zu kleinen Haufen. Jedenfalls hoffte ich, daß dabei doch etwas auf mich überging, selbst wenn ich mir nur einbildete, nicht allzuweit von den Lösungen entfernt im Nebel zu stochern.

Die schematische Darstellung der jeweiligen Stellung auf dem Zeitungspapier übertrug ich mit Hilfe des kleinen Reiseschachspiels, das ich vor mir in einer Ecke des Tischs stehen hatte, in die Dreidimensionalität, aber nur, um ihr die Stofflichkeit dann sogar ganz zu rauben, wenn ich sie ausdauernd betrachtete und damit in meinen Kopf holte. Die wechselnden Bilder, die sich durch die Figurenkonstellationen ergaben, reihten sich nach und nach in mir zu einem Leporelloalbum schwarzweißer Aufnahmen. All die unterschiedlichen Partien der Schachgeschichte wurden allmählich als Momentaufnahmen einer einzigen großen Partie erkennbar, die sich als Warten vermummt und deren Verlauf dadurch bestimmt wird, wie lange sich das feststehende Ende des Kampfs hinauszögern läßt, das nur einen Sieger kennt. Den Tod.

Manchmal fanden sich auf der Rückseite einer Schachaufgabe lesenswerte Artikel. Meist nur Teile davon, weil ich vor dem Ausschneiden nicht auf sie geachtet hatte. Dann holte ich, wartend, so gut es ging, das Lesen nach.

Auf einer mikronesischen Insel, stand da zum Beispiel, sei eine außergwöhnliche Währung im Umlauf. Aber Umlauf, das trifft die Sache so schlecht wie manches, womit Zeitungen aufgeblasen sind, wenn man sich die Artikel nicht, dem eigenen Gespür folgend, im Kopf neu aufsetzt.

Große Steine also seien es, die in der Landschaft herumliegen. Offenbar braucht man dort das Geld noch nicht einmal von der Stelle zu bewegen. Alle Transaktionen sind sowieso von vorneherein nur geistiger Natur.

Eine faszinierende Idee. Der Wert jedes Steins, hieß es, bemesse sich nicht einmal nach seiner Größe und so weiter, er ergebe sich aus der Geschichte, die in ihm geborgen ist wie die Nuß in der Schale. Oder das Hirn. Das Herz in der Brust. Liebe und Leid gerinnen zu einer Währung, die sich in diesen Steinen symbolisch materialisiert, deren Stofflichkeit darüber hinaus aber für die ideellen Operationen gar nicht benötigt wird. Ihre Masse und Unbeweglichkeit stehen ein für die Realität der Werte, um die es geht.

Und ich fühlte, wie das Bewußtsein ihres Gewichts die Last auf mir langsam minderte, grammweise nur, aber immerhin.

Da an richtige Arbeit nicht zu denken war, ging ich Lack kaufen für die Tür zum Altan, die einen Neuanstrich brauchen konnte. Auf dem Weg sah ich drei Polizisten in Radlerhelm und kurzen Hosen, am Gürtel baumelten Handschellen und Pistolen, die auf ihren Mountainbikes geduldig vor den Klingeln eines Mietshauses warteten, ob ihnen geöffnet würde.

Der Malermeister aus dem Laden zwei Ecken weiter, wo ich den Lack erwarb, räumte mir kollegial 10% Rabatt ein: Auch ich sei immerhin eine Art Maler.

Wie stets verzögerte er den Ablauf des Geschäfts, weil er sich noch mit mir unterhalten wollte. Das kannte ich schon, weil ich häufiger dort das eine oder andere, Schleifsand oder Bindemittel etwa, gekauft und anders, als er sich das vorstellte, für meine Zwecke eingesetzt hatte. Gelang es ihm, mich in ein Gespräch zu verwikkeln, wollte er wissen, ob mir der oder jener Maler aus der Gegend bekannt sei, aber ich hatte ihre Namen noch nie gehört. Er klärte mich auf, daß sie ebenfalls zu seiner Kundschaft zählten und zum Verkaufen streng realistisch malten, für ihren eigenen Bedarf hingegen grüne Indianer.

Als ich wartend, ob nicht doch etwas anders und ich neu werden würde, durch öde, viel zu enge Straßen zurückschlenderte, summten dicke Busse mit fistelnden Motoren an mir vorbei wie bereifte Riesenkastraten. Gründerzeitvillen am Wegesrand sahen aus, wie Mottenkugeln riechen, und am anderen Ufer hoben sich die Umrisse der Müllverbrennungsanlage vom Himmel ab. Obacht – all die Ritzen zwischen den vielen kleinen unübersichtlichen Steinen.

Meine Sinne behielten die gefährliche Schärfe von Rom bei, übertrieben aufnahmebereit. Ich hatte gelernt, mit meiner Disposition zu leben, auch wenn sie mich zwischendurch in eine absurde Lage brachte. Was allerdings absurd ist, davon gibt es sehr verschiedene Wahrnehmungen. Die sich für mich aber nicht mehr gegenseitig ausschlossen, sondern ergänzten, und dann blieb nicht viel Platz frei.

Mein Kopf war schwer. Manchmal stotterte mein Gehirn kurz. Das war nicht weiter verwunderlich, zu offensichtlich, was dahintersteckte: Ein gedanklicher Muskelkater, die Folge eines unmenschlichen Trainingsprogramms, das zurückschlägt, wenn die Leistung nicht benötigt wird, die es ermöglichen sollte. Man kann nicht von einem Tag auf den anderen einfach aufhören, sondern muß sich wieder ins Flachere hinabarbeiten, auch wenn die Gipfelbesteigung auf einmal abgeblasen wird, auf die man sich so intensiv vorbereitet hat.

Immerhin blieb mir die Erinnerung an Rom. Oder wie zum Hohn. Und hinter den Bildern, die sich mir eingebrannt hatten, krochen andere hervor, von denen sich nicht bestimmen ließ, wo sie aufgenommen worden waren – um mich herum, wenn der Aniene brüllte, bei der Lektüre der zahllosen unverständlichen Artikel in der *Repubblica* oder in meinem Kopfinnern selbst. Ich sah die *Real Box da 1948* im gleißenden Licht von Montesacro wieder vor mir, den Weißhaarigen, der im Fenster mit dem feinverfugten Mosaik einer zertretenen Brille wedelte, während die Assistentin neben ihm vor dem kleinen Fernseher stand und dem Papst zusah, der das Nahen des Heiligen Jahres verkündete. Wo würde ich es erleben – hier, in unserer kleinen Stadt?

Paavo war neuerdings anders frisiert. Er trug sein Haar nun kürzer und ließ sich Koteletten stehen. So thronte er zu später Stunde wie der Walzerkönig vor einem der warm erleuchteten Straßencafés und bekränzte die Nacht mit seinem Lächeln. Als ich ihn sah, erwog ich kurz, mich zu ihm zu setzen. Ihn zu einem Bier einzuladen und über alles mit ihm zu sprechen, der seine Bedeutung kannte, damals, bevor es zur Wortfolge geschrumpft war: wie Ginger unser Leben illuminiert hatte und wir anderen uns auf einmal Tag für Tag und Nacht für Nacht über den Weg liefen und Hans noch bei Granader duschen ging, wenn wir als schwarzer Scherenschnitt durch die Regennächte zogen, weil Ginger urplötzlich in den Wald wollte.

Aber ich machte einen Bogen, bevor er mich sah. Vielleicht hätte er mich auch gar nicht wahrgenommen, wenn ich an ihm vorbeispaziert wäre. Er ging ganz in sich auf. Bevor Paavo sich mit großer Gebärde eine selbstgedrehte Zigarette anzündete, fragte er seine Umgebung feierlich um Erlaubnis.

Seine Lederhose hatte anscheinend ausgedient – vielleicht stand sie inzwischen irgendwo im Museum. Vor einem Berg von Bumerangs.

Er hatte jedenfalls keinen bei sich, als wir uns doch noch einmal beim falschen Spanier versammelten. Den großen runden Tisch bekamen wir nicht mehr, weil ein kleinerer, der wackelte, ausreichend war, wie der Wirt fand. Parkland hatte auch noch einmal zu uns gefunden.

»Diese Gnome«, stellte Paavo fest, mit einer Ruhe, die Gefahr signalisierte. »Ich gebe die Sache auf und werde Gärtner!«

Wie viele Wochen hatte ich Ginger nicht gesehen? Hätte Parkland sie nicht mitbringen können, wenn er schon bei uns vorbeikam, um nachzusehen, was Mayo so lange machte? Wovon er gehindert wurde, endlich nach Schöneberg überzuwechseln, wo Parkland, wie er Mayo nun ultimativ darlegte, noch einmal eine Wohnung an die Hand bekommen hatte, nachdem die erste längst anderweitig vergeben worden war, weil Mayo sich nicht rechtzeitig darum gekümmert hatte.

Derweil spülte der Strom viel Wasser unter den drei Brükken hindurch, die wie große Fibeln beide Hälften unserer Stadt zusammenhalten. Der warme Lichthauch Gingers, der alles vergoldet hatte, lag nicht länger über der Stadt, dem Konsortium und allem, was wir unternahmen. Und es war zwecklos, mit irgend jemandem über irgend etwas davon sprechen zu wollen.

Mochte sich Jarl in Berlin mit seinen Filmideen erfreuen, soviel er wollte, mich ging das nichts mehr an, ich war nicht mehr sein natürlicher Feind, weil ich nicht länger in Gingers Diensten stand, nachdem ich den Gral verschlafen hatte.

Und sonst: Was Jarl und mich verbunden hatte, war in Wirklichkeit die endlose Steppe, das Vakuum dazwischen. Zwischen mir und ihm, dem König von der großen runden Pause.

»Hast du letzthin etwas von Ginger gehört«, erkundigte ich mich mit gespieltem Gleichmut, »sie soll mittlerweile ja auch mehr oder weniger fest in Berlin leben.«

Zu meinem nicht geringen Erstaunen war Parkland gut informiert. Er gab zu erkennen, daß er regelmäßig mit Ginger und Jarl zusammentraf. Und in Kürze werde nun ja auch Jarls Film Premiere haben, er freue sich schon sehr darauf, ihn endlich zu sehen. Alle seien darauf mehr als gespannt.

Alle, dachte ich, was ist denn das?

Mayo stritt sich gerade mit Luis darüber, welches ihrer Vorbilder seinerzeit, lange vor allen Nachahmern, den genialen Einfall gehabt hatte, das Fell der Trommel mit einem Bündel roher Spaghetti zu fegen. Jetzt horchte er allerdings auf. Und auch ich konnte meine Verblüffung nicht verheimlichen: Jarl hatte seinen Streifen wirklich abgedreht und nun auch noch eine Vorführung irgendwo organisiert? Gottlob in Berlin und nicht hier, sonst wäre man am Ende noch gezwungen gewesen, teilzunehmen.

Wir ahnten ja überhaupt nicht, hörte ich Parklands helle Stimme plaudern, was die Fertigstellung eines Films für ein Kraftakt sei und wieviel Arbeit dabei anfalle. Jarl sei die letzten Monate fast nicht aus dem Schneideraum herausgekommen. Er klang triumphierend und nahm dabei einen Ausdruck an, als sei diese Leistung zugleich von ihm selbst vollbracht worden, der doch, soweit bekannt war, gar nichts mit der Sache zu tun gehabt hatte. Es langte wohl, daß Berlin der Schauplatz seiner Arbeit am Film gewesen war, den sie sich teilten, und nicht diese Stadt hier, der er sich nicht mehr zugehörig fühlte und an die er sich offenbar nur noch mühsam erinnern konnte.

Jarl hatte seinen Film gedreht? Wie oft hatte er einem in den Ohren gelegen mit irgendwelchen kruden Gedanken zu Problemen, unter denen man sich nicht das geringste vorstellen konnte. Ihn hatte das nicht gestört, sogar noch angefeuert, wie es schien. Dann war er die langen Gänge seiner Luftschlösser, die er ganz für sich alleine hatte, in aller Ruhe abgeschritten. Und nun war doch etwas dabei herausgekommen. Was wohl, fragte ich mich – ein Film, den man sich mit einer schwarzen Binde vor den Augen ansehen sollte?

Parkland hatte längst das Thema gewechselt, als ich aus meinen Gedanken auftauchte; er redete auf Mayo ein, um ihm den Sinn dafür zu schärfen, daß Träume verderben, wenn sie zu alt sind. Daß sie umschlagen. Ich hatte kein Bedürfnis, mir seine Analysen weiter anzuhören.

Das schwere Wetter machte mich sehr müde. So leise es ging, schloß ich die hohe Eisentür hinter mir, als ich den Hof verließ.

In diesen Tagen herrschte, bevor der violette Himmel sich öffnete und zum Wasserfall wurde, dieselbe nasse Hitze wie kurz darauf schon wieder. Die Pflanzen wurden dabei immer prächtiger. Die Rosen trugen dicke Knospen, die Äpfel und Birnen saugten all die köstlichen Wasser auf, von denen sie später, wenn man hineinbeißt, etwas abgeben.

Vor mir ging ein Türkenknabe und spuckte in scharfer Linie auf die Straße.

Ich spazierte am Strom heimwärts und sah dem Müll zu, der auf dem Weg nach Holland vorüberwippte. Wieder in die Fremde, noch ein Versuch?, dachte ich wenig überrascht, als ich Hans in einem alten Lastwagenreifen sitzend auf den umbrafarbenen Wogen in Richtung Rotterdam tanzen sah. Aber es war nichts als ein Baumstrunk, der sich in dem schwarzen Gummi verfangen hatte. Wie Arme griffen die Wurzeln in den trüben Nachmittag. Wenn man es nicht richtig anstellt, kommt das Gegenteil von dem heraus, was man wollte.

Die Schwalben jagten einander durch die verhangenen Gärten. Bleigrau und schwer lag eine dicke kreisrunde Wolke über dem Karree mit den Bäumen, von denen ich nur die Spitzen sah, wenn ich manchmal doch auf der Suche nach Material für meine Collagen mit der Schere am Tisch saß und Zeitschriften durchblätterte. Jetzt waren es keine medizinischen, sondern technische Magazine; bislang hatte ich nicht einmal geahnt, was alles es da gab. Zeitschriften beträchtlichen Umfangs, die sich eingehend nur mit Lokomotiven, Traktoren, Kränen, kleinen, mittleren oder großen Motorrädern befaßten.

Rund um die Wolke leuchtete ein Kranz von blauem Himmel. Ein leiser Wind schob feindselige, unwahrhaftige Wärme vor sich her. Würde mich das Schicksalsrad noch einmal aufheben, mitnehmen in den Himmel, oder war ich längst auf der Bahn, die mein Leben beschrieb, ganz oben gewesen, und gab es nun nur noch den Abstieg?

Als ich die Zeitung kaufen ging, lag schon die Post im Kasten, was mich erstaunte, denn es war nicht einmal halb vier. Einst kam der Briefträger, hieß es jedenfalls, zweimal am Tag, morgens und nachmittags erneut. Dann hatte man die zweite Tour gestrichen, woraufhin die erste auf den Platz der zweiten rutschte. Jedenfalls bekam ich einen Schreck, weil die Post sich so verfrühte. Dafür war wenig von Interesse dabei. Eine glänzende weiße Einladungskarte – aber nicht von einer Galerie, wie ich vermutet hatte, nicht um eine Ausstellung ging es, wie ich sah, sondern um eine Filmvorführung. Das *Lumina Lichtspieltheater* zeige in einer *Uraufführung* … Der Titel, den Jarl seinem Film gegeben hatte, versprach nichts Gutes: *Brechen.*

Ich würde zur Stelle sein, wenn Jarl unterging. Wann Wunder bevorstehen, weiß nur Gott. Endlich sollte ich Ginevra wiedersehen!

# 30

Thron hatte nicht vor, mit dem Lieferwagen zur Premiere nach Berlin zu fahren, wo an seinen Lautsprechern und Mischpulten diesmal (wie er beleidigt anmerkte) kein Bedarf zu herrschen schien, aber in Paavos Limousine war noch reichlich Platz. Mit Hans, Mayo und Luis im Fond, Paavo am Steuer und mir auf dem Beifahrersitz war der langgestreckte Wagen keineswegs überfüllt. Hinten waren die drei in aufgekratzter Reiselaune. Sie machten Witze und taten, als seien sie überzeugt davon, daß Jarl einen schweren Fehler gemacht hatte, als er auf ihre Mitwirkung verzichtete.

Die Scherze auf der Rückbank wurden mir zuviel. Ich fühlte mich nicht gut. In der Nacht hatte ich unruhig geschlafen und beim Frühstück dann kaum etwas hinunterbekommen. Ich langte nach dem Mineralwasser und schluckte zwei Pillen gegen die Übelkeit.

Bei mir bewirkten längere Autofahrten ohnehin nicht diese Lust zu forcierter Albernheit, die Hans, Mayo und Luis teilten. Ich dachte daran, was uns wohl erwarten mochte.

Ginger – ich stellte mir Ginger vor, die sich seit langem so rar machte. Nun fuhren wir zu ihr. Zu Ginger und Jarl. Jarls Filmvorführung. Gingers Mann. Ginger.

Ich war es nicht wert, an sie zu denken, sprang es von hinten gegen meine Augäpfel.

Wir passierten den reglos dem Wind trotzenden Propellerwald bei Magdeburg, und Luis ließ seinen Kassettenrecorder aufkreischen, weil Paavo nicht einmal die Kürzestfassung seines Lieds vom Hirtenjungen vortrug (am Steuer niemals, wie er vor langer Zeit pathetisch klargestellt hatte) und sich aus seinen eigenen Gründen, die er nicht verriet, an der Unterhaltung ebenfalls nicht beteiligte, sondern eine Miene zeigte, die deutlich machte, daß er genug damit zu tun hatte, den Wagen zu lenken.

Das Kino lag an der verschlafenen Einkaufsstraße in einem der dörflichen Wohnbezirke Berlins. *Lumina Lichtspieltheater* stand in Leuchtschrift über dem wurlitzerorgelhaften Eingang. Auch wenn ich noch nie dort gewesen war, kam es mir bekannt vor. Überall hatte es Kinos wie dieses gegeben. Noch vor einem Vierteljahrhundert war Leben in ihnen gewesen. Nun dösten sie vor sich hin und fristeten ihr Dasein bestenfalls als subventionierte Filmclubs, in denen all diese Veranstaltungen wie jene möglich waren, zu der wir anreisten.

Paavo suchte einen Parkplatz für den langen Wagen und fand ihn in einer Seitenstraße. Die anderen gingen albernd voraus, ich folgte in mich gekehrt. Ginevra, mein Gott – ich würde Ginevra sehen.

Wir kamen nicht zu früh. Zu spät war es auch noch nicht. Vor dem Kino hatte sich schon einiges an Publikum eingefunden. Zur »Uraufführung«, wie es pompös auf der Karte stand und hier nun in roter Schrift über dem Eingang prangte. War nicht alles, was wir zeigten, frisch? Jede Ausstellung neu und jeder Auftritt eine Uraufführung? Nur blies sich keiner auf damit. Und wenn Luis oder Hans Vorbilder plünderten, kam dabei doch auch etwas Unverwechselbares heraus. Mein Herz trommelte erregt, und ich nahm unauffällig etwas Medizin.

In einem Pulk von mir nicht bekannten Menschen sah ich sie endlich: Ginger. Neben ihr lachend Jarl. Ich machte mich bemerkbar. Jarl winkte mir zu, und Ginger rief etwas wie Hallo, bevor sie sich wieder den anderen zuwandte, mit denen sie zusammenstand. Sie ließ sich nicht anmerken, was in ihr vorging in diesem Augenblick. Ich hielt vorerst Abstand.

Es waren jetzt doch eine ganze Menge Menschen zusammengekommen. Die Gesichter sagten mir nichts. Parkland wand sich wie ein dicker Aal zwischen den Wartenden hindurch, den Fotoapparat vor der Nase. Hans, Mayo und Luis standen rauchend mit Paavo zusammen. Auch sie schienen außer Ginger, Jarl und Parkland niemanden zu kennen. Hans ließ seine Blicke wie ein Radargerät kreisen, er stand steif und um würdige Haltung bemüht da wie ein alter Hase unter dem Glassturz, darauf eingestellt, daß sich jeden Augenblick jemand, der weiß, was läuft, an ihn wenden konnte. Nach etwa einer halben Stunde, vielleicht dauerte es auch länger, taten sich die breiten Glastüren auf, und der ganze Haufen der Wartenden schob sich durch sie hinein ins *Lumina*. Mittendrin irgendwo Ginger. Jarl und sie nahmen ganz vorne Platz.

Ich setzte mich weiter hinten hin, abseits, zwischen Fremde. Noch glommen schwache Lichter aus den gefältelten Stoffbahnen an den Wänden und unterhalb des Vorhangs, der die Leinwand verbarg. Anders als in Kinos üblich, kam die Musik eher verhalten aus den Lautsprechern. Jazz. Er schien hauptsächlich aus jenen Tönen zu bestehen, die von virtuos auf der Klaviatur herumstolpernden Fingern übersprungen wurden.

Da es sich um eine Sondervorstellung handelte, gab es weder Reklame noch ein Vorprogramm. Die Musik verstummte einfach, die Lichter sanken in sich zusammen wie abgestellte Springbrunnen, und gleichzeitig öffnete sich der Vorhang. Und als sich die weiße Schrift *Brechen* über die schwarze Leinwand zog, verebbten endlich auch die letzten Unterhaltungen.

Aus dem Dunkel vor mir stiegen nach und nach die Umrisse eines Zimmers auf. Das dauerte. Dann verschwand das Bild wieder ganz, bevor es sich neu aufbaute. Ein sehr ruhiges Tempo bestimmte die Szene, in der sich nichts tat. Trotzdem war klar, daß es sich nicht um ein Standbild handelte. Zeit verging auf dem Bild, und irgendwann bewegte sich leise ein Bogen Papier im Luftzug, der durch die offene Balkontür strich. Auf der Straße pulsierte das Leben durch die Unsichtbarkeit, wie zu hören war, Autos, Fußgänger, Busse.

»Was aber, wenn vor dem Nachher eine Lücke klafft, wo das Nichts ist, wo es nicht weitergeht, einfach aufhört, bevor das Nachher wieder anfängt?« sagte eine Stimme, ohne daß man den gesehen hätte, der da sprach.

Gehörte sie zu dem über einen Tisch gebeugten Mann, dessen Schatten auf der Wand sich regte? Er schrieb oder zeichnete, das war aus dieser Perspektive nicht zu erkennen. Es geschah nicht viel, eigentlich gar nichts. Nichts Sichtbares. Anscheinend krabbelte eine Maus irgendwo durchs Gebälk, was zu hören, aber nicht zu sehen war, und wenn der Stift des Mannes übers Papier fuhr, schabte die Mine vernehmlich.

Nach und nach nahm ich das ganze Spinnennetz der Geräusche wahr, das sich über das Bild des Zimmers mit dem Fenster und dem Schatten des Mannes auf der Wand spannte. Das Bild sank in sich zusammen, und es blieb der Herzschlag des Mannes übrig. Oder war es mein eigener? Mit einem Mal rannte ein Junge über einen leuchtenden Strand, wieselgleich zwischen den Sonnenbadenden hindurch. Schwer troff dabei das Wasser aus seiner bis zur Brust reichenden Badehose und zeichnete dunkle Muster in den Sand unter seinen Schritten, mit denen der Junge zu entkommen suchte. Tausende Stimmen brauten sich zu einem unentwirrbaren und bedrohlichen Gemisch zusammen. Der Himmel formte unter sich einen widerhallenden Raum. Ein Gefängnis. Der Kerker in ihm, dem Schatten an der Wand, dem Jungen, der er gewesen war. Die Sonne schien das Bild wegzuglühen. Dann tauchte, auf einem Feldweg gehend, ein alter Mann auf, über sich eine endlose Weite, aus der dieselbe Sonne zwischen Wolkenmassiven herabbrannte und ihre schmiedeeisern schwarzen Schatten auf die Felder warf. Der Mann ging einige Schritte, dann blieb er stehen, immer wieder, um mit einem Zweig, den er in der Hand hielt, ein Muster in den Weg zu zeichnen: die Kringel im Sand unter der Badehose des Jungen.

Der Klappsessel, auf dem ich saß, war weich und so warm, daß ich mich fühlte wie auf einem Heizkissen. Ich hielt die Hände vor den Bauch. Mir war wohl.

Wir alle taten doch nichts anderes als Material zu formen, das mehr oder weniger unverwechselbar und unser Eigentum war. Und nun?- als ob Jarls Film eine bleischwere, viel zu enge Rüstung aufgebrochen hätte, in die meine Brust eingeschmiedet gewesen war. Und ich merkte, was das hieß, atmen, aufatmen – frei durchatmen.

Als hätte ich in der Geschichte meines Lebens jeweils nur die Vorderseite der Blätter gelesen. Dann auf einmal, in der Dunkelheit des *Lumina Lichtspieltheaters*, war ich mit aufgerissenen Augen den Rückseiten gefolgt. Der Film zeigte mir, wie man die Zwischenräume im Speichenwerk des Rads ausloten kann, das einen hinauf- und hinabträgt, dessen äußerer Kranz aber nicht alles ist.

Hans neigte sich nach der Vorstellung zu Ginger: »Wer dächte, wir schliefen, den lehrte ich, wir wachen.« Und Mayo lachte erlöst vor sich hin, froh, das überstanden zu haben, wieder im Freien zu sein und zu rauchen. Über der Spitze seiner Zigarette tanzte aufsteigender Rauch in zwei Strängen mit sich selbst. Die meisten Besucher der Premiere, viele davon mit einem Glas in der Hand, standen nun vor dem *Lumina* in der warmen Abendluft.

Paavo demonstrierte einer dünnen jungen Frau, wie der Bumerang zu greifen ist, den man werfen will, indem er ihren Arm nahm und führte. Ginger unterhielt sich noch immer mit Mayo, Hans und Luis. Aber nachdem ich zunächst geglaubt hatte, niemanden zu kennen außer denen, mit denen ich gekommen war, hatte ich inzwischen Bremer wahrgenommen, der mit anderen, die ich nicht einzuordnen wußte, ins Gespräch vertieft war, und ich ging hinüber, um ihn zu begrüßen. Vorstellungsanstrengungen vermeidend, löste er sich selber und schien sich zu freuen, als er mich auf sich zukommen sah. Ich fragte ihn, ob er zufällig auf die Premiere geraten sei oder wie es sich erkläre, daß wir uns dort begegneten. Er sah mich amüsiert an. Immerhin sei er doch Berliner. Worauf denn mein Aufenthalt in der Stadt zurückgehe. Oder ob ich den langen Weg eigens um der Vorführung willen auf mich genommen hätte. Sei ich mit jemandem befreundet, der an dem Film mitgearbeitet hatte?

Es stellte sich heraus, daß Bremer mit Ginger und Jarl gut bekannt war. Bremer begann unvermittelt von Ginger zu schwärmen, als ob er einem Fremden die Augen über sic zu öffnen hätte. Wie sehr es mich störte, aus seinem Mund Urteile über Ginger zu hören, zeigte ich ihm nicht.

»Sie versteht, worum es beim Bildermachen geht«, klärte er mich auf. »So haben wir uns auch vor ein paar Monaten kennengelernt: Jarl und sie erschienen zur Eröffnung einer Ausstellung mit Zeichnungen von mir.«

Ginger stellte sich zu uns. Erst jetzt nahm sie mich offenbar zur Kenntnis. Jarl freue sich sehr über mein Kommen und so weiter, sie wirkte irgendwie steif auf mich. Mir steckte die Erlösung durch den Film noch in den Knochen, aber Ginger fand mich wohl reserviert und hielt sich ebenfalls zurück.

Bremer gegenüber machte sie weniger Umstände. Der trat Einzelheiten breit, als ob er vom Fach wäre, schwärmte vom magischen Realismus, mit dem Jarl Ton und Bild aufeinander bezog. Er möge das doch auch mit Jarl selber besprechen, den seine Eindrücke selbstverständlich interessieren würden, meinte Ginger prätentiös. Die Schnitte, ließ Bremer sich nun erst recht nicht bremsen, schwatzte etwas von spezieller Montagetechnik, benutzte englische Fachausdrücke und ich weiß nicht, was noch alles.

Mich fragte Ginger nicht einmal, wie ich über die ganze Sache dachte. Sie war ganz auf Bremers Gerede konzentriert, der jetzt auch eine Brücke zu Gingers Kästen schlug. Was ihnen soviel Kraft gebe?, dozierte er in Frageform. Er glaube, es handele sich um dasselbe, das auch in der Geschichte vom Fliegenden Robert mit ihren drei Bildern dafür sorge, daß man schwören wollte, es seien zehnmal so viele.

Und so weiter. Sie unterhielt sich bestens mit Bremer und ließ ihn wissen, Berlin sei für sie übrigens kein einfaches Pflaster. So in seine Richtung gewandt, daß ich Mühe hatte, sie zu verstehen. Es fehle etwas in der Stadt. Ein Mangel, der von dem Lavastrom des Lebens ... Palaver, Palaver, Palaver.

Irgendwann sah sie doch einmal mich an. Ob sie dachte, ich hätte auch etwas gesagt? Und dann fragte sie nach Sebastian. Die ganze Zeit, die sie in Berlin war, habe er nicht angerufen, meinte sie. Als ich schlucken wollte, klebte die Kehle zusammen, und widerwärtig metallischer Geschmack breitete sich aus. Sebastian hatte sie also ihre Telefonnummer gegeben.

Die anderen, Luis, Mayo, Hans und Paavo, waren gehobener Stimmung, als wir am nächsten Tag zurückfuhren. Für die Nacht waren wir in einer der Berliner Pensionen untergekommen, die noch etwas anzufangen wissen mit den ausladenden, finsteren Etagenwohnungen der alten Prunkkästen Charlottenburgs. Zunächst hatten wir es in Pola Negris altem Domizil versucht, das ausgebucht war. Jarl jedoch kannte ein schönes kleines Hotel in der Nähe seiner Wohnung, das vornehmlich Gäste aufsuchten, die mit Filmen, Bildern oder Büchern zu tun hatten, was dafür sorgte, daß es dort weniger bourgeois oder bunt-touristisch zuging.

Den anderen hatte das alles einfach nur Spaß gemacht. Nach der Premiere von Jarls Film, über den sie längst kein Wort mehr verloren, hatten wir mit vielen anderen von denen, die ich nicht kannte, eine Wirtschaft aufgesucht, in einem bogenförmigen Gewölbe aus Backsteinen unter der S-Bahn. Nebenan befand sich ein Boxstall, aus dem das Stakkato von Schlägen drang, die einen Punchingball nicht zur Ruhe kommen ließen, als wir daran vorbeikamen.

Das Lokal tat so, als pflege es mit Aufwand die örtliche kulinarische Tradition. Das bedeutete aber nur, außer Bouletten gab es auch Eisbein und Leber mit Äpfeln.

Nach einiger Zeit war auch Jarl mit Ginger eingetroffen, frischen Wind hinter sich herziehend, den sogleich der dichte Geruch nach angebrannten Zwiebeln und Bier kassierte. Sie gingen an mir vorbei und setzten sich an einen anderen Tisch, dort, wo lauter Fremde saßen, vielleicht gehörten sie zu Jarls Filmteam, und wo sich auch Bremer niedergelassen hatte.

Ich sah Ginger aus der Entfernung an. Sie hatte sich verändert – stärker, als es normalerweise in einigen Wochen geschieht. Ihre Schönheit war wie von einer Kristallschale umgeben. Sie strahlte, aber ich spürte nichts mehr von der Wärme, die mich aufgeheizt hatte, wenn ich nur etwas davon aufschnappte.

Jarl wirkte etwas müde und zufrieden, daß die Sache hinter ihm lag. Er machte auch keine pointenlosen Witze, sondern hörte die meiste Zeit zu. Bremer hatte offensichtlich einiges zu erzählen.

Ich saß bei Parkland, Luis, Paavo und Lotte, einer schon recht animierten Floristin aus Köpenick, die an die Stelle der abgesprungenen Dünnen getreten war. Ein Gebräu aus Klängen umspülte mich, ferne Stimmen und all das andere, das sich zum Krach zusammentat – so ineinander verschlungen, daß keine Einzelheiten ausgemacht werden konnten, weil es verwoben war zu einem einzigen abstrakten Geräuschteppich.

Auch Paavo und Lotte sprachen gleichzeitig aufeinander ein. Lotte erregte sich über das gewohnt rüde Vorgehen der Polizei gegen die Traditions-Unruhen zum 1. Mai, während Paavo ihr schwärmerisch das Licht später Juninächte in Finnland ausmalte, in denen ausreichend Branntwein vorhanden sei.

»Die haben wahllos auf alles eingeprügelt«, empörte sich Lotte und war kaum zu verstehen in der Lärmsuppe. Gleichzeitig meinte Paavo, »es ist unglaublich, weißt du, auf alles wird Steuer erhoben!« und weil die Wörter »auf alles« von beiden zufälligerweise genau gleichzeitig gesprochen wurden wie ein minimalistischer Sprechchor, leuchteten sie kurz auf. Geradezu poliert ragten sie mit klarer Kontur aus dem übrigen Brei der Töne.

Ich ermüdete trotzdem recht bald, verabschiedete mich von Jarl, Ginger und Bremer und ging zum Hotel.

Die anderen hatten länger gezecht, und Paavo war dann auch noch zum Zug gekommen bei der Floristin, die am nächsten Morgen mit uns gefrühstückt hatte und dabei keine besondere Eile an den Tag legte, »weil heute keine Blumen gegossen werden«.

Wir waren gegen Mittag aufgebrochen und im Ruhrgebiet in den Berufsverkehr geraten, was die Fahrt um mehrere Stunden verlängerte. Aber um halb zehn saß ich auf dem Altan in der Abendluft, die viel weicher wirkte als je zuvor. Das rote Lämpchen auf dem Telefon blinkte unablässig, zum Zeichen, daß jemand eine Mitteilung auf dem Band hinterlassen hatte, aber wann ich sie abhörte, bestimmte immer noch ich.

# 31

Der Strom gibt einem in jeder Minute das Rätsel auf, woher er all das Wasser nimmt, das er durch unsere Stadt spült – mit einer Macht und Gewalt, die alles, Häuser, Laternen und den Rest, einfach aus dem Weg räumen wird wie Spielzeug, falls ihm danach ist.

Wenn ich über die Brücke ging und hinabsah auf seinen prallgefüllten, schuppig glänzenden Leib, wunderte ich mich über die Kühnheit, mit der wir unser Leben hier als Gäste in der Drachenhöhle verbrachten. Wen hätte es überrascht, an der nächsten Ecke einem Bären zu begegnen, oder einem Löwen, der über den Marktplatz tapst und einen einfach auffrißt, falls es ihm langweilig wird in unserem kleinen Nest.

Je weiter man sich von dem Wasser und seinem unheimlichen Wesen entfernte, desto harmloser erschien einem das Idyll; von dem man sich keine falsche Vorstellung machen sollte, denn gerade dort sind jene anzutreffen, die wissen, was Härte heißt, und dafür keine finsteren, kruden Kulissen brauchen, wie weiche Herzen sie suchen, um Halt zu finden.

Zur Beruhigung – man benötigt nämlich gute Nerven und eine ruhige Hand in einer verzauberten Landschaft wie unserer – stieg ich von Zeit zu Zeit aus dem Tal in den waldigen Höhenzug. Aber das Märchen läßt einen nicht einfach entweichen. Urweltlich mammuthafte Baumwurzeln verflochten sich zu Wänden, die den Pfad zum Korridor in einem verwunschenen Schloß machten. Tatsächlich ging von ihm ein kaum meterhohes Türchen ab, in das ein Datum aus Grimmschen Zeiten ins Holz geschnitzt war, durch das die Zwerge des Waldes aus dem Erdreich huschen.

Von oben dann zeigt sich der Strom nicht mehr in all seiner schlummernden Unberechenbarkeit, vielmehr in sein Tal gekrümmt wie der Wassergraben, der die Burg schützt.

Als Janka das nächste Mal anrief, lief im Hintergrund wieder eine Platte. Auch noch Tschaikowsky. Am Vorabend hatte in ihrer Villa ein Konzert stattgefunden. Aufstrebende Jungvirtuosen am Beginn ihrer Karriere düsten um die Welt, wahrscheinlich damit Leute wie Janka sie vor ihre Klaviere schleiften und für ihre Gäste aufspielen ließen. Und nach dem Konzert servierte das Gärtnerehepaar dann gegrillte Sardinen und Feigeneis, während hinten auf der Vasco-da-Gama-Brücke gegenläufige Girlanden roter und weißer Lampen über den Tejo zogen. Ich konnte mir das alles bestens vorstellen, weil Janka es mit ermüdender Begeisterung oft genug in allen Einzelheiten ausgemalt hatte.

Wie ich mit Joaquim de Guerra Gomes verblieben war, wollte sie wissen. Der abstumpfende Hauch von Rührung auf meinem Denken, als sie den Galeristen erstmals erwähnt hatte, war gleich darauf verflogen. Was dann übrig blieb, war einfach Wut. Zu meiner eigenen Verwunderung schien ich aber immer noch nicht über die Mittel zu verfügen, ihr unmißverständlich zu erklären, was mich ärgerte, weshalb ich ihn nicht angerufen hatte und auch nicht daran dachte, es jemals zu tun. Merkte sie denn nicht selber, wie wenig sie von alledem verstand, worum es für mich ging? Früher schon nicht, und jetzt, ein paar tausend Kilometer entfernt unter ihren Eukalyptusbäumen, schon gar nicht.

Aber ich hielt mich aus irgendeinem Grund doch wieder zurück, auch wenn ich wußte, nur der Holzhammer würde Wirkung erzielen. Und deshalb verstand sie dann wieder nicht, wovon ich mit der größten Vorsicht, sie ja nicht zu verletzen, sprach. Aber dann stellte ich überrascht fest, daß sie durchaus mitbekommen hatte, worauf ich hinauswollte – ich hatte einfach genug von alledem.

»Dann geht es dir ja wirklich sehr gut«, sagte sie nach kurzer Stille knapp, »jetzt. Hoffentlich bleibt es immer so.«

Warum sie nun plötzlich begriff, daß es nichts mehr gab, das wir uns teilen konnten, war mir aus dem Verlauf des Gesprächs nicht klargeworden. Wenn ich auch genau das gewollt hatte, erschrak ich doch, als es nun eintrat. Sie legte ohne ein weiteres Wort den Hörer auf.

Von da an kamen auch keine Anrufe mehr. Ihre letzten an mich gerichteten Worte stiegen gelegentlich noch in mir hoch wie Sumpfgas, als wolle es noch etwas. Aber es verflog sofort, ging in der Luft auf. Der Wind nahm es mit. Jetzt geht es dir gut, hatte sie gesagt. Wie wollte sie das wissen? Und was meinte sie mit dem Wort jetzt? Jeder hat sein eigenes Jetzt. Es gibt keine Gegenwart, die man sich automatisch teilt, sondern nur eine Orgel, auf deren tausend Pfeifen gleichzeitig unterschiedliche Töne gespielt werden. Niemand hört alle, manche hört niemand. Aber es sind Töne.

Und dieses Immer, was meinte sie damit? Immer anders als eben? Genauso, wie es nie gewesen ist? Kein Immer ist wie das andere. Jenes etwa in den Kinosesseln des *Lumina*, das noch immer dazu diente, sich Filme anzusehen, lag verbindungslos neben dem millionenfach in der Sekunde Sicherneuernden, das sich durch unsere Stadt zum Meer wälzte, immerfort.

Mache ich strikt das, was ich will und was nur ich machen kann, fragte ich mich, als ich mich erleichtert wieder durch die Straßen der Stadt bewegte. Andere kann man vielleicht hinters Licht führen, aber nicht sich selber. Und einzig die Entwicklung des Eigenen, Individuellen lohnt den Einsatz eines ganzen Lebens – den Verzicht auf all die Gemütlichkeit einer bürgerlichen Existenz, die darauf aus ist, daß es immer so weitergeht und alles an seinen rechten Platz kommt.

Auf einer krummen, abgenutzten Hartfaserplatte, die mit Draht an einem Zaun befestigt war, kündigte ein Zirkus sein Gastspiel an. Trotz bescheidener Größe stand die Plakattafel für wunderbarste Attraktionen von Weltrang ein.

Daneben hatte ein übriggebliebener Punk sein schwarz in alle Richtungen abstehendes Haar in einen Papierkorb versenkt, wo er nach etwas Eßbarem zu suchen schien. Er war wahrscheinlich so alt wie ich, und ich wunderte mich, wie man es auf diese Weise soweit schaffte. Auch er ein Immer. Schon immer gehörte er zum Stadtbild, so wie alle, die wir uns hier über den Weg liefen. Vielleicht noch ein bißchen mehr, wenn man bedachte, daß er grau war wie die Steine, zwischen denen er sich zum Schlafen einrollte. Die Steine, aus denen die Stadt gebaut worden war, die seit tausend oder zweitausend Jahren den Strom wie ein kaltes Schwert in der Brust spürt, das sie durchbohrt. Diese eisige Klinge, die da ist wie nichts anderes, obwohl oder weil man den Strom nicht aufhalten kann.

Zu Hause riß ich die Fenster auf; im Kühlschrank fand sich gerade noch ein Bier. Damit setzte ich mich in den Liegestuhl, stand aber sofort wieder auf, um die vom warmen Wind seit dem Morgen bereits wieder vollständig ausgedörrten Töpfe zu wässern und dann, als ich endlich das Glas in der Hand hielt, einen Schluck kostete, jedes einzelne Blatt auf den Grad seiner Vertrocknung hin zu untersuchen. Vielleicht war der Zeppelin schuld, der sich oben durch die Wolken sägte. Zwischen den Rosen lag auf seinem eigenen, mit einem gut gefüllten Kissen ausgestatteten Stuhl der Kater. Sein gebogener Rücken bezeugte in meine Richtung Reserve.

Ich dachte an meine Bilder, die wieder eingepackt auf dem Dachboden lagerten, und kam mir vor, als stünde ich noch immer oben auf dem Berg, mit dem Blick ins Tal, wo alles so friedlich aussah und der Strom wie ein Graben die Wasserburg umgab. Die Burg. Dort im Verlies saß der, der die Bilder gemacht hatte. Ich. Unerreichbar. Man kann nicht hinter das zurück, was man erlebt und erkannt hat, oder nur um den Preis der Selbstaufgabe.

Seit eh und je war es mir nur um einen einzigen Ausdruck gegangen, einen Ton, und mochte es ein Piepser sein: wenn er meiner war. Gut und schön. Nur gibt es keine einzelnen Töne. Und worauf es ankommt, das entsteht dadurch, was wie zusammenkommt. Rapporte. Ausdruck und Eindruck bilden auch einen. Soviel hatte ich inzwischen verstanden.

Ich war müde. Meine früheren Absichten, was ich mit all diesen Bemühungen von langen Jahren gewollt haben mochte, war wie ein Mäuschen in irgendein Loch geflitzt, abgetaucht die räudige Verliesratte, um dort versteckt zu bleiben, bis das Licht dieser Erkenntnisse wieder ausging.

Ich hoffte, daß sie dann noch einmal herauskam. Zugleich wußte ich, daß eben dies nicht eintreten durfte.

Als es soweit gewesen wäre, war es zu spät, unser Stammlokal zu wechseln. Es blieb beim falschen Spanier, wenn wir uns ab und zu in kleiner Runde trafen. Dann kannten wir unsere Namen fast nicht mehr. Hans, das ging einem nur noch schwer über die Lippen. Und Mayo war in Berlin.

Paavo war direkt vom Vorstellungsgespräch bei einem neuen Weinhändler gekommen. Nachdem er hurtig verschiedene Weizenbiere zu sich genommen hatte, kreisten doch wieder Bumerangs über unseren Köpfen, die er mit dem Teppichmesser aus der Speisekarte säbelte, man bekam es kaum mit, so fix war er. Sie flogen auch nicht schlechter als die intarsierten Flugmöbel, von denen er abgelassen hatte.

Mayos Höhle wurde schnell neu vermietet. Unter die Treppe hinauf zur Galerie hatten irgendwelche Leute ein

Sofa gestellt, und von den Eisenverstrebungen baumelte ein Strick, an dem ein Lastwagenreifen schaukelte. Das Konsortium mutierte in eines jener tristen Hinterhofbiotope mit Schrebergartenglanz und Autoreparaturen.

Ginger und Jarl waren aus Berlin zurückgekehrt, aber nur, weil Ginger ihre Loge im Konsortium ebenfalls räumen wollte. Ob sie und Jarl ganz nach Berlin umziehen würden, stand noch nicht fest.

Das Konsortium lag ruhig unter schwarzvioletten Gewitterwolken, die dafür sorgten, daß schon am Nachmittag die Lampen brannten, obwohl die Tage in dieser Jahreszeit kaum enden wollten.

Als ich durchs Tor kam, fiel mein Blick auf Mayos zugesperrte Eisentür auf der anderen Seite des Hofs. Nirgendwo ein Laut. Kaum jemand schien sich im Konsortium aufzuhalten, nichts deutete darauf hin, daß irgendwo gearbeitet wurde. Nur oben konnte man noch jemanden ahnen, vielleicht den Bildhauer, der, seit er malte, auf einen Sandsack einprügelte, um seine Kraft loszuwerden. Aber das konnte er ja auch nicht die ganze Zeit über tun. Ein Radio war leise zu hören. Ich stellte ihn mir vor, auf ein Sofa ausgestreckt, gebannt dem papiertrockenen Klang der Sportübertragung hingegeben.

Ginger hatte mich vielleicht gar nicht bemerkt. Jedenfalls ließ sie sich nicht stören und ging weiter ihrer Aufräumarbeit nach. Ihre Bewegungen waren genau, nicht schnell, aber sehr konzentriert. Auch sie wußte, wie Jarl, was sie tat.

Ich nicht. Wenigstens hatte ich begriffen, daß es so war, aber nicht so bleiben konnte. Und wie mich diese Erkenntnis isolierte. So, wie ich es bei dem Doppelgänger gesehen hatte, der mir eines Tages im Kaufhaus entgegengekommen war, einfach radikal nicht dazugehörend zu der Welt, die die anderen sich teilen.

Unsicher, ob es sich machen lassen würde, bat ich den persischen Optiker, die Gläser meiner Brille auszutauschen und eine Sonnenbrille daraus zu machen. Nach der Umarbeitung strahlte das Horn frischer denn je, der Meister hatte sie aufpoliert, wollte aber kein Geld dafür. Ihm mache seine Arbeit einfach mehr Spaß, wenn es den Leuten, für die er arbeitete, nicht egal war, was dabei herauskomme. Sah man genau hin, konnte man einen winzigen matten Rand erkennen, den er stehengelassen hatte, um beim Polieren nicht an das Metall der kleinen Schwingen in den Ecken zu geraten.

Wie viele hatte ich getroffen, denen Kraft und Herz fehlten, sich aus ihrem Dasein etwas zu machen. Und dafür ließen sie dann alle anderen büßen.

Es war jetzt anders mit Luis, Hans, Sebastian, Paavo, und wer immer noch dabei sein mochte. Wir konnten nicht länger so tun, als kennten wir uns. Sie verstanden kein Wort von dem, was ich sagte, und ich wußte nicht, was sie eigentlich wollten. Dabei gaben sich alle Mühe, jeder auf seine Art. Vielleicht mehr Mühe als ehedem, wenn wir unser Zusammensein gefeiert hatten, ohne es mit Jammern zu verderben, weil wir das meiste von uns gar nicht zeigen konnten.

Wie hatten wir eine Zeitlang soviel voneinander haben können, obwohl wir in allem nicht nur unterschiedlich, sondern konträr waren? Luis, der seine Melancholie unter einem Panzer aus Albernheit verbarg und glaubte, nichts ernst nehmen zu dürfen, weil er in seiner Arbeit nichts fand, was ihm Respekt eingeflößt hätte. Paavo, dem es um nichts ging, als das Banner prachtvoller Gesten vor sich wehen zu sehen, mit dem er zum Turnier ritt, das nie begann. Hans mit seiner rauschhaften Absage an alles inklusive der Wirklichkeit.

Der geheimnisvolle Sinn war verflogen. Ginger lieh uns nicht mehr ihren Zauber. Wir vermißten das Halbdunkel in Mayos Höhle, und das Hüsteln seiner Ratte blieb aus. Von Mayo hatten wir lange nichts gehört. Weiß jemand, was mit Mayo ist? Vielleicht Luis? Niemand.

Und dann strömten wir in die Nacht, zogen als Perlen auf unser brüchiges schwarzes Band, das nichts mehr hielt, ein paar Lokale. Manchmal, wenn sie gerade hier war, tauchte spät noch Ginger in dem fetten Qualm auf. Sie wußte, was man geben muß, um nicht mehr zu spüren, ob man gibt oder nimmt. Für mich war nichts mehr bestimmt von dem, was sie verschenkte. Meine trockene Kehle arbeitete, aber was ich schlucken wollte, klebte den Schlund zusammen. Ich bekam es nicht herunter. Die Erinnerung verdünnte sich trotzdem langsam wie Tinte, die man ins Wasser schüttet – der Schatten meiner Sinnlosigkeit.

Solches Wetter macht die Fische kirre und gierig. Nachdem es in den letzten Tagen häufiger geregnet hatte, schwoll auch der Strom an, und die Mücken tanzten darüber wie betrunken. Aber dann fiel mir ein, daß der Herd kaputt war, und ich hatte keine Lust, meine Beute wieder ins Wasser zurückzuwerfen, wie es im Angelunterricht propagiert wurde. Oder zu verschenken.

Dann saß ich wieder auf dem Altan herum und versuchte in mein Skizzenbuch zu zeichnen, was ich sah. Oder woran ich mich erinnerte. Die Drähte, mit denen die Zirkusplakate befestigt waren und die sich wie Zeichen einer geheimen Schrift in die Luft krümmten. Mein Aquarellkasten enthielt sechs Farben. Nur das Unabdingbare ist erlaubt, und die erzieherische Strenge meines Prinzips wirkte erfrischend.

Der Charakter meiner Bildvorstellungen hatte sich verändert in den letzten Monaten. Außerdem wollte ich nie mehr erleben müssen, daß die Zeugnisse meines Kampfs durch die Hände eines geölten Verkäufers gingen, um an der schöngeistigen Wand eines gemütlich-ironischen Bürgers zu landen.

Alles war besser als das. Lieber die Schönheit riskieren als das. Nur so ließ sich für mich überhaupt noch Schönheit erreichen. Durch strikte Wahrhaftigkeit ohne irgendeinen Kompromiß mit Konventionen aller Art, und mochten es die kultiviertesten oder die wüstesten, die bravsten oder die obszönsten sein. Nichts davon, gar nichts davon wollte ich wissen, und was dann übrigblieb, mußte reichen.

Einer Meute junger Hunde gleich fegten die Mauersegler durch die Gärten unter meinem Balkon, der keiner war. Man konnte auf ihm sitzen wie auf einem Balkon, aber auch wenn ich nichts davon halte, mit Fachbegriffen um sich zu werfen, sofern man nicht vom Fach ist, es war eben ein Altan.

# 32

Die Atmosphäre war dick und naß, mit erstem Donner kündete sich das Gewitter an. Über mir sah ich meine Angel durch die Luft peitschen. Bis auf das, was sich im Himmel aufbaute, herrschte unheimliche Stille, das konvulsivische Getöse setzte immer neue gewaltige Ausrufezeichen hinter diese Ruhe.

Schwarz lag der See vor mir zwischen den Bergen, unmöglich, ihn zu verstehen: Wie mochte es in ihm aussehen, unten, in seiner Tiefe?

Zwanzig Meter rechts von mir mündete ein Bach ein; dort ließ ich nun meine Fliege aufs Wasser. *The Francis.*

Ein Ruck durchfuhr mich. Eine kapitale Seeforelle. Die Entfernung machte das erst recht deutlich. Wie ein Rohr, durch das man sieht, schälte der Abstand sie geradezu aus ihrer geheimen Welt, und nun war sie in meiner. Welch aufbegehrende Lust! Saturnisch sprang sie in hohen Sätzen durchs Zwielicht, um den Haken, die Leine, den Zwang abzuschütteln, genießend, daß es niemals gelingen konnte. Und ich gab Schnur nach, als ob es doch ginge, und damit sie im Kampf auf Leben und Tod nicht riß. Dann holte ich die Forelle kurbelnd näher, Stück um Stück ihren Widerstand brechend. Aber sie gab die Wonne nicht auf. Immer wieder wirbelte ihr athletischer Leib metallisch aus dem Wasser, und dann fühlte ich mich eins mit ihr, schoß auch ich in ihrer Gestalt zum Himmel, nur noch Kraft und Lust, und meiner war auch ihr Wille. Ginger, dachte ich, und die Blitze waren jetzt nicht mehr weit von den Donnerschlägen entfernt.

Seit langem hatte kein Tag für mich mit solchem Wohlgefühl begonnen wie nach diesem Traum. Ich spannte morgens Leinwand auf kleine Keilrahmen und setzte mich an den Tisch damit. Während die Grundierung anzog, schaute ich durch mein Fenster, von dessen Holzrahmen der weiße Anstrich bröckelte, und rauchte eine Zigarre. Es war noch reichlich Lack von der Balkontür übrig, den konnte ich gelegentlich dafür verbrauchen. Der Kater hatte um Einlaß gebeten und verfolgte von seinem Sessel herab mit nervöser Nase witternd, wie sich die Leinwände spannten und dabei einen pappigen Fasergeruch absonderten.

An den Vorbereitungen änderte sich nichts, gleich, was ich mit den präparierten Malgründen dann weiter anstellte. Diese Nebenarbeiten waren nicht sehr aufregend. Aber sie taten mir gut – all das, was nötig ist, dazugehört, aber nicht die Hauptsache bildet. Das Gleichmaß, das sie verstrahlen, wenn man es richtig macht, die andere, schlichtere Art der Aufmerksamkeit, die man ihnen zukommen läßt. Darin lag Ordnung, eine unverrückbare Struktur, die beruhigend über sich hinauswies.

Das Leben in unserer Stadt blieb trotzdem nicht dasselbe. Die Minister wurden nicht vermißt, die Karnevalsprinzessinnen fielen nun Sportlern und Managern um den Hals, doch war schwer auszumachen, was zur allgemeinen Metamorphose gehörte und wo es nur um meine eigene

Veränderung durch all das ging, was ich erlebt hatte in einem Jahr, das niemand je vergessen wird, der dabei war.

Am Ufer des Stroms hatte der kleine Wanderzirkus sein Zelt aufgebaut; von der Brücke herab sah ich die bunten Wimpel an langen Leinen über dem ovalen Tuchdach flattern und daneben die kleine Wagenburg samt einigen cremefarben lackierten Lastern mit leuchtend roten Felgen. Und sogar die Reifen waren schwarz angestrichen. Die Plakate, auch am Brückengeländer hingen einige, hoben mit großen Buchstaben und der Abbildung eines sich gewaltig vor der zierlichen Dompteuse aufrichtenden Bären die Hauptattraktion vom *Zirkus Diamant* heraus.

Zu Hause stellte ich fest, daß ich eine Leinwand offenbar doch zu stramm aufgespannt hatte; dem Zug, den sie beim Trocknen nach dem Grundieren entwickelte, hatte der Keilrahmen nachgegeben.

Ich löste die Kupfernägel, nahm das Tuch herunter und steckte die hölzernen Leisten neu zusammen. Dann bespannte ich sie mit frischem Tuch vorsichtiger, grundierte und klopfte die Keile nur locker in die Ecken, um sie erst später soweit wie nötig hineinzutreiben, wenn das Gewebe zur Ruhe gekommen war.

Neuerdings ließ ich nebenher hin und wieder Filme laufen, die ich mir ausdachte. Tagträumereien zur Begleitung der Routinearbeiten. Es gab sie nur in meinem Kopf. Aber sie waren unterhaltsam.

Einer hieß *Die süße Wunde* und bestand aus einem abstrakt-rhythmischen Hin und Her, lauter Hauen und Stechen. Die Ritter, die da krachend aufeinanderprallten, schleppten gewaltige Namen mit sich herum wie zweite, schwere Rüstungen. Gegenstand ihrer unentwegten Kämpfe war eine geheimnisvolle *süße Wunde*, und es blieb im Dunkel, was darunter eigentlich zu verstehen war.

Vertrackterweise ereigneten sich die Waffengänge der Ritter durchweg unsichtbar. Nicht, daß es sie nur in der Einbildung der Ritter gegeben hätte, die ich in meinem Kopf aufeinander losließ. Es handelte sich dabei viel interessanterer Weise um mehr, um innere Erlebnisse dieser Ritter nämlich, die zugleich auch überpersönliche Realität erlangten.

Das alles war etwas kompliziert und so wohl nur möglich, weil ich ja keinen echten Film drehen mußte und meiner nur in meiner Phantasie existierte.

Eine Liebesgeschichte hatte ich auch schon eingeflochten. Das Versprechen flatterte wie ein Wimpel in der Luft, die *Süße Wunde Teil II* werde hauptsächlich davon erzählen.

Wenn die Grundierung durchgetrocknet war und ich die Keile feststecken konnte, klangen die kleinen Leinwände unter den Fingern wie Tamburine. Dann war Schluß mit solchen Märchen. Denn nun begann ich zu malen. Alla prima natürlich.

Nach der Arbeit ging ich meistens eine Stunde spazieren, auf dem Hochwasserdeich oder am Flußufer. Als ich am *Zirkus Diamant* vorbeikam, war ein faltiger Mann mit langem Haar, das unter einem Soldatenschiffchen heraushing, und noch längerem Kinn voller grauer Stoppeln damit beschäftigt, einem Dromedar die schwieligen Fußsohlen zu bürsten. Ein kleines Mädchen in glitzerndem Trikot tanzte auf einem riesigen Ball. Etwas eindrucksvoll Selbstzweckhaftes lag über ihrer artistischen Übung. Es ging angenehm ruhig zu, fast zu ruhig, denn ich fragte mich, was das für die Zirkusleute bedeuten mochte. Ich sprach den Mann an, ob es an diesem Tag eine Vorstellung geben werde. In einer halben Stunde, sagte er.

Bis dahin ging ich noch etwas und war dann einige Minuten vor Beginn zurück. Hinter dem inzwischen geöffneten Fenster des Kassenhäuschens saß eine dunkelhaarige Frau, bei der ich eine Eintrittskarte holte.

Ein Vater mit zwei Kindern, Junge und Mädchen, zwei Frauen – und ich. Mit mir bestand das Publikum aus vier Erwachsenen und zwei Kindern.

Der Beginn der Vorstellung verzögerte sich, wahrscheinlich warteten sie, ob nicht doch noch jemand kommen wollte. Es war ein Zelt, in dem mindestens hundert Menschen Platz gefunden hätten. Die Musik lief, die Manege duftete nach den Holzspänen. Irgendwo hörte ich einen Wortwechsel, der beendet war, als eine energische Stimme verfügte: »Ab drei volles Programm!« Dann verdunkelte sich die Manege, und im Lichtkegel eines Suchscheinwerfers trieb ein Mann im funkelnden Frack mit der langen Peitsche, die in der Luft knallte, ein weißes Pony ums Rund.

Eigentlich hatten Parkland und Mayo gemeinsam anreisen wollen. Aber Parkland rief Luis an und entschuldigte sich, man schicke ihn als Reporter auf ein amerikanisches Kriegsschiff.

Mayo hatte es sich trotzdem nicht nehmen lassen, nach

all der erfrischenden Schöneberger Büroluft wieder einmal die verkohlte Hühnerhaut beim falschen Spanier zu schnuppern. Jarl und Ginger waren nicht dazugekommen, auch Hans hatte im Wald Besseres vor, aber Luis, Sebastian und ich hielten den wackligen Tisch fest.

Wir hatten uns nichts mehr zu sagen.

Es gab allerdings auch nur noch selten Gelegenheit, das zu bemerken. Ich malte intensiv, blieb schon dadurch für mich und verließ die Wohnung höchstens, wenn ich dringend etwas zu erledigen hatte.

Es sah aus, als fehlte etwas an Hans, ohne daß ich hätte sagen können, was. Sein Leib schien in die dunklen Sträucher eingeflochten wie Schwemmgut nach dem Hochwasser, nur die spitzen Stiefelchen mit den hohen Absätzen ragten auf den Weg. Wie lange war es denn her, daß ich ihn an fast derselben Stelle so hatte liegen sehen?

Ich ging mit der Angel zum Ufer hinunter, weil es an der Zeit war und ich nun endlich einmal fischen wollte. Hansens schwarze Hosenbeine waren hochgerutscht, die Stiefel hingen wie verbindungslos unter den wie aus weißem Holz gedrechselten Beinchen. Quer über dem Pfad zwei Gliedmaßen, die keinem Lebendigen zu gehören schienen, die verlorenen Äste eines aus der Erde gekippten Unterweltbaums.

Mit beiden Armen teilte ich das Gebüsch, ein dichtes Gewirr aus Zweigen, und sah nach. Hans wandte mir das Gesicht zu, blinzelte ins schwache Abendlicht und sagte unsicher: »Was soll denn das?«

Sein Vogelprofil war vom Schlaf aufgeweicht, aber markant genug, sich sogar im Halbdunkel deutlich abzuzeichnen, und die tiefe, volle Stimme brummte so charakteristisch, daß ich ihn nicht einmal hätte zu sehen brauchen, um zu wissen, daß er es war.

Hans setzte sich auf und blickte scharf an mir vorbei. Es knackte, als er an seinen Fingern zog, und dann knackte es erneut, als er den Verschluß der Bierdose aufriß, die ihm als Kopfkissen gedient hatte.

»In den nächsten Tagen verlasse ich die Stadt«, erklärte er beiläufig.

Ich wandte mich achselzuckend ab und setzte meinen Weg fort.

»Einen Moment noch«, rief er hinter mir her, »was du in deiner Tüte trägst, ist das Käse?«

Ich konnte ihn vielleicht doch nicht einfach so herumliegen lassen.

»Willst du erst einmal mit zu mir?« bot ich mit traurigem Blick auf meine Angel an.

»Wer dächte, ich käme nicht, den lehrte ich, ich nahe« – er zögerte kurz. Das Bier hatte schon seine erfrischende Wirkung getan, und er gönnte sich den Augenblick meines Erschreckens.

»Allein«, setzte er fort, »mir fehlt die Zeit, dir Gesellschaft zu leisten. Ein anderes Mal. Wichtige Geschäfte, zu deren Vorbereitung ich mir hier an der frischen Luft ein halbes Stündchen Schlaf gegönnt habe, erfordern meine volle Präsenz.«

Was war aus der Zeit geworden, jener unbeschreiblichen Zeit, durch die sich unser Reigen wand, Hans mit der Federkappe und dem Saxophon vorneweg, Ginger aber in unserer Mitte und meinem Herzen?

Ich spickte den Haken mit Stilton und warf die Angel so weit aus, wie es ging.

Vielleicht waren wir im Scherenschnittzug durch Tag und Nacht für einen Moment fast frei gewesen, hatten geschmeckt, wie es ist, auszuziehen. Es war nur Freigang. Frei im Hof unseres Gefängnisses. Schillernd wie Mükken im Glanz ihres Bernsteins, bevor sie merken, daß sie festkleben. Hatten wir einander in die Augen gesehen, waren sie Teiche gewesen, durch die oben unser silbernes Lachen und am Grund der Schatten unserer Sehnsucht schwammen.

Hans, das war lange her. Hans und Knappe Mayo vereint im Kummer und im Trotz. Sie gruben ihr Herz mit dem scharfen Löffel aus, hier, wo es eingewachsen war. Und dann nahmen sie nicht an, was der Schmerz einem zu bieten hat: die Lehre.

Hans hatte noch immer nichts verstanden und würde nie verstehen. Ritter Hans, bis zum Tod nicht, und kein Teufel zugegen, nicht einmal aus Pappmaché, der eine Seele überschrieben haben wollte, die es nicht gab.

Ich warf den mit dem Käse gespickten Köder neu aus. Ein Biß oder wenigstens ein naschendes Knabbern hatte sich nicht bemerkbar gemacht. Allerdings war ich ohnehin nur auf die ganz großen aus, deren Kennzeichen besondere Vorsicht ist, sonst wüchsen sie nicht zu solcher Größe heran. Ich zielte mitten in die stärkste Strömung, wo sie stehen.

Der Beutel mit den scharfen Pfefferminzbonbons fiel mir ein, ich nahm mir ein Stück und steckte es in den Mund. Eine polarklare Ebene ging in mir auf, über die ein Wind bläst, der alles wegfegt. Schneidende Klarheit mit unbegrenzter Fernsicht. Dieser Schwertstreich von einem Geschmack wischte jedes andere Aroma weg, aber ich vermißte nichts. Mein kalter Atem schien mir hell.

Wie leer und leicht ich war, ich fühlte mich wieder beweglich. Stark genug, um aufs Roß zu steigen und den Kampf fortzuführen: Ich bin Lancelot. Der heilige Gral, vielleicht geht er vorüber, und dafür muß gezahlt werden. Aber dann … Es gibt das goldene Vlies. Die blaue Blume.

Ich war allein.

Im Schaufenster der Buchhandlung mit den verbilligten Restauflagen, die wunderbarerweise nicht abnahmen, sondern anwuchsen, wenn das Geschäft gut lief, lag ein Band mit Comics von Bremer. Ich nahm ihn zur Hand und stellte fest, daß er frisch erschienen war. Sonderausgabe stand darauf. Bremers Stil hatte sich gewandelt. Die neuen Zeichnungen erinnerten an die geheimnisvoll erotische Atmosphäre des Bildes mit dem Mädchen und dem Jungen in der Stube, das an seiner Wand gehangen hatte.

Dann kreisten hinter den Dächern wieder die bunten Lichter des Riesenrads durch den Himmel. Abends, wenn ich über die Brücke zog und sich vor dem waldigen Schwarz der Hügel abzeichnete, wie der große Jahrmarkt in Schwung kam.